동 쪽 숲 의   수   장 편 소 설

영혼의 숲

- 신들의 전쟁 -

영혼의 숲_신들의 전쟁

발행일	2019년 5월 17일		
지은이	동쪽숲의 수		
펴낸이	손형국		
펴낸곳	(주)북랩		
편집인	선일영	편집	오경진, 강대건, 최승헌, 최예은, 김경무
디자인	이현수, 김민하, 한수희, 김윤주, 허지혜	제작	박기성, 황동현, 구성우, 장홍석
마케팅	김회란, 박진관, 조하라		
출판등록	2004. 12. 1(제2012-000051호)		
주소	서울시 금천구 가산디지털 1로 168, 우림라이온스밸리 B동 B113, 114호		
홈페이지	www.book.co.kr		
전화번호	(02)2026-5777	팩스	(02)2026-5747
ISBN	979-11-6299-639-3 04810 (종이책)	979-11-6299-645-4 04810 (세트)	
	979-11-6299-640-9 05810 (전자책)		

이 도서의 국립중앙도서관 출판예정도서목록(CIP)은 서지정보유통지원시스템 홈페이지(http://seoji.nl.go.kr)와
국가자료공동목록시스템(http://www.nl.go.kr/kolisnet)에서 이용하실 수 있습니다.
(CIP제어번호: CIP2019018518)

(주)북랩 성공출판의 파트너
북랩 홈페이지와 패밀리 사이트에서 다양한 출판 솔루션을 만나 보세요!

홈페이지 book.co.kr • **블로그** blog.naver.com/essaybook • **원고모집** book@book.co.kr

동쪽숲의 수 장편소설

영혼의 숲

- 신들의 전쟁 -

일 권 인간계 이무기 편

북랩 book Lab

인간이 살아가는 이세상은 인간의 의지보다 눈에 보이지 않는 존재들에 의해 그들의 인생이 결정되었고 간혹 신의 경지에 오른 정신력을 가진 인간 혹은 신의 영혼이 깃들어 있는 인간들에 한하여 자신의 의지대로 살아갈 수 있었다. 하지만 인간들을 조종해 자신들의 뜻을 이루고 싶어 하는 영혼들은 인간의 수보다 많았기 때문에 그런 특별한 존재들을 가만히 두지 않았다. 영혼들은 특별한 존재인 그들이 태어나면 온갖 시련으로 그들을 굴복시키며 사회 부적응자로 만들어갔고 결국 그들의 가족과 사랑하는 사람들까지 빼앗아갔다.

영혼의 숲 주인공 임세이도 선택받은 존재였지만 미래까지 내다보는 영혼들이 그를 가만 놔두지 않았다.

이제 임세이와 김유정이 겪어가는 모험을 통해 영혼의 숲으로 들어가 보도록 하자.

Contents

춤추는 마음

"아빠~ 나를 두고 가지 말아요! 제발요!"

일곱 살 아이가 양팔을 벌려 애타게 아빠를 부른다.

그러나 아빠는 대답 없이 불기둥과 함께 사라져 버렸다.

"헉!"

놀라 꿈에서 깬 세이가 벌떡 일어났다.

잠시 멍하니 침대에 걸터앉아 꿈을 지워보려고 손을 들어 얼굴을 비벼댄다.

어떻게 알았는지 때마침 5월의 상쾌한 아침공기와 함께 창가로 들어온 햇살에 세이가 살짝 눈을 찡그린다.

그리고는 침대 옆에 두었던 담배와 라이터를 집어 들고 베란다로 나가 담배에 불을 붙였다.

"후~~. 내일은 정말 끊어버려야지."

피아노 선율처럼 부드럽게 허공에 퍼지는 뿌연 담배연기를 내뿜으며 자신의 악몽도 연기처럼 사라져버리길 바라고 있다.

"그만 일하러 가볼까? 오늘 안에 결과를 내야만 보수를 받을 수 있잖아."

사실 그의 직업은 인간사에서 해결하지 못하는 기이한 일들을 해결하는 퀸 탐정사무소의 사장이었다. 간혹 보통 사람들의 어려운 일을 해결해주기도 하지만 대부분은 사람들의 목숨이 오가는 위험한 일 외에는 의뢰받지 않았다.

왜냐하면 그런 일들은 승려나 목사 영매들만으로도 충분이 해결 가능했고, 그런 수준을 훨씬 뛰어넘어선 사건은 세이 이외 사람들은 감당하지 못해 목숨만 잃을 뿐 감히 해결할 수 없었기 때문이었다.

자리에서 일어난 세이가 어제 마셨던 캔 커피 안에 담배꽁초를 버리자 "치이익~." 소리와 함께 남은 불씨가 꺼져갔다.

그렇게 베란다에서 나온 세이가 밤새 악몽으로 흘린 땀을 씻어내려 욕실로 향한다. 옷을 벗고 욕실 거울 앞에 섰을 때 꿈에서 본 아버지의 모습과 지금의 자신이 너무도 닮아 있었다.

회상에 젖는 쓸쓸한 생각을 없애려 차가운 물을 틀어 샤워를 시작했다. 10여 분의 간단한 샤워를 마친 세이가 옷을 챙겨 입고 주차장으로 내려간다.

그리고 중고로 구입한 오래된 검은색 벤츠에 올라 의뢰인을 만나기 위해 도시의 중심부로 향했다.

열흘 전.

서울의 모 백화점 명품관에서 중년 여성의 칼부림 사건이 발생해 순식간에 인터넷 포털 사이트를 뒤덮었지만 사건 발생 2시간 만에 모든 기사가 내려갔다.

그리고 이틀 후 오늘 만날 의뢰인이 찾아 왔으며 모 백화점 칼부림 사건의 가해자가 자신의 부인이라고 말했다. 작은 중소기업을 운영하고 있다는 의뢰인은 왜 그런 일이 부인에게 발생했는지 알고 싶어 퀸을 찾아왔다고 했다.

이에 세이와 유정은 사건이 발생한 백화점과 의뢰인의 집을 찾아 조사했고 부인을 만나보려 했지만 부인은 요양 중이라 만날 수 없으며 집안 내부 또한 공개하지 않았다.

대신 의뢰인의 친구 차민수의 집을 방문하고부터 부인이 점점 이상해졌다고 말할 뿐이었다.

퀸 사무소직원들은 그렇게 의뢰인의 집 주변과 집안에서 흘러나오

영혼의 숲 _ 신들의 전쟁

는 기운을 조사했고 백화점 직원들의 증언을 통해 사건을 정리해 가
고 있었다.

의뢰인

집에서 출발한지 30분쯤 지나 서울도심의 어느 모퉁이에 다다랐을 때, 20대 중반의 여자가 세이를 기다리며 커피를 마시고 있었다.

"타! 김유정."

"어휴~ 급하시기는. 난 1시간 전부터 기다리고 있었거든요."

늦게 도착한 세이가 오히려 서두르자 유정이 쏘아 붙였다.

"정! 너는 항상 사장님한테 말버릇이 그따구야!"

"그럼 나 그만둘까요?"

유정의 협박에 세이가 장난스럽게 어금니를 꽉 깨물며 대답한다.

"아~니~. 내~가~미~안~합~니~다!"

"다음부터는 제시간에 와요."

"오케이. 근데 오늘 의뢰인이 거짓말 하고 있는 것 같은데?"

"걱정 마세요. 그동안 조사한 자료로 물어보면 사실대로 말할 수밖에 없을 거예요."

"역시~ 우리 유정은 척척박사야."

"됐고요. 운전이나 똑바로 해요."

"유정! 나 못 믿어? 내가 죽는 한이 있어도 내 직원은 지킨다. 알지?"

유정은 귀찮다는 듯 손가락으로 OK를 만들어 보이며 붉은색 빨대로 커피를 빨아 들였다.

남들이 보면 건방지다고 할지 모르겠지만 서른일곱의 세이가 보는 유정은 그저 귀엽기만 했다.

그렇게 투닥거리며 목적지로 향하고 있을 때 유정이 사거리 신호등에 정장차림으로 서 있는 중년의 남자를 발견했다.

"보스! 저기 이상훈 씨에요."

세이가 비상등을 켜고 갓길로 붙어 중년남자 옆에 자동차를 세웠다.

"또 뵙네요. 타세요!"

세이의 인사에 남자가 차에 올랐고 세이는 근처 호수공원으로 운전해갔다.

아침이라 한산한 주차장에 오래된 벤츠를 주차하고, 유정과 이상훈의 편한 대화를 위해 세이가 담배를 물어 차에서 내렸다.

잠시 후 차안에서는 유정과 중년남자의 심각한 이야기가 시작되는 듯했다.

"아저씨, 아저씨 집안에서 흘러나오는 기운은 인간의 것이 아니에요. 어떤 일을 벌였는지 본인이 말해보세요!"

유정이 이상훈에게 단도직입적으로 말했다.

"아가씨 무슨 요상한 말이야. 인간의 것이 아니라니."

이상훈은 흠칫 놀랐지만 이내 표정을 감추고 유정의 말을 부정했다.

"차민수 씨 집 업신, 어디에 있어요?"

"업신이라고?"

이상훈이 유정에게 되물었다.

"그래요. 업신, 다양한 형태로 집을 지키는 수호신 말이에요."

유정의 말에 이상훈은 화난 표정을 지으며 유정의 말을 무시했다.

"난 그딴 건 잘 모르겠고, 그것보다 내 아내 어떻게 해야 돼?"

"먼저 제 질문에 대답부터 하세요!"

"내 아내부터!"

이상훈은 유정의 질문에 놀라면서도 정말 이 젊은 아가씨와 세이가 자기 부인을 살릴 수 있을지 믿음이 가질 않았다.

하지만 지금은 별다른 방법이 없었다. 병원에서도 극심한 스트레스 때문이라고만 할뿐 원인을 찾지 못해 시름시름 부인의 생명이 꺼져가고 있었기 때문이다.

그렇게 이상훈이 망설이고 있을 때 유정이 단호한 눈빛으로 응시하자 머뭇거리던 이상훈은 하는 수없이 숨겼던 이야기를 꺼내놓는다.

"사실, 그 구렁이는 내가 죽여서 우리 집 뒷마당에 묻어버렸어!"

이상훈의 말에 유정이 놀라 대답한다.

"뭐라고요! 업신을 죽였다고요!"

"어쩔 수 없었어. 날 잡아먹을 듯이 쳐다보는 눈빛이 너무 무서워서 아무거나 잡아서 내리쳤다고."

"헐~."

잠시 차안에 정적이 흘렀다.

한편 밖에서는 세이가 세 번째 담배에 불을 붙이고 있었고, 그때까지 유정과 의뢰인의 대화는 끝나지 않고 있었다.

"아저씨! 단지 두려워서 업신을 죽였다고요? 거짓말 말아요! 대체로 업신은 그 집에 사는 사람 이외에는 잘 볼 수 없어요. 뭔가 인연이 있지 않고서는."

유정은 단순한 이유로 아무렇지 않게 업신을 죽였다는 이상훈의 말을 믿지 않았다.

"아가씨. 정말이라니까. 그렇게 큰 뱀을 직접 보면 아가씨도 그럴 거야. 그리고 죽이고 나니까 겁이 났어. 집주인 민수가 내가 한 짓을 보면 나를 가만두지 않을 것 같았다고."

"그럼 아저씨가 죽인 뱀이 그 집 업신이란 것은 알고 있었던 거네요?"

유정은 이상훈과의 대화에서 실마리를 찾아가고 있었다.

"무슨 소리야? 나는 그냥 큰 뱀이 튀어나와서 죽인 것뿐이라고."

"집주인이 화낼 것 같았다면서요."

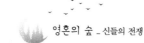
영혼의 숲 - 신들의 전쟁

"그야 민수 집에 있던 희귀한 뱀이니까 그럴 거라고 생각했지. 나는 업신이 뭔지도 몰라."

"알았어요. 조용히 하시고요. 내 눈 똑바로 보세요."

원하는 대답이 나오지 않자 유정이 깊게 심호흡을 하고 잠시 눈을 감았다 떴다. 그러자 황금빛 사안(獅眼 영혼 꿰뚫는 사자의 눈)으로 변한 유정의 눈동자가 이상훈의 눈을 통해 그의 마음을 깊숙이 꿰뚫어 보기 시작했다.

자신의 눈을 통해 여과 없이 직접 마음속을 파고드는 유정의 눈빛을 더 이상 마주할 수 없던 이상훈은 얼굴을 '홱' 돌려버렸다.

"아저씨, 내 눈 똑바로 보고 말해 봐요."

유정은 자신의 눈을 피하고 있는 이상훈의 고개를 억지로 돌려 번쩍이는 사안을 쳐다보게 했다.

그러자 발가벗겨진 것처럼 숨을 곳을 찾아 헤매던 이상훈의 속마음은 유정의 사안을 감당하지 못해 '헉' 하고 고개를 숙여버렸다.

'뭐지, 저 눈빛은. 어디까지 들킨 거야?'

이상훈이 더 이상 유정의 압박을 견디지 못하고 자동차 밖으로 뛰쳐나갔다. 그때 줄담배를 피우던 세이가 이미 예상한 듯 이상훈에게 다가가 담배를 건넨다.

"사장님, 한 대 피우시죠."

"그럽시다."

그런데 유정의 압박 때문인지 이상훈의 목덜미에서는 식은땀이 흐르고 있었다. 세이가 양손으로 불을 붙여주자 이상훈이 폐 깊숙이 담배연기를 빨아들여 내뱉었다.

"후우~."

담배의 힘을 빌린 이상훈이 조금씩 안정을 찾아가고 있을 때 차안에 있던 유정이 더 이상 진전이 없다며 손짓했다.

이에 세이가 유정에게 잠깐만 기다리라고 사인을 보낸 후 이상훈 옆으로 다가간다.

"사장님. 한 개비 더 드릴까요?"

"아니, 괜찮소. 그런데 저 아가씨 뭔가 특별한 능력이 있는 것 같은데……."

이상훈이 말끝을 흐리며 물어보자 세이도 일부러 애매모호하게 대답을 해버린다.

"그래요? 진실을 보는 눈을 가졌을라나~. 아니면 다른 존재의 힘을 빌리는지도 모르죠."

세이의 말이 마음에 들지 않았던 이상훈은 입을 다물고 굳은 표정으로 멀어져 가는 구름만 쳐다봤다.

사실 오늘처럼 퀸에 오는 의뢰인들 대부분은 마음 깊숙이 진실을 숨기고 꺼내놓지 않으려했다. 하지만 유정이 황금 사안을 뜨면 더 이상의 거짓말은 무의미했다.

그런데 가끔 오늘의 이상훈처럼 기운이 강한 의뢰인들이 끝까지 버티며 거짓말을 하는 경우에는 더 이상 일을 진행시키지 않고 멈춰버렸다.

계속 진행해봐야 고생만 할뿐 그런 유의 사람들은 결국 제대로 된 보수도 지불하지 않았기 때문이다.

십여 분이 지나도 계속해서 이상훈이 시간만 끌며 뭔가를 감추려 하자, 세이가 정색한 얼굴로 이상훈 앞에 섰다.

"이상훈 사장님! 유정 선생에게 말하지 못하겠다면 저에게 하시죠!"

갑자기 딱딱해진 세이의 말투에 조금은 당황한 이상훈이 담배를 비벼 끄고 세이를 쳐다본다.

하지만 조금 전까지 부드러웠던 세이의 표정은 온데간데없이 사라져 버렸고 날카로운 눈빛으로 이상훈을 응시하고 있었다.

그렇게 세이의 태도변화와 함께 지금부터 본격적인 퀸 탐정 사무소의 업무가 시작되고 있음을 알렸다.

한편 자동차 안에서 사안을 번쩍이는 유정과 묵직한 기백을 풍기며 자신의 앞에 서 있는 세이를 번갈아보던 이상훈이 마른침을 "꿀꺽" 삼키고 있었다. 그때 차안에서 지켜보던 유정이 밖으로 나와 갑자기 이상훈의 발을 밟고 움직이지 못하게 짓눌렀다.

"아저씨, 돈이 그렇게 중요했어! 얼마나 오랫동안 준비한 거야? 혼자 한 짓이 아니지? 그 안에 들어있는 것이 당신인줄 알지만 사실 당신의 죽은 아버지 영혼이 당신을 조종하고 있었던 거야."

유정은 조금 전 이상훈의 눈을 통해 그의 실체를 꿰뚫어 보았다.

"이봐 아가씨, 무슨 말을 하는 거야~."

이상훈이 유정에게서 밟힌 발을 빼내려 힘을 써봤지만 코끼리 발에 밟힌 것처럼 발은 꿈쩍도 하지 않았다.

"이상훈 사장님, 계속 마음을 감추신다면 우리는 이 건에서 즉시 손을 떼겠습니다. 그리고 당신 부인도 도울 수 없을 겁니다."

세이가 당황하는 이상훈에게 사실을 말하지 않으면 더 이상 일을 진행할 수 없다고 말했다. 하지만 이상훈은 갑작스런 퀸 직원들의 위압적인 태도 변화에 화를 냈다.

"뭐야! 당신들 무당이야? 당장 이 발 치워!"

"그럼, 유정 선생이 발을 떼는 순간부터 이상훈 씨 의뢰 건을 종료하겠습니다. 이 사장님도 점쟁이들 찾아다니다가 결국 퀸까지 왔을 텐데 여기서 끝나 아쉽군요."

단호한 세이의 말에 순간 이상훈의 눈동자가 흔들렸다. 세이의 말대로 여기서 퀸이 손을 뗀다면 부인을 살릴 수 있는 마지막 희망을 포기해야한다는 뜻이었다.

사실 세이 말대로 용한 무당과 승려, 목사 등 안가본 데가 없었지만 돈으로 해결할 수 있는 문제가 아니었다.

결국 거래처 회장이 건넨 명함을 받아 퀸에 왔지만 결단을 내리지 못한 채 부인의 목숨과 자신의 인생 치부를 놓고 저울질하고 있었다.

이상훈의 침묵이 길어지자 세이가 더 이상 기다리지 않고 유정에게 엄지를 들어 보인다.

발을 떼라는 신호였다.

곧바로 유정이 발을 거두어들여 이번 의뢰건의 종결을 알린다.

"잠깐만요! 말하겠습니다. 말한다고요."

다급해진 이상훈이 사실대로 말하겠다며 퀸의 직원들을 붙잡고는 떨리는 손으로 세이에게 담배 한 개비를 달라고 한다.

그러자 세이가 피우던 담배를 건넸고 이상훈이 이번에는 아랫배 깊숙이 빨아들였다.

"후~~. 한 가지만 약속합시다. 지금부터 내가하는 모든 말은 절대 비밀입니다. 그것부터 약속받아야겠습니다."

"우리가 여기까지 올 수 있었던 것도 그동안 고객정보를 완벽히 비밀로 했기 때문에 가능했습니다. 그런 걱정을 안 하셔도 됩니다."

"그럼 문서로 남깁시다. 혹시 나중에 당신들이 딴소리 할지도 모르니까."

이상훈이 퀸을 믿지 못하고 거듭 의심하자 지금까지 점잖았던 세이가 큰소리로 나무란다.

"말 할 거야! 말 거야! 지금 이 시간에도 당신 마누라는 죽어가고 있다고, 이 멍청한 양반아!"

세이의 호통에 기업인으로 성공하고 난후 한 번도 귀에 거슬리는 말을 들어보지 못했던 이상훈이 멍하니 세이를 쳐다본다.

자존심을 내세워 화를 낼지 아니면 아내를 위해 참아야할지 고민하고 있을 때,

"앗 뜨거!"

다 타들어간 담배 덕분에 정신을 차린 이상훈이 결심이 선 듯 숨겼던 속내를 꺼낸다.

"맞습니다. 유정 선생 말이 다 맞아요. 민수네 가정부를 돈으로 매수해서 언제 어디에 업신이 나타나는지 몇 년 전부터 알아 봤습니다. 그리고 조흥상업은 민수 아버지와 우리 아버지가 공동으로 세운 회사입니다. 조흥상업이 커졌을 때 아버지가 경리와 바람이 나서 공금에 손을 대는 바람에 회사에서 쫓겨났고요."

이상훈이 조금씩 진실을 꺼내놓기 시작했다.

"조흥상업이라~ 꽤 큰 회사인데, 처음에 퀸 사무실에 왔을 때 왜 그저 작은 사업체를 가지고 있다고 말했습니까? 아. 그건 됐고 계속하세요."

세이는 이상훈이 사장으로 있는 회사가 가끔 신문에 오르내리는 기업이라는 걸 오늘에서야 듣고 잠시 기분이 언짢았다.

왜냐하면 처음에 퀸을 찾아왔던 이상훈이 자신들을 신뢰하지 않아 신분을 제대로 밝히지 않았다고 생각했기 때문이다.

잠시 세이의 말이 끝나기를 기다리던 이상훈이 이야기를 이어간다.

"그 후 어머니에게도 이혼당해 행방불명이 됐는데 내가 고등학교 3학년 때 경찰서에서 연락이 왔었죠. 신원 확인이 필요하다고, 가보니 얼어 죽은 사람이 우리 아버지가 맞더군요."

이상훈이 포기 한 듯 모든 것을 털어놓았다.

"나는 대학을 가지 못했고 장례식장에 온 민수 아버지를 따라 조흥

상업에 취직 했습니다. 민수가 화려한 대학생활을 하는 동안 나는 세상의 온갖 처세술을 배웠죠."

그때 유정이 그런 레퍼토리는 그동안 다른 사람들에게 질리게 들었다며 요점만 말하라고 한다.

"아저씨! 그런 말은 정신과 가서 돈 내고 상담 받고 짧게 요점만 말해요."

이상훈이 건방지다는 듯 유정을 째려봤지만 이미 털어놓기로 해 다시 말을 이어갔다.

"질투심과 아버지를 그렇게 만든 민수 아버지에 대한 복수심이었죠. 조흥상업을 내 손에 넣기 위해 스무 살 때부터 준비했습니다. 그러기 위해 대학도 나중에 내가 돈 벌어 갔죠. 지금 나만큼 회사에 대해 잘 아는 사람은 없을 겁니다. 민수의 비위를 맞추며 모든 일은 내가 처리했으니까요. 그 친구를 빈껍데기로 만들었죠."

세이가 길어지는 이상훈의 말을 끊고 끼어든다.

"요점은 차민수 부자에게 복수하려고 그동안 일을 꾸몄고, 게다가 업신을 죽였다. 그 결과 지금 부인의 목숨이 위험하니 구해달라는 거죠. 맞아요?"

"맞습니다."

세이는 이제부터 사건의 퍼즐을 맞추어가기 위해 이상훈의 말과 유정이 들여다본 마음이 얼마나 일치하는지 비교해 봐야만 했다.

그러기 위해 일단 이상훈을 차에 태우고 유정과 이야기를 시작한다.

"정~ 이상훈 사장이 말한 것과 정이 본 것이 일치해?"

유정이 콧등에 주름을 만들며 고개를 갸우뚱거린다.

"큰 줄거리는 맞는 것 같은데 조력자라든지, 단지 차민수 부자에게 복수하기 위해서라는 말은 믿기 힘들어요. 뭔가 다른 것들이 마음속에 겹쳐보였는데 이상훈 아버지의 방해로 더 이상 뚫고 들어갈 수 없었어요."

유정의 대답에 일이 점점 복잡해질 것을 느끼는 세이였다.

"그럼 이상훈 아버지의 영혼이 아들의 몸을 이용해 복수한 건 맞아?"

"반은 맞아요. 그런데 죽은 영혼의 개입은 차민수 씨 아버지가 죽고 나서 끝나버렸어요."

"그럼 지금 이상훈 몸에 들어있는 건 누구야?"

"마른 영혼이에요."

"흠~. 마른 영혼이라……."

유정이 말한 '마른 영혼'은 죽은 자가 자손의 육신을 이용해 한을 풀고 하늘로 떠나가려하지만 육신의 원래 주인인 자손이 미련을 놓지 못해 죽은 조상과 자손의 혼백이 섞여버리는 것을 말했다.

그렇게 될 경우 떠나야 하는 영혼과 붙잡아두려는 영혼의 싸움으로 육신은 메말라갔고 마음은 쉴 새 없이 흔들려 사건 사고를 일으키게 되었다.

유정의 말대로 이상훈 안에 들어있는 영혼이 그도, 그의 아버지도 아닌 단순히 마른 영혼이라면 분명 이 사건에 다른 비밀스런 개입이 숨겨져 있을 확률이 높아보였다.

그리고 유정이 이상훈의 마음 밑바닥까지 들여다보지 못한 것도 두 개의 마음이 뒤섞여 미친 듯이 춤을 추고 있었기 때문이었다.

"그럼 업신을 죽인 것은 마른 영혼이 아니라는 말인데? 유정, 일이 복잡해지는 느낌이야."

"업신을 죽인 것은 이상훈의 의지였어요. 마른 영혼이 건드릴 수 있는 영역이 아니니까."

"하긴, 인간의 독한 마음이라야 가능한 일이지. 마른 영혼 같이 낮은 단계의 레벨에서 업신을 죽인다는 것 자체를 생각할 수 없지. 그런데 이미 마른 영혼과 동화돼버린 이상훈에게 어떻게 그런 강한 의지가 남아 있었지?"

유정이 세이를 쉽게 이해시키려 피우고 있던 담배를 뺏어 바닥에 던져버렸다.

"야! 유정. 뭐하는 짓이야?"

"화가 나죠? 이상훈은 뭔가를 뺏겨버린 거라고요. 바보 사장님아~."

유정이 한 번에 알아차리지 못한 세이를 놀려댔고 세이는 사장의 체면을 지키기 위해 바닥에 떨어진 담배를 줍는 대신 새것을 꺼내 불을 붙인다.

"이보세요. 임 사장님~ 바닥에 떨어진 것 주워 피워요. 지난달 내 월급도 못 줬잖아요."

"아하하~ 그렇지 아껴야지."

더 이상 유정에게 혼나고 싶지 않은 세이가 바닥에 떨어진 담배를 주워 피운다. 사실, 유정이 이렇게 잔소리를 해대는 것도 다 그럴만한 이유가 있었다.

작년에 강릉에서 의뢰했던 어부실종 사건을 해결하고도 아직까지 한 푼도 받지 못하고 있었기 때문이다. 어부가족이 지금은 돈이 없으니 나중에 물고기를 잡아 판 돈을 준다는 걸 믿고 아직까지 기다리고 있는 세이였다.

이처럼 세이는 돈과 관련된 면에서는 아둔한 사장이어서 유정이 더욱 꼼꼼히 챙겨야만 했다.

"정~ 이상훈 부인을 만나보면 단서를 찾을 수 있지 않을까?"

"빨리도 말하시네요. 저 아저씨한테서는 더 이상 아무것도 나올 것 같지 않아요."

"좋아. 당장 부인이 입원한 병원으로 가보자!"

말을 끝낸 세이가 차문을 열어 이상훈에게 부인을 만나봐야만 해결책을 찾을 수 있으니 서둘러 출발하자고 한다.

하지만 이상훈이 선뜻 결정내리지 못하고 망설이자 세이가 재촉한다.

"이 사장님 어서 가시죠! 저희가 부인을 만나보면 해결의 실마리를 찾을 수 있을 겁니다."

"글쎄요. 아내가 낯선 사람만 보면 경기를 일으켜서요."

하지만 이상훈의 대답은 핑계에 불과했고 아직도 자신의 사회적 지위와 숨기고 싶은 무언가가 남아있는 것이 분명해보였다.

"우린 단순히 낯선 보통 사람들이 아니죠. 비물리적이라 불리는 사건들을 해결하는 사람들입니다."

세이는 유정에게 차에 타라고 말하고 더 이상의 의뢰인의 동의 없이 병원으로 출발했다.

그렇게 올림픽대로를 따라 20여분을 달려 구리시의 한 건물 앞에 도착했을 때 겉모습이 일반 호텔처럼 럭셔리하게 꾸며진 병원이 나왔다.

유정이 자동차에서 내리며 한마디 한다.

"역시 부자들이 다니는 병원이라 다르네. 우리 사장님은 언제 돈 벌어서-이런 병원에서 노후 준비하시려나."

"유정~ 너 걱정이나 해! 내 노후는 내가 알아서 할 테니까."

세이가 유정의 말을 무시하자 유정이 걱정 말라며 한마디 한다.

"나야~ 엄마한테 가면 되지, 아무 걱정 없거든요."

유정의 말을 들은 세이가 갑자기 눈을 치켜떴다.

"뭐라고? 김유정! 함부로 그런 말 하지 말라고 했지! 지금은 손님이 있으니까 사무실 가서 보자."

좀 전까지 발랄하던 유정이 입술을 안으로 말고 어쩔 줄 몰라 한다.

한편 유정의 말에 화가 머리끝까지 난 세이였지만 프로답게 냉정을 찾아 이상훈과 함께 병원 안으로 들어간다.

그렇게 1층 로비에 들어섰을 때 이상훈을 알아본 직원들이 일제히 일어나 정중히 인사를 했다.

"사장님 어서 오십시오. 바로 사모님께 가보시겠습니까?"

"그렇게 합시다."

어느새 당당해진 목소리의 이상훈은 퀸 사람들과 있을 때와는 완전히 다른 사람으로 변해있었다.

잠시 후 세이와 유정이 병원 직원의 안내를 받아-5층 VIP실 502호 앞에 섰다. 그때 유정이 세이에게 귓속말을 한다.

'느꼈어요.'

'바로 알아차렸어. 나는 차에 가서 장비를 가져올 테니까, 내가 올 때까지 가만 놔둬.'

'오케이, 보스.'

세이는 서둘러 주차장으로 내려갔고 유정은 이상훈과 함께 병실 문을 열어 안으로 들어섰다.

"푸~ 쉬익~~."

'엄청난 요기야. 저 녀석을 이상훈이 죽였다고? 도저히 믿기지 않아.'

유정이 혼잣말을 하며 이상훈 부인 머리 위에서 똬리를 틀고 강력한 요기를 뿜어대는 붉은 구렁이를 주시했다.

놀라운 것은 이렇게 병실 가득 요기가 차 있었지만 보통 사람들에게는 보이지 않았고, 대부분 순간 소름만 돋을 뿐 길게 요기를 느낄 수 없었다는 것이다.

'너도 나의 일을 방해하려 드는 것이냐?'

그때 유정이 보통사람이 아님을 알아본 업신이 신들의 언어로 유정에게 말을 걸어왔다.

이에 유정 안에서 발동하는 특별한 힘이 업신에 반응하며 꿈틀거렸

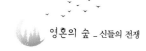

지만 일단 침묵하기로 한다.

세이가 없는 지금 상황에서 업신의 말에 대답한다면 어떤 상황이 벌어질지 모를 일이었고, 신의 언어에 대답하지 않는 한, 업신은 인간이 내뿜는 생체 방어벽을 쉽게 뚫고 들어올 수 없었기 때문이었다.

'나를 방해하려는구나. 황금 사자의 무녀여.'

유정의 정체를 파악한 업신이 계속해서 신들의 언어로 유정의 마음을 흔들고 있었지만 유정은 여전히 침묵을 지키며 세이를 기다렸다.

"스르륵~"

그때 똬리를 풀며 붉은 뱀이 유정에게 머리를 내밀었다.

'이백년 만에 보는구나. 젊은 무녀여. 일본에 있어야할 네가 어떻게 여기까지 온 것이냐?'

유정의 무시에도 붉은 뱀은 계속해서 신들의 언어를 내뱉었고 그렇게 유정의 마음을 헤집고 다녀 이제 머리까지 아프기 시작했다.

지끈지끈 골을 흔드는 신들의 언어에 더 이상 참지 못한 유정이 결국 폭발해버렸고, 유정의 황금 사안이 번쩍거리며 나선형으로 회전하기 시작했다.

'도뵤로군. 신족서(神足書-다양한 신들의 발자취를 기록한 책)에서 봤지. 유일하게 일본에만 사는, 아니 살았던 재물의 관리자 붉은 혜비(뱀의 일본어), 또는 야마타노오로치[1]의 후손 도뵤.'

유정의 말대로 도뵤는 동물의 영계에서 해방돼 인간이 되기 위해 1,000년 동안 인연이 된 인간을 도와 그들에게 부와 명예를 선물하는 영물이었다.

도뵤는 인간에게 재물을 주는 대신 인간에게 얻은 영 에너지를 1,000년 동안 모았고, 그렇게 모인 영혼의 파장이 인간과 완벽하게 일

---

1   야마타노오로치 - 일본 신화에 나오는 머리와 꼬리가 여덟 개 달린 거대한 뱀

치했을 때 스스로 몸을 불태웠다고 한다.

유정이 읽은 신족서에서는 육체가 사라진 도뵤의 영혼은 임신한 인간의 뱃속으로 들어가 인간으로 다시 태어났고, 그런 과정을 통해 동물의 영계에서 벗어난다고 전해졌다.

또한 1,000년의 시간이 필요한 이유는 동물의 저급한 에너지를 완벽히 씻어내고 그 빈자리를 인간의 에너지로 채우기 위해 필요한 최소한의 시간이었기 때문이다.

그런데 일본에 있어야할 도뵤가 한국의 수도 서울에 있었다는 것 또한 놀랄 일이었다.

'흐흐~ 역시 신계의 말을 할 줄 아는군. 젊은 무녀여. 너 또한 왜 이 곳에 있는 것이냐?'

유정과 말을 섞은 도뵤가 이상훈 부인의 머리를 세게 짓눌렀고, 갑자기 눈동자가 사나운 뱀처럼 변한 이상훈의 부인이 '스르륵' 뱀처럼 빠른 속도로 유정에게 향했다.

"여보! 어디 가? 앉아있어."

이상훈이 넋이 나간 채 뱀처럼 움직이는 부인을 멈춰보려 했지만 도뵤는 부인을 조종해 이상훈을 벽으로 날려버렸다.

"쿵!"

"어이쿠."

부인의 강력한 힘에 이상훈은 벽에 부딪혀 바닥에 나뒹굴었고 쓰고 있던 금테안경은 저 멀리 사라져 버렸다.

'멈춰. 더 이상 다가오지 마. 이정도 힘이면 저 아저씨 혼자 죽일 수 없었을 텐데, 왜 지금 그 꼴이 된 거지?'

유정이 위협적으로 다가오는 도뵤에게 더 이상 다가오지 말라며 경고했다.

'30년, 앞으로 30년이면 나는 더 이상 도뵤가 아니라 인간의 이름을 가지고 다시 태어날 수 있었다. 그런데…….'

도뵤가 갑자기 하던 말을 멈추고 사악한 표정을 지으며 이상훈 부인 몸을 떠나 유정에게 들러붙으려 날아들었다.

"슈욱~."

"저리 가!"

유정이 뒤로 물러서 피하려 했지만 어느새 한발 앞까지 날아와 눈을 번쩍이는 도뵤를 피하기에는 이미 늦어버렸다.

"임세이~~."

유정은 세이를 부르며 한걸음 물러섰지만 도뵤는 '휘리릭' 큰 꼬리를 휘감아 유정을 감싸고 있었다.

"파악~ 찌지직~."

그때 다급히 병실로 뛰어든 세이가 부채만 한 전법륜[2]을 내뻗었고, 전법륜과 부딪힌 도뵤의 영기가 타들어가자 도뵤가 얼른 뒤로 물러섰다.

'너는 누구냐?'

놀란 도뵤가 잠시 주춤하더니 다시 머리를 들어 세이에게 공격할 준비를 한다.

"나? 김유정 임시보호자야~. 어때? 전법륜 맛이. 티베트의 스승님이 주신 건데, 따끔하지?"

'너도 신의 말을 할 줄 아는구나.'

"뭐 조금 알아듣기만 해."

겨우 제시간에 등장한 세이가 전법륜으로 유정을 보호하며 도뵤와 대치하고 있다.

---

2   전법륜 - 부처의 가르침이 녹아있는 수레바퀴

"보스! 일본에서 넘어온 도뵤라는 재물과 의지를 관장하는 신이에요. 지금은 완전히 악신으로 변해버렸어요."

유정이 세이에게 도뵤가 단순한 업신이 아님을 알려주었다.

"그래? 이봐, 도뵤. 내 말 알아듣지? 내가 너의 몸을 찾아서 좋은 곳에 묻어줄 테니까 그만 화 풀지 그래?"

도뵤와 대화로 실마리를 풀어보려 세이가 전법륜을 방패삼아 한발 앞으로 나아갔다.

'더 이상 나의 일에 간섭하지 마라. 나의 1,000년 공덕을 날려버린 인간들에게 복수하고 나는 다시 나락으로 떨어질 것이다.'

"인간에게 복수한다고? 그건 안 되지. 네가 더 이상 인간 세상에 개입할 수 없도록 내가 막을 거니까."

인간으로 선택받는다는 것

오랜 기다림 끝에 인간의 육신으로 부활할 수 있었던 도뵤는, 자신의 꿈을 한낱 물거품으로 만들어 버린 인간들에 대한 증오로 악신이 되어 더욱 빨갛게 물들어가고 있었다.

일단 도뵤에게 협상의 의지가 없어 보이자 세이는 칠불 금강검[3]을 꺼내들었다.

칠불 금강검에서 뿜어져 나오는 짙푸른 검기에 놀란 도뵤가 뒤로 물러서는 듯하더니 갑자기 독기를 뿜으며 공격해 왔다. 그와 동시에 세이도 칠불 금강검을 휘둘러 도뵤의 독기를 내리친다.

도뵤가 내뿜는 붉은 빛의 독기와 칠불 금강검에서 나온 푸른빛이 부딪히자 병실에 날카로운 굉음이 울려 퍼졌다.

"카르릉!"

"아악~ 머리야!"

이상훈과 병원 직원들은 고막을 찢어버리듯 한 굉음에 비명을 지르며 주저앉았다. 이를 지켜본 세이가 더 이상 일반인들이 휘말리지 않도록 유정에게 소리친다.

"유정! 빨리 사람들 데리고 밖으로 나가!"

'그렇게 쉽게는 안 되지.'

도뵤가 병실을 빠져나가려는 사람들을 방패 삼으려 유정 앞을 가로막아 섰고 이에 퇴로가 막히자 세이가 칠불 금강검을 들어 빠르게 멸(滅) 자를 써 내려갔다.

---

3   칠불 금강검 - 부동명왕이 마지막 전투에서 이기기 위해 일곱 부처의 핵심 진언을 칼날에 새겨 넣은 검

그러자 허공에 푸른빛으로 쓰여진 멸(滅) 자가 곧바로 사악한 기운의 도뵤에게 달려들었다.

도뵤도 물러서지 않고 독기를 뿜어댔지만 멸자의 검기는 소멸되지 않으며 계속해서 붉은 독기를 뚫고 들어갔다.

당황한 도뵤가 푸른 검기를 피하기 위해 재빨리 이상훈 부인에게 들러붙으려 한다.

세이는 이미 예상하고 있었다는 듯 전법륜을 던져 부인에게 향하던 도뵤를 튕겨냈다. 그리고 다시 칠불 금강검을 휘둘러 도뵤의 몸통을 반으로 베어버렸다.

"스컹!"

하지만 민첩한 도뵤가 순식간에 피해 버려 꼬리 일부만 날려버렸다.

그사이 유정과 사람들이 병실을 빠져나갔고 이제 이상훈 부인을 사이에 두고 붉은 독기의 도뵤와 푸른빛의 세이가 대치 중이다.

'감히 나의 영기를 파괴하려 들다니.'

세이의 공격을 받고 잔뜩 화가 난 도뵤가 앞을 분간하지 못할 정도의 붉은 독기를 뿜어대며 방안을 어둡게 했다.

"뭐야, 시야를 가리면 나를 이길 수 있다는 거냐."

세이가 도뵤의 독기를 가르며 천천히 앞으로 나아가고 있을 때 유리창 깨지는 소리가 들렸다.

"쨍그랑! 파지직~."

그렇게 세이의 시야를 무력화시킨 도뵤가 창문을 깨고 이상훈 부인을 휘감아 뛰어 내려버렸다.

"이런 젠장! 정말 악신이 되어버렸구나."

말이 끝나기 무섭게 세이가 허리춤에 묶여있는 갈고리를 침대 다리에 걸고 창문으로 뛰어내렸다.

"휘릭~."

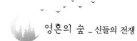

'어리석은 인간이여, 같이 죽으려는 것이냐?'

그 말을 남기고 도보는 부인을 놓아버린 뒤 허공으로 사라져버렸고, 이제 이상훈 부인과 세이는 2층과 3층을 사이에 두고 떨어져 내리고 있었다.

"픽!"

세이가 벽을 발로 차 떨어지는 속도를 높여 부인의 팔을 낚아챘다.

그리고는 몇 미터 앞에 보이는 옥외 주차장 천막 위로 부인을 던져버렸다.

"핑핑. 찌익~."

천막 위에 떨어진 부인이 두어 번 튕기더니 '찌지직' 천막 찢기는 소리와 함께 주차된 자동차 천장 위로 떨어졌다.

"쿵!"

그때 굉음을 들은 직원들이 얼른 밖으로 뛰쳐나왔고, 병원을 방문한 VIP 손님들 또한 건물 외벽에 매달려 있는 세이를 쳐다보며 뭐라고 한마디씩 하고 있었다.

"보스, 괜찮아요?"

5층 창문에서 걱정스런 표정의 유정이 밧줄에 대롱대롱 매달려 있는 세이를 불렀다.

"아니. 안 괜찮아. 허리 삐끗했어."

세이가 농담하는 것을 보고 유정이 놀란 가슴을 쓸어내린다.

"부실하시기는~. 그러니 여자 친구가 없지."

유정이 세이에게 핀잔을 주고는 허리 뒤춤에 찔러둔 단도를 꺼내 침대에 걸려있는 밧줄을 끊어버렸다.

그와 동시에 1층 높이에 매달려 있던 세이가 '픽' 하고 바닥으로 떨어졌다.

"아이고 아파라~. 야! 김유정! 말을 하고 끊어야지."

"무술 고수라면서 낙법도 못해요? 유도 2년 배운 나도 하겠다."

"아휴, 저걸 그냥~."

세이와 유정이 투닥거리고 있을 때 이상훈이 옥외 주차장으로 달려가 부인의 상태를 확인했다.

"여보. 현지 엄마. 괜찮아?"

이상훈의 부름에 정신을 차린 부인이 오른팔을 들어보려 했지만 떨어질 때의 충격으로 골절돼 꿈쩍도 하지 않았다.

"이봐, 당신들! 지금 뭐하는 짓거리야! 그나마 진정돼 병실에 있던 사람을 창문으로 뛰어내리게 하다니! 미쳤어?"

이상훈이 부인의 부상에 눈을 부릅뜨며 세이에게 버럭 화를 냈다.

의뢰인의 투정에 자리를 털고 일어선 세이가 씁쓸한 미소를 지으며 담배에 불을 붙인다.

"후~~. 이상훈 씨. 나도 목숨은 하나입니다. 당신 같으면 그 순간 부인을 위해 뛰어내릴 수 있었겠습니까?"

"당연히 뛰어……."

이상훈은 더 이상 말을 잇지 못했다.

"부인의 눈을 보세요. 업신, 아니 부인에게 들러붙어 있던 도뵤가 사라졌으니 많이 정상으로 돌아왔을 겁니다."

세이 말대로 이상훈이 이성을 찾고 부인을 확인했을 때 눈빛과 숨결이 어느 정도 정상으로 돌아와 안색이 좋아지고 있었다.

하지만 도뵤의 독기가 아직도 부인의 몸에 배어있어 언제 다시 발작을 일으킬지 알 수 없었다.

"아직 안심하긴 일러요. 도뵤를 성불시키지 않는 한 언제든지 영기를 흡수하려 부인을 찾아올 겁니다."

"그럼 어떻게 해야 한다는 겁니까?"

이상훈이 다시 근심 어린 표정으로 세이를 올려다봤다.

그때 유정이 병원에서 나와 이상훈을 역겹게 처다본다.

"아저씨. 도뵤는 단순한 업신이 아니라고. 야마타노오로치의 후손이야. 한국의 이무기 정도라고 해야 할까? 도뵤는 당신 같은 사람이 절대로 죽일 수 없어. 이제 전부 털어 놓으시지. 우릴 그만 가지고 놀고."

"흐음……."

이상훈이 아무 말도 하지 못하고 깊은 신음소리만 내뱉었다.

그랬다. 유정의 말대로 도뵤는 야마타노오로치의 후손이었고, 태어나 100년이 지나면 두 가지 길 중 하나를 선택해야 하는 운명에 놓여 있었다.

1,000년 동안 인고의 공덕을 쌓아 인간이 될 것인지, 아니면 인간으로 둔갑해 부귀를 누리며 500년을 살지. 하지만 도뵤들은 고민했다.

1,000년을 어둠 속에 숨어 살며 얻어낸 인고의 보상인 인간의 삶에는 어떠한 미래도 보장되어 있지 않았다.

가난을 대물림받는 하층민으로 태어날지, 아니면 조금 가능성이 있어 보이는 중인으로 태어날지.

아무도 알 수 없는 운명의 수레바퀴에 자신들의 인간으로써의 삶을 맡길 뿐이었다.

게다가 수명이 100년도 되지 않는 인간의 허무한 삶을 위해 1,000년의 인고를 선택하기란 쉽지 않았다.

한편, 그렇게 인간으로 태어난 도뵤들의 머리에는 전발제와 백회 사이 중간에 있는 신회 혈 자리에, 바늘구멍만 한 작은 숨구멍이 있었다. 보통 사람들은 알 수 없었지만 인간으로 둔갑한 도뵤들만은 바로 알아차릴 수 있었다.

그런데 일본의 전국시대(15세기 중반부터 16세기 후반)에 어떤 고승에 의해 인간으로 태어나 자손들을 퍼트리는 도뵤들의 정체를 알게되었고, 그 후 남자들의 머리 형태를 촌마게(정수리 부분까지 머리카락을 밀어 상투를 틀어 올린 모양)로 바꾸어 신회 혈의 숨구멍이 확인되는자들은 재판 없이 즉각 그 자리에서 죽여버렸다.

수컷으로만 태어나는 도뵤들은 인간으로 다시 태어나 오직 여자인간에 의해서만 자손을 퍼트릴 수 있었는데, 인간으로 태어나죽임 당하는 후손들을 지켜본 도뵤들은 1,000년의 인고보다 500년의 부귀영화를 선택했다. 그렇게 대가 끊긴 도뵤들은 200백 년 전에사라졌다고 유정이 본 신족서에 기록되어 있었다.

그런데 지금 한국에 도뵤가 나타난 것이다.

유정의 질문에도 이상훈이 계속 침묵하자 유정이 다그친다.

"아저씨, 그 중들 누구야? 어느 절 땡 중이냐고?"

노랗게 번쩍이는 유정의 황금사안이 이상훈의 더 깊은 심연을 꿰뚫어 가고 있었다.

"아니야. 내가 죽였다고~."

이상훈은 유정의 말을 온몸으로 부정했다.

"아니. 절대 보통사람의 힘으로는 도뵤를 죽일 수 없어. 높은 도력을 가진 승려나 도사가 아니고서는."

유정의 말에 세이는 어느 정도 퍼즐이 맞추어진 것 같아 이상훈을일으켜 세워 물어본다.

"빨리 말하지 않으면 미쳐 날뛰는 도뵤 때문에 더 많은 사람들이피해를 입을 겁니다. 가령, 모르는 사람에게 갑자기 폭력을 쓴다던지이유 없는 살인들 말입니다."

그사이 이상훈 부인은 병원직원들에 의해 들것으로 병실에 옮겨졌다.

한편 세이의 말에도 이상훈은 꿀 먹은 벙어리처럼 입을 굳게 닫고 있었고, 빨리 도뵤를 찾아 피해를 막아야만 하는 세이와 유정은 답답하기만 했다.

"아저씨. 내가 간단하게 앞으로 일어날 일을 말해줄게. 첫째, 도뵤를 처리하지 못하면 부인은 10일 안에 급사할 거고. 둘째, 부인의 영기를 나누어 가진 아저씨 자식을 찾아 영기를 뽑아 먹을 거야. 말라 죽을 때까지."

조금 전까지 침묵하던 이상훈은 유정의 말에 얼굴이 사색 됐다.

"뭐라고? 우리 소중한 딸까지~."

"보스, 우리 그만 가죠. 이 아저씨 가족을 다 잃고 나서야 정신 차릴 것 같은데."

유정의 말이 끝나기 무섭게 이상훈이 유정의 앞을 막아섰다.

"안 돼! 가지 마. 우리 딸만은~. 곧 법관이 된단 말이야."

흥분한 이상훈이 유정의 팔을 잡아채자 유정이 팔을 비틀어 뿌리쳤다.

"이봐요. 어딜 함부로 잡아! 내가 얼마나 순결한 사람인데."

"알았어. 알았다고, 모백사야. 일산에 있는 모백사라는 절이라고."

무엇과도 바꿀 수 없는 소중한 딸에 대한 걱정으로 자포자기한 이상훈이 모든 사실을 털어놓았다.

이상훈의 실토에 빨리 도뵤를 막아야 하는 세이가 지체 없이 유정에게 차에 타라고 손짓한다. 그리고 이상훈에게 계좌 번호가 적인 명함을 건넸다.

"이상훈 사장님. 여기 계좌로 3,000만 원 입금 부탁합니다. 지금은 급하니 더 자세한 이야기는 나중에 듣도록 하겠습니다."

말을 끝낸 세이가 입금을 위해 정중히 인사를 하고 재빨리 자동차에 올라탔다.

"유정 선생~ 일산 모백사 주소 네비에 찍어줘."

"벌써 하고 있거든요!"

"그래. 하하, 역시 우리 유정이는 척척박사야."

"이럴 때만 아부하시기는~."

어느새 세이의 낡은 벤츠가 굉음을 내며 강변북로를 타고 일산으로 향하고 있었다.

그런데 어째 유정이 지쳐보였다.

"정~ 괜찮아?"

"그 병원에 원귀들이 너무 많았어요. 한을 풀어 달라고 다들 나에게 말을 거는 바람에 기가 다 빠졌나 봐요."

"나도 봤어. 자식들이나 지인들에 의해 강제로 감금된 채, 세상에는 편안하게 죽어간 것처럼 보여진 부자들 말이야."

세이의 말대로 이상훈 부인이 입원한 병원은 사회 고위층들의 또 다른 내부 비지니스 장소로 활용되고 있었다. 그들의 앞을 가로막는 주변인뿐만 아니라 심지어 가족까지도 강제 입원되어 사회적으로는 안락사로 포장돼 죽어갔다.

그런 죽음들이 가능했던 것은 일반인들과 단절돼 베일에 싸인 그들의 삶을 누구도 들여다볼 수 없었기 때문이었다.

그렇게 한 많은 영혼들은 인간계의 어느 곳이든 존재했고 어떻게든 인간들의 삶에 개입해 보려 몸부림을 쳤다.

그 결과 요즘 인간들의 얼굴에서는 순간순간 다른 존재들의 모습이 수시로 나타나고 있었다. 사실 이 세상은 인간과 과거 인간이었던 죽은 존재들, 그 밖의 생물들의 영혼이 뒤섞인 영혼의 숲에 불과했다.

성공과 실패, 사랑과 결혼, 삶의 연속, 또는 죽음, 인간들이 운명 또

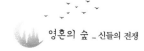

는 자신이 선택한 인생이라고 받아들이는 것들 대부분이 죽은 자들의 간섭에 의해 결정되고 있었다.

과학자들과 철학자, 소위 전문가라는 사람들이 밝혀나가는 인생의 비밀은 그저 빙산의 일각에 불과했다.

모백사의 짐승들

1시간 후 퀸의 세이와 유정이 산 중턱에 자리 잡은 모백사 주차장에 도착했다.

"유정. 도묘가 여기 있어?"

"넹~ 보스."

긴장을 풀어보려 유정이 장난기 섞인 대답을 해보지만 모백사에서 뿜어져 나오는 수많은 사악한 기운 때문에 퀸의 콤비는 긴장을 늦출 수 없었다.

세이가 트렁크를 열어 검은색 바탕에 청룡이 수놓아져 있는 전투용 조끼를 꺼내 입고 은색의 콜트 파이슨 357 매그넘을 허리에 찼다.

유정도 호랑이 가죽으로 만든 붉은 머리띠로 긴 머리를 묶어 허리까지 늘어트리고, 일본 무녀들이 쓰는 활을 꺼내 들었다.

그렇게 유정까지 준비를 마쳤을 때 특별히 제작된 여분의 탄환을 챙긴 세이가 칠불 금강검을 등에 매고 유정과 함께 모백사의 일주문(절 입구의 문)에 들어선다.

"끼이익~."

퀸의 콤비가 일주문을 열고 한 발 안으로 들어섰을 때 휘몰아치는 요기 때문에 살갗에 소름이 돋았다.

"여기가 정말 절이 맞는 거예요? 보스. 마치 귀신들의 소굴 같아요."

"그러게 말이야. 보통 사람이라면 일주문을 통과하다가 주저앉겠는데."

그때 덩치가 씨름 선수만 한 30대 승려가 거만한 목소리로, 눈에 띄는 복장의 퀸 직원들을 불러 세운다.

영혼의 숲 _ 신들의 전쟁

"처사님, 그런 해괴한 복장으로 어찌 신성한 부처님 도량에 발을 들인단 말이요. 당장 돌아들 가시오!"

세이도 조금 놀란 듯 그 자리에 멈춰 섰다.

왜냐하면 세이의 키가 185㎝였는데, 그보다 10㎝는 더 커 보였고 몸무게도 150㎏은 나가 보였기 때문이다.

"스님 안녕하세요. 저는 퀸 탐정사무실에서 온 임세이라고 합니다. 실례지만 법명이 어떻게 되시는지요?"

"대석이라 하오. 더 이상 말 섞고 싶지 않으니 그만 발길을 돌리시오."

"그럴 수는 없습니다. 보아하니 도력이 높으신 스님 같으신데. 혹시 이곳에 사악한 뱀 한 마리가 들어오지 않았습니까?"

"사악한 기운은 절대 이곳에 들어올 수 없소. 부드럽게 말할 때 저 해괴한 여자를 데리고 썩 나가시오."

그러나 대석의 말은 이미 부드러움을 잊어버렸고 두 주먹은 언제든 세이를 향해 날릴 수 있을 만큼 세게 쥐고 있었다.

"그렇게는 안 될 것 같습니다. 대석 스님이 거짓말을 하고 계시니까요."

"뭐라고? 불제자가 거짓말을 한다고!"

"그렇습니다. 아마도 여기 부처님은 눈을 감고 있을 것 같은데!"

세이의 말에 승려 대석은 눈썹을 들썩거리며 노발대발했다.

"감히 여기가 어디라고 그런 헛소리를 지껄이느냐! 썩 물러가라. 어리석은 무당 놈아!"

그러나 대석의 위협적인 말에도 세이는 눈 하나 꿈쩍하지 않았고 계속해서 모백사를 능욕했다.

"뭐라고? 여기 부처님은 주무신다고?"

세이가 다시 대석을 조롱했고, 그 말에 화가 머리끝까지 치밀어 오른 대석이 솥뚜껑만한 주먹을 세이 얼굴에 날려버렸다.

"슈웅!"

세이가 피하지 않고 가볍게 왼팔을 밖으로 막아 올려쳐 대석의 주먹을 튕겨내고는 눈 깜짝할 사이에 오른손으로 대석의 가슴 밑 안하(雁下)혈을 찍어 눌렀다.

그러자 거구의 대석이 "헉" 소리와 함께 그 자리에 멈춰버렸다.

'보통사람이었다면 이미 기절했을 텐데. 역시 덩치가 크니 혈자리도 깊숙하구나.'

세이는 혼잣말을 하며 대석을 지켜보고 있었고 기습적인 일격에 쓰러질 뻔했던 대석이 정신을 차리고 얼른 대응전으로 뛰어갔다.

그리고는 벽속에서 40kg은 되어 보이는 선장의 일종인 월아산[4]을 꺼내들었다.

"네 이놈! 니가 정녕 머리통이 박살나고 싶은 것이냐?"

하지만 대석 또한 좀전의 일격을 받고 세이가 보통사람이 아니란 걸 알아차려 거리를 두었고, 서서히 월아산을 돌리며 바람을 일으키고 있었다.

그런데 세이는 차라리 이렇게 거칠게 나오는 편이 상대하기 수월했다. 말로 먹고사는 승려들과 말싸움을 하다보면 본 게임에 가기도 전에 지쳐버렸기 때문이었다.

"대석 스님. 무당은 내가 아니라 당신 같은데. 신성한 부처의 도량에서 살인을 하겠단 것인가?"

자신의 말에 자가당착에 빠진 대석이 벌개진 얼굴로 월아산을 휘두르며 세이에게 달려들었다.

"네 이놈! 시끄럽구나!"

"쉬익!"

---

4   월아산 - 3미터 길이에 한쪽에는 초승달모양의 날카로운 날이 달려있고 반대쪽에는 삽 모양의 도끼가 달려있음

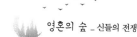

그렇게 분노 가득한 대석의 월아산이 바람을 일으키며 세이의 몸통으로 날아들었다.

"부처의 가르침이 언제부터 폭력이 된 것이냐?"

세이가 '붕붕' 돌아가는 월아산을 요리조리 피하며 대석을 비꼬았다.

세이의 조롱과 민첩한 움직임에 머리끝까지 화가 난 대석이 단숨에 끝장을 보려 세이의 머리통에 월아산을 내리쳤다. 하지만 그것 역시 세이가 가볍게 피해버렸고 너무 세게 월아산을 휘두르는 대석은 중심을 잃고 휘청거렸다.

그때를 노치지 않은 세이가 옆으로 물러서 대석의 다리를 걸어 넘어트려버렸다.

"픽!"

다음 순간, 대석이 자신의 허리통만 한 일주문 기둥에 얼굴을 들이박고 '비틀비틀' 춤을 추며 고꾸라졌다. 뒤에서 그 모습을 지켜보던 유정은 키득거리며 웃어댔다.

"저 아저씨 코미디언이야. 히히."

처음 기세와는 달리 모양 빠진 모습을 보인 대석이 수치심에 벌떡 일어났고 양쪽 콧구멍에서는 붉은 피가 줄줄 흐르고 있었다.

그렇게 자신의 코피를 본 대석은 이제 이성을 잃어가고 있었다.

"어. 코피~. 이런 개 잡종 놈의 새끼! 오늘 너를 죽이지 못하면 내가 이 부처님 처소를 떠날 것이다!"

말을 끝낸 대석이 코피를 훔치고 웃통을 벗어 던졌다.

"어머~ 저게 뭐야? 중이야, 깡패야?"

대석의 벗은 몸을 본 유정이 징그럽다며 눈을 돌렸다.

유정의 말대로 대석의 상체는 검은 뱀 문신으로 뒤덮여 있었고, 시커먼 뱀은 살아있는 듯 서서히 움직이며 대석의 몸을 돌기 시작했다.

이제 인간의 싸움이 아닌 신의 영역인 영계의 싸움으로 넘어가려 하자 세이가 칠불 금강검을 꺼내 들었다.

"어이~. 땡 중, 그 힘으로 도표를 죽였나? 쉽지 않았을 텐데."

세이의 말을 무시한 대석이 두 손으로 수인을 맺고 주문을 외운다.

"온바사라드반 온아비라~~."

잠시 후 대석의 몸에서 빠져나온 검은 뱀이 꿈틀거리며 진짜 모습을 드러냈다.

"아니! 저건 북방의 수호신 흑금이룡이잖아! 하~ 이번에는 진짜 이 무기인 건가. 그런데 어쩌다 너 같은 놈한테 흑금이룡이 붙어 있는 거지?"

하루 만에 한국과 일본의 이무기를 눈앞에서 본 세이가 기막혀한다.

"말이 많구나. 그 입 다시는 놀리지 못하리라."

조금 전 일로 단단히 열이 받은 대석이 격노하며 세이에게 합장 인을 뻗자 곧바로 흑금이룡의 영체가 검은 독기를 품고 세이에게 달려들었다.

"슈우웅~."

흑금이룡의 공격을 피해 공중으로 몸을 날린 세이가 재빨리 칠불 금강검을 내리쳐 흑금이룡의 독기를 베어버렸다.

"스캉~."

그렇게 세이의 칠불 금강검이 흑금이룡의 독기를 내리치자 마치 단단한 쇠와 부딪힌 것처럼 파열음을 내며 독기를 부셔나갔다.

"네 이놈. 어떻게 흑금이룡의 공격을 막아낸 것이냐?"

흑금이룡의 강력한 독기를 칠불 금강검이 날려버리자 놀란 대석이 한발 물러서며 말했다.

"너보다 고수가 흑금이룡을 불렀다면 위험했겠지. 하지만 네놈의 사악한 마음은 흑금이룡의 힘을 완전히 쓸 수 없어!"

말을 끝낸 세이가 여유를 두지 않고 두 걸음 만에 대석 앞까지 뛰어가 칠불 금강검을 치켜들었다.

"네놈 몸에서 흑금이룡을 떼어내주마!"

세이가 흑금이룡이 새겨진 대석의 가죽을 베어내려 칠불 금강검을 내리쳤다.

놀란 대석이 수인을 풀고 세이의 금강검을 막아보려 하지만 이미 늦어버린 다음 순간,

"까가강~."

그때 갑자기 나타난 두 승려가 석장(지혜의 지팡이)을 들어 세이의 칠불 금강검을 막아냈고 이때를 놓치지 않은 대석이 흑금이룡의 영체를 세이의 가슴팍으로 날려버렸다.

"스스슥~ 퍼벅!"

검은 먹구름처럼 밀려드는 흑금이룡의 영체가 사납게 세이의 조끼를 찢으며 파고들었고 무방비 상태로 놓인 세이의 영기를 먹어 치우려 하고 있었다.

"으윽~ 장난이 아닌데."

이제 세이의 칠불 금강검은 두 승려의 석장에 봉인돼버려 반격할 수 없었다.

그렇게 꿈쩍도 하지 못한 채 속수무책으로 흑금이룡의 공격을 맨몸으로 받아내고 있을 때

"슈욱~."

유정이 쏜 상목(桑木) 화살이 흑금이룡의 몸을 꿰뚫고 지나갔다.

"크윽~."

상목화살을 맞아 신음하던 흑금이룡의 영체가 뒤로 물러서 대석에게 돌아갔다.

그사이 세이가 칠불 금강 검을 놔버리고 앞으로 굴러 콜트 파이슨

357을 꺼들었다.

그리고 대석을 향해 방아쇠를 당긴다.

"탕! 탕!"

한 발은 대석의 어깨에 그려진 흑금이룡의 머리를 한 발은 여의주를 잡고 있는 이룡의 발을 향해 날아갔다.

그런데 예상과는 달리 월아산을 집어든 대석이 흑금이룡의 머리가 아닌 배에 그려진 여의주를 재빨리 막고 있었다.

"퍽."

특수 제작된 호혈탄[5] 한 발이 대석의 어깨에 박혀 터졌고 나머지 한 발은 월아산에 의해 튕겨 나갔다.

호혈탄에서 뿜어져 나온 푸른빛의 소금 기운과 호랑이 피에 대석과 흑금이룡이 비명을 지르며 흙바닥을 나뒹굴었다.

"아악! 저 미친놈이 진짜 총을 쏘다니~. 비현 스님 자윤 스님 도와주시오~. 몸이 불타는 것 같소!"

대석이 비명을 지르며 두 승려를 부르자 사십은 되어 보이는 날렵한 모습의 비현과 30대 초반의 탄탄한 몸을 지닌 자윤이 대석의 앞을 막으며 세이와 유정을 향해 소리친다.

"지금 뭐하는 짓이냐? 감히 불제자에게 총을 쏘다니. 정녕 지옥에 떨어지고 싶은 것이냐?"

비현이 쇳소리 나는 날카로운 목소리로 세이를 나무랐고 이에 세이가 떨어뜨렸던 칠불 금강 검을 주어들며 나지막이 말을 받았다.

"어이~ 스님들. 절이란 곳에 이렇게 사기가 넘쳐흐르는데 당신들이

---

5   호혈탄 - 야생백두산 호랑이의 피와 티베트 고승의 뼛가루에, 천일염이 푸른빛이 날 때까지 무쇠가마솥에 9일간 삶아 만들어진 청염을 섞어 만든 총알. 사악한 기운을 소멸시킨다.

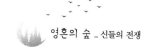

진짜 중이란 거야! 그리고 불제자가 이무기의 영체를 조종하는 도술을 부린다는 게 말이 된다고 생각하나?"

세이의 말에 비현이 같잖다는 듯 미소를 보였다.

"스님이 도술을 부리면 안 된다는 법도 있느냐. 뒤에서 너의 말을 들어보니 여기 모백사에 사악한 뱀이 들어 왔다는데, 모백사는 말 그대로 영물로 죽어간 뱀 신을 위로해 인간 세상에 해를 끼치지 못하도록 선대의 고승이 세우신 절이다. 사악한 뱀이든 선한 뱀이든 가리지 않고 받아들이는 것이 부처님의 뜻이거늘, 모백사에 어떤 뱀이 들어오든 이상할 것은 없다."

비현이 그럴듯하게 현재 상황을 포장하자 지켜보던 유정이 끼어들었다.

"아저씨. 당신이 말한 대로 뱀 신을 위해 기도해줬다면, 나한테 주박(呪縛)에서 풀어달라고 아우성치는 땅속의 영체들은 뭐지? 당신들은 밀교의 주술을 엉뚱한 곳에 이용하고 있잖아! 게다가 이무기와 뱀들의 어미라 불리는 모추사까지 죽여서 영체를 조종하는 것은 당신의 말과 상반되는데."

유정의 말에 비현과 중들은 큰 비밀이라도 들킨 것처럼 흠칫 놀랐다.

"어허~ 조용히 떠나라는 자비를 베풀었는데 너의 무모한 혀가 오늘 두 목숨을 저승길로 보내는구나."

비현이 손으로 일주문을 가리키자 삼성각에 숨어있던 대여섯의 중들이 뛰쳐나와 일주문을 닫아버렸다.

"끼이익~."

묵직한 일주문 닫히는 소리와 함께 모백사의 중들이 흉기를 들고 세이와 유정을 둘러싸기 시작한다.

"정! 진짜 심각해졌는데. 저번 교회하고는 비교도 안 되겠어."

"보스. 내 몸은 내가 지킬 테니까 맘 놓고 싸워요."

세이를 안심시킨 유정이 활시위를 풀어 목검처럼 움켜쥐었다.

"쓸데없는 말 하지 말고 내가 앞을 뚫을 테니까. 일주문 밖으로 나가서 십 분만 기다려."

"같이 싸울 거예요. 나도 퀸의 직원이잖아요."

"저놈들 살기 안 보여? 명령이야!"

세이의 비장한 표정에는 지금의 심각한 상황이 담겨져 있었고 유정도 더 이상 세이의 명령을 거스를 수 없었다.

그렇게 세이가 유정을 밖으로 내보내려 할 때 비현이 제자들에게 소리쳤다.

"저 연놈을 사정 두지 말고 갈가리 찢어버려라!"

비현의 말에 일주문을 닫았던 중들이 손도끼와 일본도, 낫을 들고 세이와 유정에게 달려들었다.

"캉! 핑!"

중들의 공격을 세이가 칠불 금강검을 휘둘러 튕겨내고는 재빨리 유정과 함께 일주문으로 내달린다.

"피해!"

그때 중이 휘두른 칼이 뒤따르던 유정의 목을 노리고 허공을 가르며 휘어져 들어왔다.

이에 유정을 품에 끌어안은 세이가 칠불 금강검으로 칼날을 내리치고 중의 다리를 베어버렸다.

"스격!"

소리와 함께 유정의 목을 노리던 중의 다리가 잘려나가며 불타 사라졌다.

괴수와 영체를 물리치기 위해 특수 제작된 칠불 금강검 날의 위력 앞에 인간도 예외가 될 수 없었다.

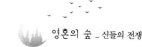

그러나 이런 칠불 금강검의 위력을 보고도 중들은 멈추지 않았고 계속해서 세이와 유정을 향해 검과 도끼를 내리쳤다.

"이 자식들! 정말 우릴 죽일 작정이냐? 왜 이렇게까지 해야만 하지?"

세이의 말에 비현이 유정을 가리켰다.

"말했잖느냐. 저년의 주둥아리 때문이라고. 그리고 방금 생각난 건데 저 계집을 본 적 있다. 일본의 밀교에서 찾아달라는 그 계집과 아주 닮았어. 불제자들이여~ 저 남자 놈만 죽여 버리고 계집은 산 채로 잡아라."

비현의 말이 끝나기 무섭게 중들은 다시 번쩍거리는 도끼와 칼을 들고 일제히 세이를 난도질하려 달려들었다.

"하~ 적당히 하고 도망치려해했는데 안 되겠네. 원망하지 마라."

중들에게 경고한 세이가 칠불 금강검에서 칠불의 진언이 쓰여 진 무거운 검 날을 떼어내자 차가운 냉기도 베어버릴 듯한 날카로운 검 날이 드러났다.

그렇게 조금은 무거웠던 칠불 검날이 떨어져나가며 봉인해두었던 서슬 퍼런 푸른 검기가 춤을 추듯 주변에 뿌려졌다.

사실 칠불 검날을 떼어낸 이유는 무게를 줄이기 위한 것도 있었지만 부처의 힘을 품고 있는 칠불 검날로 인간을 해칠 수 없었기 때문이었다.

그때 비현이 금강검의 검기에 놀란 듯 한마디한다.

"도대체 너는 뭐하는 놈이냐. 어찌 그런 영험한 것들을 갖고 있는 것이냐 말이다."

세이는 비현의 말을 무시하고 검을 밑으로 내려 칼날에서 뿜어져 나오는 푸른 검기를 진정시켰다.

"비현 스님 제가 상대하겠습니다. 이름이 세이라고? 내 너의 몸을 그 이름처럼 세 토막을 내주마."

자윤이 독사 같은 말을 내뱉고는 바람도 베어버릴 듯한 날카로운 일본도를 꺼내 들어 비현 앞으로 뛰쳐나왔다.

그리고는 여유를 두지 않고 단숨에 세이의 다리를 노리며 달려들었다.

이에 맞춰 나머지 중들이 무방비의 유정을 생포하려 둘러쌌고 순식간에 유정이 세이로부터 떨어져 고립돼버렸다.

"유정아!"

"쉬익~."

유정을 신경 쓰느라 집중력이 흐트러진 세이를 노리고 자윤의 검이 지면을 타고 무릎을 향해 날아들었다.

"슈욱! 캉!"

유정에게 가려던 세이가 재빨리 두 걸음 물러서며 금강검으로 비현의 검을 튕겨냈다. 하지만 급하게 몸을 트는 바람에 잠시 중심을 잃어버렸고, 그 틈을 노치지 않은 자윤의 예리한 검 끝이 "슉~." 소리와 함께 세이의 가슴팍으로 찔러 들어왔다.

세이가 급히 금강검을 올려쳐 튕겨낸다. 하지만 너무나 빠른 자윤의 검이 이미 왼쪽가슴을 찌르고 나온 뒤였다.

세이의 얼굴이 구겨진 채 왼쪽가슴에서는 '스멀스멀' 시뻘건 피가 배어 나오기 시작했다. 생각보다 꽤 깊은 상처를 입은 탓에 순간 세이의 한쪽 무릎이 꺾여버렸다.

다행이 심장 안쪽까지 자윤의 검이 뚫고 들어오지는 못해 생명에 지장은 없었지만 갑자기 많은 양의 피를 쏟아낸 세이는 어지러움을 느꼈다.

"벌써 끝난 것이냐? 가지고 있는 것에 비해 실력이 형편없구나. 하긴 자윤 스님은 검술의 고수인데다가 비첨사(飛鐵蛇)의 영기까지 더

해졌으니 당연하겠지."

비현은 단 두 번 자윤의 검 움직임으로 땅바닥에 무릎을 꿇은 세이에게 비아냥댔다.

그사이 기운을 돌려 얼른 출혈을 막은 세이가 자윤의 살수에 제대로 화가 나 벌떡 일어섰다.

"이봐. 땡중! 이제부턴 진짜 정당방위인 건가! 하긴 한국에 그런 제대로 된 법은 없겠지만."

"아직 정신을 못 차렸구나. 이번에는 목을 노려볼까?"

처음 공격이 성공해 자만에 빠진 자윤이 세이를 앞에 두고 다음은 어디를 내리칠까 어슬렁거리며 검을 휘둘러대고 있다.

그때 세이가 금강검으로 바닥의 모래를 뒤집어 먼지를 일으키자 순간 자윤의 시야가 가려져 버렸다. 그리고 재빨리 콜트 파이슨을 꺼내 한발 물러서는 자윤을 향해 방아쇠를 당겼다.

"탕~."

자윤은 재빠른 뱀처럼 멀리 피해버렸고 그 틈에 남을 총알을 모두 유정을 둘러싼 중들에게 쏴버렸다.

"탕탕탕~."

"욱~. 크악!"

미처 호혈탄을 피하지 못한 중들은 신음소리와 함께 '퍽퍽' 바닥에 쓰러졌다. 하지만 살상용이 아닌 호혈탄은 중들의 몸을 관통하지 못하고 몸속에 박혀버렸다.

대신 호혈탄이 터지며 퍼진 호랑이 피와 청염은 중들이 몸에 두르고 있던 뱀 신의 영체들에게 고통을 주며 중과 함께 바닥에 나뒹굴게 만들었다.

"유정 지금이야. 빨리 나가. 쓰러진 놈들도 곧 일어날 거야."

세이의 말에 유정이 더 이상 안에 있어봤자 방해만 될 것을 알고 일주문을 열어 절을 빠져나간다.

"끼이익~."

재빨리 유정이 빠져나가자 세이가 일주문을 닫아버렸다.

하지만 여유를 두지 않는 자윤의 매서운 칼놀림이 등지고 서 있는 세이에게 날아들었다.

"쉐엑!"

그때 뒷목에 살기를 느낀 세이가 옆으로 피하며 금강검을 움켜잡았다.

그러나 한번 세이의 피 맛을 본 자윤의 검은 멈추지 않고 다시 심장을 노리며 찔러 들어왔다.

"슈욱~."

"깡~"

이번에는 세이가 손쉽게 자윤의 검을 받아 쳐내버렸다.

그런데 금강검과 부딪힌 자윤의 검이 사정없이 진동해 자윤은 겨우 검을 붙잡고 있을 뿐이었다.

"왜? 조금 놀랐지? 방금 전에는 일부러 찔려준 거야. 니들 방심시키려고. 내 예상대로 움직여준 덕분에 우리 직원을 안전해졌으니 본 게임을 시작해볼까!"

말을 끝낸 세이가 푸른빛이 이글거리는 금강검을 치켜들어 자윤에게 내리쳤다.

"깡! 쉬익~. 핑~. 깡깡!"

그런데 조금 전까지 뱀처럼 날렵하던 자윤의 움직임은 왠지 둔해 보였고, 간신히 세이의 검을 막아낼 뿐, 감히 반격할 엄두조차 내지 못하고 있었다.

"어이. 벌써 끝이야? 가지고 있는 혀에 비해 실력이 형편없구만."

세이가 좀 전에 비현에게 들었던 말을 그대로 자윤에게 돌려주자,

비현을 비롯한 머리카락 한 올 없는 중들의 민머리가 징그럽게 꿈틀거렸다.

"더 이상 봐줄 것 없다. 저놈의 사지를 찢어 버려라!"

비현이 노기 서린 목소리로 중들에게 사수(蛇狩 뱀이 사냥을 하는 모습) 진법을 펼치게 했다.

그러자 중들은 뱀이 먹이를 둘러싸 독니를 꺼낸 것처럼 진형을 갖추어 일제히 세이를 향해 검을 겨누고 있었다.

"후흡~ 하~."

세이가 깊게 심호흡을 한 뒤 가슴에서 배어나오는 피를 검지와 중지에 묻혀 금강검의 칼날에 '쓰윽~' 하고 피를 먹였다.

세이의 피를 머금은 금강검의 푸른 검기는 더욱 빛을 발했고 어느새 세이의 전신을 휘감은 뒤 두 눈으로 모여들었다.

그렇게 세이는 푸른빛을 이글거리는 금강검과 하나가 되어가고 있었다.

"어서 공격해라. 저놈이 더 이상 해괴한 짓을 할 수 없게!"

다급해진 비현의 명령에 중들의 칼끝은 사수진법을 펼쳐 뱀이 공격하듯 땅바닥을 타고 세이의 다리를 향해 찔러 들어갔다.

"휘릭~."

세이가 공중으로 뛰어 가볍게 피해버리자 비현이 석장의 앞부분을 뽑아 숨겨뒀던 검으로 세이의 목을 내리쳤다.

"슉!"

"팡~."

그런데 비현의 예상과 달리 세이가 허공에 발을 차 한 번 더 뛰어오르자 비현의 석장이 세이의 잔상만 베어버렸다.

다음 순간 "쉬익~" 소리와 함께 세이의 금강검이 순식간에 비현의 오른팔을 베어버렸다.

"윽~."

"쿵!"

비현은 주지답게 오른팔을 덜렁거리면서도 중심을 잡고 땅바닥에 내려앉았다.

그러자 놀란 대석이 달려와 비현의 상태를 살핀다.

"비현 스님! 괜찮으십니까?"

"대석! 나는 신경 쓰지 말고 더 이상 저놈이 날뛰지 못하게 해라!"

"아닙니다. 치료부터 하셔야 합니다."

대석은 승복을 찢어 비현의 덜렁거리는 오른팔을 감쌌고, 자윤과 나머지 중들은 계속해서 독기 가득한 사수 진법으로 세이를 공격하고 있었다.

다시 중들의 검이 먼지바람과 함께 땅을 가르며 세이의 사타구니로 들어왔다. 하지만 세이가 가볍게 두 걸음 물러서 무기력하게 만들었고 목과 허리를 동시에 치고 들어오는 칼날 또한 눈 깜짝할 사이에 금강검을 휘둘러 튕겨내 버렸다.

그렇게 모백사의 중들이 십여 차례 공격해 왔지만 누구도 세이의 움직임을 따라잡을 수 없었다.

그동안 아무도 빠져나간 적 없던 사수진법이 통하지 않자 중들은 우왕좌왕 두서없이 공격해 들어왔고, 이에 세이가 자세를 고쳐 잡아 금강검을 옆으로 비틀어 움켜잡았다.

"쉬익~. 텅~ 서걱!"

금강검이 날아드는 검들을 단숨에 두 동강 내버리고 하나둘씩 중들을 베어나가자 모백사의 앞마당은 이내 피로 물들어갔다.

"녀석의 현란함에 속지 마라! 검은 네 방위에서만 치고 들어올 뿐이다!"

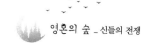

비현의 외침에 정신을 차린 중들이 다시 전열을 재정비해 세이에게 달려들었다. 하지만 세이는 어느새 중들의 등 뒤에 와 있었고 그렇게 세이의 그림자만 쫓던 중들의 움직임은 눈에 띄게 둔해져 있었다. 잠시 후 세이를 따라잡느라 지쳐버린 중들은 이제 숨이 목까지 차올라 "헉헉" 대고 있었다.

그때 제자들의 무기력해진 모습에 비현이 소리친다.

"뱀 신들의 요기를 이용해 저놈을 따라잡아라! 제아무리 빠르다 해도 뱀 신만큼 빠르진 않을 것이다!"

비현의 말에 중들이 일제히 세이와 떨어져 주문을 외우기 시작한다. 잠시 후 주문을 통해 몸 밖으로 드러난 각양각색의 뱀 신들은 사나운 모습을 한 채 중들의 등 뒤에서 꿈틀거리고 있었다.

그렇게 전신에 뱀 신의 영체를 두른 중들의 몸놀림은 비현의 말처럼 놀랄 만큼 빨라져 있었고, 어느새 세이를 밀어붙이며 포위망을 좁혀가고 있었다.

"녀석 또한 지쳤을 것이다! 여유를 주지 말고 당장 끝내버려라!"

비현이 명령하자 강력한 뱀 신의 요기를 품은 네 개의 칼끝이 비명소리와 함께 일제히 세이를 향해 찔러 들어왔다.

"슉~ 슉~." 생각 이상 빨라진 중들의 칼놀림에 세이가 뒤로 물러서며 검들을 받아치고 있었고 몇 번의 뒷걸음질 만에 어느새 모백사의 돌담까지 밀려나 중들에게 둘러싸여 버렸다.

"나와 태산은 하늘에서 베어나갈 것이니, 너희 넷은 저놈의 움직임을 막아라!"

자윤의 명령에 나머지 넷은 사수진법으로 사방에서 세이의 몸통을 향해 찔러 들어갔다. 그리고 자윤과 태산은 공중으로 날아 태양을 등지고 세이의 머리를 향해 검을 내리쳤다.

"죽어라! 이 요망한 놈!"

"피슈슛~. 쓰겅!"

자윤의 고함과 함께 하늘과 네 방위에서 서슬 퍼런 칼날이 날아들었고 이제 세이는 더 이상 피할 곳이 없었다.

그런데 매섭게 달려드는 칼끝에도 세이는 금강검을 오른쪽으로 높이 치켜든 채 미동조차 하지 않았다.

이제 쏜살같은 자윤과 중들의 검 날이 공기를 가르며 세이의 코앞까지 베어들어 왔다.

"무명참살![6] 풍파월(風波鉞)~."

세이의 오른쪽 허공에 멈춰있던 금강검이 번쩍 큰 사선을 그리며 순식간에 왼쪽 발밑으로 내려와 푸른 검기를 뿜어대고 있었다.

다음 순간

"크윽~ 쿨럭~."

짧은 비명을 내지르며 자윤을 비롯한 다섯 명의 중들이 세이의 발아래 피를 토하고 쓰러졌다.

그 모습에 어찌 된 일인지 어안이 벙벙한 비현과 대석은 '쩍' 입이 벌어진 채 놀라고 있을 뿐이었다.

사실 너무나 빠른 세이 금강검의 움직임을 아무도 볼 수 없었지만, 번쩍하는 순간 사선으로 내려오며 아홉 번의 변화를 일으켜 중들의 몸 곳곳을 베어버린 것이다.

그런데 중들의 몸을 베고나온 금강검 어디에도 인간의 피와 살 냄새 하나 남아있지 않았다.

"네 이놈~ 듣도 보도 못한 총탄에 그런 검술까지, 누구의 사주를 받고 여기 온 것이냐?"

비현이 세이에게 달려들려던 대석을 말리며 정체를 물어봤다.

무명참살無鳴慘殺 - 검의 내리치는 소리조차 듣지 못하고 죽음에 이르는 검술법

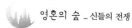
영혼의 숲 _ 신들의 전쟁

"사주? 그런 거 없는데. 그리고 검술을 살아남기 위해서 배웠지. 저 바다 건너서."

"역시, 이 나라 놈이 아니었구나."

"아니. 한국 사람 맞아. 그저 어렸을 때 죽음의 경험이 풍부했었지. 자, 그럼 마무리를 지어볼까요? 스님들!"

세이가 공기도 태워버릴 듯한 푸른 눈빛을 번쩍이며 성큼성큼 중들에게 다가가자 일순 비현과 대석은 오금이 저려왔다.

'저 녀석의 힘은 진짜다. 인간의 능력이 아니야.'

비현의 생각처럼 세이는 그동안 모백사 중들이 상대했던 사람들과는 차원이 달랐고, 중들은 처음으로 그들의 손에 죽어간 사람들처럼 죽음의 공포를 느끼고 있었다.

"저벅저벅"

세이의 위협적인 발걸음에는 살기를 넘어선 소멸의 기운으로 가득 차 있었다.

"임 처사~. 잠깐만 기다리시오."

다급해진 비현이 세이를 부르며 멈춰 세웠지만 세이는 망설임 없이 칼끝을 높이 치켜들었다.

"살려주시오~. 우리는 그저 종단에서 시키면 움직이는 사냥개에 불과합니다. 칼을 거두어 주시오~."

그러나 세이의 기세는 조금도 꺾이지 않았고 이에 비현이 무릎을 꿇고 사정하기 시작한다.

"부디 생명의 소중함을 다시 생각해주십시오~."

잘려진 한 팔을 덜렁거리며 애원하는 비현의 모습을 바라보던 세이가 잠시 칼을 거두어들이고 물어본다.

"비현이라고 했나? 내가 알기론 한국에 너희 같은 놈들을 부리는 종단은 없는 걸로 아는데?"

"전부 말씀드리겠소. 그러니 제발 저기 나의 제자들을 살려주시오~."

비현의 모두 털어놓겠다는 말에 세이도 더 이상 살상을 원치 않아 눈짓으로 쓰러진 중들에게 가라고 신호한다.

어기적거리며 꼴사납게 제자들에게 기어가는 비현을 뒤로하고 세이가 담배를 꺼내 불을 붙였다.

"후~. 일이 생각보다 쉽게 끝났네. 그나저나 이런 놈들이 스님 행세를 하고 있을 줄이야."

그렇게 담배 연기를 내뿜으며 모백사의 전경을 둘러보던 세이는, 이곳이 못된 중들이 있기에는 너무나 멋진 절이라고 생각했다.

"쿠구궁!"

그때 세이의 등 뒤에서 천둥소리와 함께 강한 회오리바람이 일기 시작했다.

"뭐지?"

굉음에 고개를 돌려보니 비현의 몸에 봉인돼 있던 모추사와 흑금이룡, 나머지 뱀 신들의 영체가 한데 모여 거대한 이무기의 형태를 이루며 커져가고 있었다.

순식간에 이무기는 모추사와 흑금이룡 두 개의 머리를 가지고 커져갔고 이제 모백사의 대응전보다 높이 솟아오르고 있었다.

"아하하하~. 9할을 이겨놓고 1할의 남은 숨통을 끊지 않은 네놈의 자만이 너무도 고맙구나~. 크아하하~."

비현은 세이의 나약한 마음을 비웃으며 사악한 요기를 뿜어대고 있었고, 뒤에서는 제자들이 서로 팔짱을 낀 채 수인을 맺어 뱀 신들의 요력을 모추사와 흑금이룡에게 전달하고 있었다.

"젠장~ 역시 믿을 것이 못되는 땡중놈들이었어!"

방심했던 세이가 모추사와 흑금이룡으로 만들어진 거대한 이무기

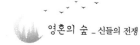

를 상대하기 위해 일주문 앞으로 뛰었다.

그리고 재빨리 바닥에 떨어져 있는 칠불 검날을 집어 들려했다.

하지만 이무기가 쏘아대는 검은 요기는 어느새 세이를 날려버려 일주문에 밀어붙였고, 이제 모추사의 요기까지 더해져 세이를 일주문 상단에 들어 올려 꼼짝도 못하게 만들었다.

그렇게 움직임이 봉쇄된 세이는 금강검을 놓아버리고 힘겹게 콜트 파이슨을 꺼내들어 이무기를 향해 방아쇠를 당겼다.

"철컥, 철컥."

하지만 조금 전 싸움에서 총알을 다 써버려 빈총에서 철컥거리는 소리만 들려왔다.

그사이 이무기의 요기가 세이의 온몸을 바스러트리듯 짓눌러버려 세이의 푸른 눈빛은 점점 힘을 잃어갔다. 게다가 흑금이룡의 요기는 목과 얼굴을 검게 덮어가며 살갗을 벗겨 내려하고 있었다.

"으악~~."

세이가 비명을 지르며 겨우 호혈탄을 꺼내 콜트 파이슨에 장전하려 했다. 하지만 어느새 손끝까지 퍼져나간 검은 요기는 호혈탄을 바닥에 떨어트리게 만들었다.

"쾅쾅!"

"보스! 괜찮아요?"

일주문 밖에서 유정이 문을 두드리며 세이를 부르고 있다.

"물~러서~. 저 뱀 두목들의 요기에 언제 일주문이 날아갈지 몰라! 크악~."

더욱 거세진 이무기의 요기는 세이의 팔다리를 부러뜨리려 비틀고 있었고 얼마 지나지 않아 "뚜둑!" 소리와 함께 결국 세이의 왼쪽 어깨를 뽑아내 버렸다.

"윽~."

짧은 신음소리를 내뱉은 세이가 멀쩡한 오른팔로 뽑혀진 왼팔을 끼워넣으려 했지만 멈출 줄 모르는 이무기의 요기에 왼팔은 힘없이 꺾여만 갔다.

'이대로는 안 되겠다.'

세이가 힘겹게 오른손을 뻗어 호혈탄 하나를 뽑아냈다.

그리고는 허리 벨트의 튀어나온 버클에 호혈탄 뇌관을 내리친다.

"펑~." 소리와 함께 호랑이의 붉은 피와 청염이 사방으로 튀었고 "찌찌직" 소리를 내며 세이에게 달려들던 이무기의 검은 요기 또한 호열탄이 내뿜는 맑고 용맹한 기운에 타들어 갔다.

그렇게 호혈탄에 이무기의 요기가 물러나자 허공에 떠있던 세이가 '꿍'하고 바닥으로 떨어졌고 밖에 있던 유정이 일주문을 밀어재끼고 뛰쳐 들어왔다.

"보스~ 괜찮아요?"

"이게 괜찮아 보여?"

세이가 덜렁거리는 왼팔을 보여주며 '씨익' 웃어보였다.

그때 비현이 다시 뱀신들의 요기를 추슬러 세이에게 공격준비를 한다.

"이번에는 목을 비틀어 아예 숨통을 끊어주마!"

말을 마친 비현이 모추사의 입안에 흑금이룡을 집어넣고는 곧바로 세이에게 날려버렸다.

"쿠우웅~."

굉음과 함께 모추사가 바닥의 모래를 뒤집으며 세이와 유정에게 달려들자 유정은 들고 있던 활시위를 당겼다.

"피융~."

유정이 쏜 상목화살이 거세게 달려드는 모추사의 머리에 박혀 들어갔다.

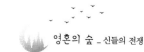

"키윽~."

상목화살을 맞은 모추사의 영체가 비명을 지르며 뒤로 밀려난다.

하지만 모추사 입안에서 튀어나온 흑금이룡이 검은 요기를 휘감아 유정에게 달려들었다.

유정이 재빨리 상목화살을 활시위에 넣고 당겨보지만 흑금이룡은 이미 눈앞까지 밀고 들어와 늦어버렸다.

이제 흑금이룡이 큰 입을 벌려 유정을 삼키려 한다.

"크아앙~"

"텁~"

그때 어디선가 나타난 도뵤가 흑금이룡의 목을 물어뜯어 공중을 어지럽게 돌기 시작했다.

"유정~ 지금이야!"

세이가 유정에게 상목화살로 흑금이룡의 머리를 날려버리라고 소리쳤고 "피융~" 소리와 함께 상목화살이 흑금이룡의 머리를 관통해 대웅전 기둥에 박혀 들어갔다.

"커억~."

상목화살에 맞은 흑금이룡이 비틀거리며 사방에 검은 요기를 뿌려대자 이를 본 비현은 재빨리 흑금이룡을 불러들여 요기의 소멸을 막아냈다.

그렇게 눈 깜짝할 사이, 갑자기 나타난 도뵤와 퀸의 콤비가 모추사와 흑금이룡의 요기를 반으로 줄여버렸다.

'사안의 무녀, 그리고 잠시 잠들어 있는 전장의 신이시여, 나의 복수에 이미 손을 대셨군요. 지금부터 내가 같이 싸워도 되겠습니까?'

오전과는 다르게 도뵤는 정중하게 세이와 유정에게 말을 걸어왔다.

하지만 기력이 빠진 세이가 신의 언어를 제대로 알아듣지 못하자 유정이 대신 도뵤의 말을 전해준다.

"보스, 도뵤가 자기도 같이 싸워도 되냐는 데요?"

"흠~. 지금 상황에서는 어쩔 수 없지. 도뵤에게 탈골된 내 왼팔에 붙으라고 해!"

"알겠어요!"

유정이 세이의 말을 도뵤에게 전달하자 도뵤가 기다렸다는 듯이 세이의 왼팔과 어깨를 붉은 영기로 휘감았다.

"보스 어때요?"

"생각보다 괜찮은걸. 그런데 오늘밤 후유증 좀 있겠어."

말을 마친 세이가 도뵤의 요기를 이용해 칠불 검날을 원래대로 금강검에 끼워 넣었다.

"유정! 엄호해줘. 단숨에 끝낼 테니까!"

"넵~."

유정이 상목화살을 전부 꺼내 일주문에 일렬로 세워두는 사이 세이도 콜트 파이슨에 호혈탄을 장전했다.

"제법이구나! 모추사와 흑금이룡의 공격을 막아내다니. 하지만 이번 공격으로 널 아귀지옥에 떨어뜨려 주마!"

말을 끝낸 비현이 자윤과 나머지 중들에게 요력을 더 높이라고 소리쳤다. 그러자 앞이 보이지 않을 만큼 광풍이 불며 뱀 신들의 요기가 요동치기 시작했다.

세이는 눈앞에 펼쳐진 광풍 속으로 뛰어들 준비를 끝내고 유정에게 소리친다.

"유정! 간다!"

세이는 칠불 금강검과 도뵤를 팔에 두르고 광풍 속으로 달려나갔고, 뒤에서는 유정이 상목화살을 쏘아대며 세이 앞을 가로막고 있는 뱀 신의 요기를 부숴나갔다.

뱀 신에게 자유를

어느새 이무기 앞에 도착한 세이는 상목화살 덕분에 요기가 흩어지며 만들어진 구멍으로 몸을 날렸다.

그에 맞춰 "피융~ 피융~ 피융~" 유정이 남은 화살을 모두 구멍으로 쏘아 넣어 세이의 앞길을 열어주었다.

이제 더 이상 화살이 잡히지 않자 유정이 활을 내려놓고 광풍 속의 세이를 지켜본다.

거세게 회전하는 광풍 속에서는 흑금이룡의 검은 요기와 모추사의 보라색 요기가 도묘의 붉은 요기, 세이의 푸른빛과 부딪히며 불꽃을 튀기고 있었다. 나머지 뱀 신들 또한 세이의 빈틈을 노리며 공격하고 있었다.

순간순간 세이가 휘두르는 칠불 금강검에 뱀 신의 비명소리가 들려왔고 요기와 요기가 부딪히는 엄청난 충격으로 모백사의 기왓장이 종잇장처럼 사방으로 날리고 있었다.

"쿵! 퍼억~ 까가강~ 탕탕탕~."

숨 쉴 틈 없이 펼쳐지는 공방 속에 모든 것을 찌부러뜨릴 듯 소용돌이의 광풍이 미친듯이 휘몰아쳤다. 그것은 마치 여러 마리의 용이 서로의 목을 물고 쉴 세 없이 회전하는 것처럼 엄청난 기세였다.

그렇게 모백사를 집어삼킬 듯 빠르게 회전하는 광풍은 건물 여기저기를 부숴나갔고 절의 마당 곳곳은 움푹움푹 패여 나가며 깊은 구덩이를 만들어가고 있었다.

밀고 밀리는 치열한 공방전이 한창인 와중, 간간히 이무기의 요기와 칠불 금강검이 부딪히며 만들어낸 불꽃으로 순간순간 위태로운 세이의 모습이 보였고, 세이의 팔에서 더욱 붉게 물들어가며 싸우는 도 묘의 사투도 볼 수 있었다.

잠시 후 회오리 속에서 어른 주먹만 한 불꽃이 사방으로 튕겨 나가 모백사 여기저기에 불을 붙였고, 뱀 신과 세이가 만든 광풍은 하늘을 뚫고 올라갈 것처럼 끝없이 솟구쳤다.

그렇게 10분여간의 치열한 사투가 이어지더니 일순 거짓말처럼 모든 움직임이 멈춰 버렸다. 그리고 차분히 걷혀가는 모래폭풍 속에서 세이와 모백사 중들의 모습이 드러나기 시작했다.

거리를 두고 지켜보던 유정의 눈에 들어온 도묘와 모추사는 서로의 목덜미를 덥석 물고 있었다. 세이의 칠불 금강검 또한 흑금이룡의 정수리에 꽂혀 흑금이룡의 움직임을 막고 있었다.

하지만 나머지 뱀 신의 영체가 세이의 팔다리를 사납게 물어뜯고 있어 세이 역시도 꼼짝할 수 없었다.

"유정아! 상목화살로 흑금이룡의 여의주를 부셔버려!"

세이가 대석의 몸에 그려진 흑금이룡의 여의주를 상목 화살로 부숴 버리라고 소리쳤지만 유정은 이미 화살을 모두 쏘아 버린 상태였다.

"보스! 더 이상 화살이 없어요~."

"뭐라고?"

세이가 허탈해하자 비현이 음흉한 미소를 지으며 요력을 높여간다.

그렇게 가까스로 도묘와 세이가 악신으로 변한 뱀 신들을 잡고 있었지만 이제 점점 힘의 균형이 깨지며 밀리기 시작했다.

'전장의 신이시여 내 말 들리십니까?'

도묘가 세이를 부른다. 그러나 지친 세이는 신의 언어를 알아들을 수 없었다.

'저 무녀와는 다르시군요. 상관없습니다. 당신이라면 나의 표정으

로도 알아차릴 테니까요.'

말을 마친 도뵤가 죽음을 각오한 표정으로 세이를 쳐다보자 도뵤의 뜻을 알아차린 세이의 눈에도 비장함이 담겼다.

"좋아! 그렇게 하자."

세이의 말이 끝나기 무섭게 도뵤는 물고 있던 모추사의 목을 재빨리 놓아버렸고, 도뵤를 거둬들인 세이가 순식간에 대석 어깨위에 앉아있는 비현을 향해 도뵤를 찔러 넣는다.

"파지직~."

비현과 부딪힌 도뵤는 곧바로 자신의 몸을 불태워 만든 시뻘건 불꽃으로 중들과 뱀 신을 뒤덮었다.

"아악~ 살려줘!"

"으악! 내 얼굴~."

도뵤의 불꽃이 퍼지며 모추사와 뱀 신들 그리고 뱀 신을 조정하는 중들의 피부를 뚫고 몸속으로 파고들었다.

잠시 후 용암에 녹듯 중들이 피부가 벌겋게 갈라지기 시작했고 뱀 신들의 비명과 몸부림에 세이의 몸도 찢어지는 듯 했다.

"내 몸도 분해될 것 같아. 여기서 떨어져야겠어."

도뵤의 화염에 휘말리지 않으려 세이가 재빨리 뒤로 물러났다.

한편 중들은 몸에 불이 붙은 채 남겨진 뱀 신들의 요력을 모으기 시작했고 다시 거대한 이무기를 만들어 도망치려하고 있었다.

그렇게 마당에 그림자가 생길만큼 하늘을 뒤덮은 이무기가 이제 북쪽 하늘을 향해 솟아올랐다.

'지금입니다. 전장의 신이시여~.'

도뵤가 마지막 불꽃을 태우며 이무기의 속도를 늦춰 세이를 불렀고 세이는 푸른 검기의 칠불 금강검을 허공에 떠있는 흑금이룡의 여의주를 향해 찔러 넣었다.

"무명참살! 천공파⁷!"

"파바박~"

화살이 춤을 추듯 천 개의 푸른 검기가 하늘로 솟구쳐 올라 이무기와 흑금이룡의 여의주에 쉴 세 없이 박혀 들어갔다. 세이에게서 도망치려던 이무기는 더 이상 하늘로 올라가지 못해 비명만 지른 채 허공에서 발악하고 있을 뿐이었다.

"크악!"

계속되는 천공파의 공격에 점점 요기가 소멸되어가던 이무기는 세이를 죽이지 않고서는 더 이상 도망칠 수 없다고 생각해 아직 불타지 않은 뱀 신의 요기를 모아 세이에게 달려들었다.

하지만 이미 이무기의 몸 안에 박혀 터지고 있는 천공파가 나머지 뱀 신들 또한 꼼짝 못하게 만들어 검붉은 요기는 더 이상 세이에게 미치지 못했다.

그렇게 원망의 눈으로 세이를 내려다보는 중들과 이무기에게 마지막 일격을 가하기 위해 세이가 세게 바닥을 디뎌 자세를 잡는다.

"하늘의 빛은 땅으로 내려쳐 대지의 영혼과 하나가 되거라! 무명참살! 천지광혼(天地光魂)!"

세이는 주문과 함께 천지광혼을 이무기에게 날려버렸고 칠불 금강검을 통해 뻗쳐나간 황금빛 유성은 흑금이룡의 여의주를 관통했다.

그렇게 천지광혼에 깨져버린 여의주는 진한녹색 빛을 사방에 뿌리며 뱀 신들과 함께 녹아내리고 있었다.

그와 함께 모백사 중들의 형체도 서서히 사라져버렸다.

하지만 여의주가 깨지며 만들어낸 녹색 빛은 땅속에 큰 구덩이를

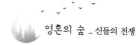

영혼의 숲 _ 신들의 전쟁

만들어 점점 주변의 물체들을 빨아들이고 있었다.

절의 나무와 기왓장을 먹어치우던 녹색 구덩이의 흡입력은 이제 더욱 거세져 세이까지 끌어당기고 있었다. 더 이상 끌려가면 위험하다고 판단한 세이가 금강검으로 바닥에 나망(拏網)진[8]을 그려 넣었다.

그렇게 펼쳐진 나망진은 그물처럼 네 방위에 박히며 녹색 구덩이로부터 세이를 보호했다.

잠시 후 녹색 여의주의 영기는 나망진 이외 주변 50미터 안의 모든 것을 휩쓸어 빨아들여갔다. 그로인해 모백사 앞마당을 덮고 있던 흙도 대부분 사라져버렸다.

그렇게 죽음의 녹색 영기가 바닥에 더 거대한 구멍을 만들어가고 있을 때 땅 깊숙이 감추어두었던 뱀 신들의 사체가 드러났다.

흑금이룡과 모추사를 비롯한 뱀 신들의 사체는 큰 나무기둥에 부적과 함께 빨간 밧줄로 묶여있었고 사체는 부적의 힘으로 부패하지 않아 온전히 보존되어 있었다.

얼마 후 여의주의 폭주가 웬만큼 가라앉자 세이가 나망진을 거두어들였다. 그리고 칠불 금강검을 바닥에 꽂아두고 포박당해 죽어있는 뱀 신들의 사체를 확인한다.

"이것으로 이무기를 조종했던 거군."

세이가 칠불 금강검을 들어 뱀 신들의 사체 쪽으로 걸어간다.

그리고 나무 기둥에 붙어있는 저주의 부적을 모두 떼어내고 금강검을 휘둘러 붉은 밧줄을 끊어버렸다.

그러자 나무 기둥에서 분리된 뱀 신들의 사체가 눈 깜짝할 사이에 '사르륵' 먼지가 되어 사라져갔다.

---

8 나망진拏網陳 - 그물 모양으로 펼쳐지며 그 안의 사물을 보호하는 진

'얼마나 오래 동안 저주 속에 묶여있었던 거야~.'

세이가 안쓰러운 눈으로 먼지바람이 되어 사라져가는 뱀 신들을 보며 혼잣말을 한다.

그런데 이무기를 물리치기 위해 너무 많은 기를 소모한 탓에 세이의 몸은 열이 펄펄 끓고 있었다.

이제 40도를 넘어서는 체온 때문에 어지러움을 느낀 세이가 호흡을 통해 몸 안의 열기를 빼내려 가부좌를 틀었다.

가늘고 긴 호흡을 반복하는 세이의 코에서 뜨거운 열기가 뿜어져 나오고 있을 때

"휘리릭~."

바람소리와 함께 본래의 모습을 한 뱀 신들이 나타났다.

인간의 욕심에 의해 악신으로 변해 죄업을 쌓았던 뱀 신들은, 세이에 의해 주박에서 풀려나자 고맙다며 인사를 한다.

'전장의 신이시여 고맙습니다. 저희가 지은 죄로 나락에 빠지겠지만 악신이 아닌 본래의 모습이라면 상관없습니다. 고마움의 표시를 하고 싶은데 무엇이든 말씀하십시오.'

"유정, 뱀 신들이 뭐라고 하는 거야?"

기력이 없어 알아듣지 못하는 세이가 유정을 불렀고 유정은 흑금이룡과 한동안 이야기를 주고받는 세이에게 전해준다.

"보스. 흑금이룡과 다른 뱀 신들이 원하는 걸 말해 보래요. 들어준다고."

"그래? 그럼 모백사의 중들과 이상훈의 관계, 그리고 도뵤의 죽음에 대해 말해 달라고 해."

세이의 말에 흑금이룡이 자신이 알고 있는 사실을 이야기하기 시작했다.

'이상훈이라는 남자에게 또 다른 여자가 있습니다. 그 여자는 이상훈의 과거였지만 현재로 돌아오고 싶어 했고 이상훈은 거부했습니다. 그러자 여자가 조건을 걸어 자신의 집에 사는 도뵤를 죽여 달라고 했고요. 여자는 도뵤의 강력한 힘이 차씨 가문을 지키기 위해 이상훈과 자신의 만남을 방해한다고 생각했습니다.'

여기까지 전해 들은 세이가 한마디 한다.

"그럼 단순히 치정 때문에 이런 큰일을 벌였다고?"

'아닙니다. 그 여자의 아들은 이상훈의 씨로 태어났습니다. 그래서 그 여자의 조상신들이 아이의 아버지를 찾아주려고 그 여자에게 들러붙어 간섭을 하고 있었던 것입니다. 게다가 이상훈에 대한 여자의 집착도 힘을 보탰습니다.'

유정은 계속해서 흑금이룡의 말을 세이에게 전해줬다.

"하~. 그랬었군."

듣고 있던 유정이 사건의 전말을 알게 되자 허탈해하며 한마디 한다.

"사람들은 섹스를 너무 쉽게 생각해. 섹스는 인간이 가진 가장 큰 에너지가 발현되기 때문에 조상신들이 같이 움직이는 것도 모르고 말이야. 여러 사람과 관계를 가질수록 서로 다른 조상의 영 에너지가 섞여버려서 인간들의 몸은 영혼의 놀이터가 돼버리는데 말이야."

유정이 요즘 사람들의 성(性) 세태를 비난했다.

"그럼 도뵤가 차씨 가문을 지키기 위해 여자와 이상훈을 방해한 것은 맞아? 그리고 그 여자 이름은 뭐지?"

세이가 궁금한 점을 흑금이룡에게 물어보고 있을 때 희미하게 꺼질 듯한 붉은 불꽃이 이룡 앞으로 나왔다.

"어~. 도뵤. 살아있었네!"

'살아있다고 할 수 없습니다. 전장의 신이시여. 불과 몇십 초의 시간

이 남았을 뿐입니다. 시간이 없으니 사안의 무녀여~ 내 말을 잘 전해 드려라.'

"기분 나빠. 왜 나한테만 반말이야? 일단 알았어. 말해봐."

작은 불꽃만 남은 도뵤는 지체 없이 말을 이어갔다.

'저는 100년 전 차씨 가문 사람과 함께 조선으로 넘어왔습니다. 그리고 지금까지 가문을 번영을 위해 많은 것들을 해왔습니다. 그중 차씨 가문의 분열을 막는 것도 포함되어 있었습니다. 그런데 이씨 성의 여자, 이수진이 차씨 가문에 들어오면서 문제가 생긴 겁니다. 직접 나서서 해결하려 했지만 이수진은 이미 차씨 가문의 사람이 돼버려 저는 지켜볼 수밖에 없었습니다. 대신 차민수와 부인 이수진의 인연을 방해하는 것들을 막아왔습니다.'

하지만 도뵤의 영체는 말을 끝내기도 전에 거의 사라져버리고 있었다.

'전장의 신이시여. 부탁이 있습니다. 백제의 수도였던 부여에 가서서 사불이라는 이무기를 만나 보십시오. 수북정 아래 깊은…….'

말을 끝내지 못한 도뵤는 결국 연기처럼 사라져버렸다.

"이상훈에 대해 더 물어보려 했는데……."

세이는 모백사의 짐승들과 같이 싸워준 도뵤의 영혼을 위해 잠시 침묵을 지켰고, 세이의 뜻을 알아챈 흑금이룡, 모추사를 비롯한 뱀 신들도 조용히 영기를 일렁이며 세이를 지켜보고 있었다.

이상훈, 차민수의 부인 이수진

"흑금이룡! 차민수 부인에 대해 더 아는 게 있나?"

세이가 이번 사건의 또 다른 핵심인물인 이수진에 대해 물어봤다.

'말씀드리겠습니다. 이수진은 이상훈을 모백사의 중들에게 소개 시켜주었고, 중들이 저와 뱀 신들을 이용해 도보를 죽였습니다.'

다시 유정이 흑금이룡의 말을 세이에게 전해줬다.

"그럼 이수진은 이미 중들을 알고 있었다는 건데. 목적은 이상훈을 되찾는 것이었나?"

'결론은 그렇습니다. 그리고 이수진은 이상훈의 가장 소중한 것을 빼앗으려 했습니다. 바로 이상훈의 자랑인 그의 딸이었습니다. 곧 법관이 되는 딸에게 이수진은 이상훈과의 관계에 대해 이야기한 것입니다.'

흑금이룡은 계속해서 차민수 부인과 이상훈의 관계, 그리고 이번 사건의 시작에 대해 이야기했다.

흑금이룡의 말을 요약하면 25년 전 이상훈은 차민수가 그의 애인 이수진을 마음에 들어 하자 이수진을 소개시켜줬다고 한다. 그렇게 조흥산업을 차지하기 위한 이상훈의 구체적인 계획이 시작되었고, 처음에는 절대 안 된다며 거부했던 이수진은 차민수의 재력과 일개 회사원이었던 이상훈을 놓고 갈등하다 못이기는 척 차민수와 만나기 시작했다고 한다.

그리고 어느 순간부터 차민수의 재력을 사랑이라고 착각해 결혼까지 하게 됐으나 이상훈과의 관계는 지속되었고 둘은 조흥상업의 차지한 후 다시 합하기로 약속했다고 한다.

운명의 장난이었는지 차민수는 아기를 가질 수 없는 몸이었고 결혼

일 년 후 세 살배기 아이를 입양했다고 한다.

그런데 그 아이는 3년 전 이상훈과 이수진 사이에서 태어난 아이였고, 대학생이었던 이수진은 임신 사실을 숨기고 몰래 아기를 낳았다고 한다.

아이는 이수진의 엄마가 키우고 있었으나 차민수와 이수진이 결혼하면서 보육원에 맡기게 되었고, 보육원에 맡긴 후 나중에 이수진 자신이 입양해 키울 거라는 말에 이수진 엄마도 흔쾌히 동의했다고 한다.

한편 차민수 결혼 2년 후, 차민수의 아버지가 돌아가셨고 이상훈은 차민수의 신임을 얻으며 회사의 중심에 서게 됐다고 한다. 그런데 아이가 커가면서 점점 이상훈을 닮아가자 이수진은 갈등했다고 한다.

하지만 가난한 친정과는 다르게 차민수의 부인으로 산다는 것은 어디를 가든 최고의 VIP 대우를 받으며 과거를 잊게 했고, 결국 이상훈에게 자유를 주겠다는 명분을 내세워 차민수와의 삶을 선택했다고 한다.

이상훈 역시 어느 정도 예상을 했었고, 지금의 부인을 만나 결혼했으며 그렇게 12년이 흐르고 조흥산업에서 차민수와 이상훈의 위상은 현격히 차이 나게 됐다고 한다.

이상훈의 계획대로 차민수는 술과 여자, 골프에 빠져 해외로 돌아다녔고 그사이 이상훈은 직원들의 마음을 사로잡았다고 한다.

모든 것을 지켜본 이수진의 마음은 무능하게 변해가는 남편보다 거칠 것 없이 커져가는 옛 애인 이상훈에게 돌아가고 싶어 했으나 이상훈은 이수진과의 인연을 끊고 싶어 했다고 한다.

이수진은 입양한 아이의 친부와 이상훈과의 모든 관계를 남편에게 털어놓겠다고 협박했고 이상훈은 조흥상업을 차지하기 위해 이수진과의 관계를 다시 시작했다고 한다.

그렇게 위험한 거래는 지금까지 계속되었으며 둘의 관계 지속이 가능했던 이유는 이수진이 교묘히 남편을 이용해 이상훈의 마지막 계획을 방해했기 때문이었다고 한다.

결국 이수진의 그런 행동에 질려버린 이상훈은 회사를 그만두기로 결심, 그 사실을 알게 된 이수진이 도묘의 존재에 대해 이야기를 했다고 한다.

이상훈이 그동안 조흥상업을 차지할 수 없었던 것은 자신(이수진)의 방해가 아니라 도묘라는 붉은 뱀이 차씨 가문을 지키고 있었기 때문이라고 말했다고 한다.

이상훈이 한낱 미신 같은 이야기라며 무시하자 이수진은 차민수의 옷을 이상훈에게 입혀 도묘를 보여주었고, 도묘의 강한 기운을 느낀 이상훈은 도묘를 건드리면 분명 신변에 무슨 일이 일어날 것을 알고 도묘를 죽이는 것을 거부했다고 한다.

하지만 이수진의 강한 집념은 끝까지 이상훈을 놓아주지 않았고 겨우 22세에 사법고시에 합격한 딸 이미희 앞에 나타나 아버지의 모든 과거를 이야기했다고 한다.

게다가 신문을 이용 이상훈의 혼외자식에 대해 터트리겠다고 협박했다고 한다. 이상훈은 자식에 대한 사랑과 자신이 이루어 놓은 모든 것이 물거품이 되는 것을 막으려 이수진의 말에 따라 도묘를 죽이고 조흥산업을 차지하기로 결심했다고 한다.

거기에는 현부인과의 이혼 뒤 이수진과의 재결합도 포함되어 있었다고 한다.

그렇게 이상훈이 이수진에게 모백사의 중들을 소개받아 도묘를 죽였지만 죽은 도묘의 영체가 부인의 생명을 위협할 거라고는 생각지도 못했었다고 한다.

하지만 이수진은 도묘의 영체가 이상훈의 부인에게 들러붙어 영기를 빨아 죽게 될 거란 걸 알고 있었고, 그렇게 돼야만 이상훈이 부인에 대한 미련을 없앨 수 있을 거라 생각했다고 한다.

결국 모백사의 중들과 뱀 신이 이상훈을 도와 도뵤를 죽였고 중들은 도뵤를 이용, 이상훈의 부인을 죽이기 위해 도뵤의 사체를 이상훈의 집 뒷마당에 묻게 했다고 한다.

그 결과 이상훈 부인은 점점 기력을 잃고 죽어가고 있었고 도뵤를 잃은 차민수 역시 제정신이 아닌 채 미쳐가고 있었다고 한다.

여기까지가 흑금이룡이 알고 있는 사실이라고 했다.

소멸하는 모백사

그렇게 흑금이룡이 이상훈과 모백사 중들, 이수진에 대해 이야기해 주어 세이의 수고를 덜어주었다.

"고마워, 흑금이룡. 뭐 대충 결론이 난 것 같으니 이제 이상훈을 만나 잔금을 치르게만 하면 되겠군. 그런데 모백사 중들은 어떻게 된 거야?"

세이가 흑금이룡에게 사라진 중들의 행방에 대해 물어봤다.

'걱정하실 것 없습니다. 그들은 원래 이 세상에 어떤 흔적도 가지고 있지 않았습니다.'

"그럼 아무 기록이 없단 말이야? 주민등록이라든지."

조금 기력을 회복한 세이가 유정 없이도 신들의 말을 알아들었다.

'부모의 역할을 떳떳이 할 수 없는 인간들에게 태어난 순간부터 그렇게 운명 지어진 자들입니다.'

"아무도 이들의 죽음을 모른다? 그럼 너희들은 어떻게 되는 거지?"

'저희는 모백사와 함께 깊은 나락으로 떨어질 것입니다. 시간도 없고 고통조차 없는 공간에 말입니다.'

말을 마친 흑금이룡이 이제 가야할 시간이라며 세이에게 인사를 한다.

'전장의 신이시여. 덕분에 악신의 탈에서 벗어날 수 있었습니다. 잠시 후 모백사가 땅속으로 사라질 것입니다. 그때 저희가 지켜오던 자수옥(紫壽玉)[9]이 드러날 것입니다. 나중에 요긴하게 쓰실 때가 있을

---

9   자수옥紫壽玉 - 죽은 사람의 목숨을 살려낼 수 있는 여의주

거라 생각되니 잘 간직하시기 바랍니다.'

"그래 고마워, 그런데 내 손하고 어깨 탈골된 건 어떻게 안 되나?"

세이는 호혈탄이 터지며 불편해진 오른손과 탈골된 어깨를 뱀 신들이 고칠 수 있지 않을까하고 물어봤다.

'어렵지 않습니다. 바로 원래대로 돌려드리겠습니다.'

말을 마친 흑금이룡과 모백사의 뱀 신들이 서로의 꼬리를 걸어 공중에 8방위 모양을 만들었다. 그리고 여덟 개의 빛을 내며 세이를 기다렸다.

'안으로 들어오시지요.'

흑금이룡이 허공에 떠있는 8방위 안으로 들어오라고 하자 세이가 '저벅저벅' 안으로 걸어간다.

이제 천천히 뱀 신들의 영기가 흘러내려와 세이의 다친 부위를 어루만지며 더욱 강하게 빛을 발하기 시작했다.

그러기를 10여 분, 잠시 후 "뚜둑!" 소리와 함께 거짓말처럼 탈골되었던 어깨가 제자리로 들어갔고 호혈탄에 갈기갈기 찢긴 손도 원래대로 돌아왔다.

이제 자신의 의지대로 움직이는 왼팔을 돌려보며 흑금이룡에게 말한다.

"신기한데, 고마워 흑금이룡."

'별 것 아닙니다. 그런데 마음에 걸리는 것이 있습니다. 도뵤가 사라지기 전에 말한 사불에 대해서입니다.'

흑금이룡이 걱정스런 표정으로 사불에 대해 이야기했지만 세이는 대수롭지 않다는 듯 대답한다.

"사불? 도뵤가 만나라고 했던 이무기. 걱정하지 마. 안 만나면 되잖아. 도뵤한테 돈 받은 것도 아니고 서로 같이 싸우면서 계산은 끝났어."

'정말입니까? 그런데 저희 같은 영물에게는 살며시 미래의 것이 보

여서 말입니다.'

"어이! 흑금이룡, 안 간다고!"

그러나 혹시 세이가 사불을 만나러갈지 몰라 불안했던 흑금이룡이 사불에 대해 이야기하기 시작한다.

흑금이룡에 따르면 사불은 오래전부터 백마강에 살아왔고 언제든 용이 될 수 있었다고 한다.

하지만 시간을 초월한 공간에 머물러 있었기 때문에 백년이 지나도 천년이 지나도 사불에게는 불과 방금 전의 일에 불과하다는 것이었다.

그리고 1,300여 년 전 백마강을 지키던 수호룡은 사불의 친구로 백제를 당나라와 신라군으로부터 지켜주었다고 한다.

그러나 당나라군이 던진 미끼(백마)에 수호룡이 잡히는 바람에 백제는 신라와 당나라 연합군에게 점령당했고 수호룡 또한 갈기갈기 난도질당해 백마강에 버려졌다고 한다.

수호룡의 피로 물든 백마강 물은 하류에 살던 이무기 사불에게까지 흘러갔고 사불이 도착했을 때는 이미 당나라군이 수호룡과 백제군을 섬멸해 버렸다고 한다.

그때 나당 연합군을 피해 도망치던 왕자 풍과 만난 사불은 보름 후 살아남은 백제의 병사를 모아 이곳으로 나당 연합군을 유인해 오면 사불이 모두 침몰시켜 버리겠다고 말했다고 한다.

그리고 여의주 하나를 주며 자신을 부를 때 '사불! 하나를 버려 용이 되거라.'고 외치라고 했다고 한다. 하지만 왕자 풍의 군사 중에 당나라의 세작이 있어 그날 밤 사불의 말을 그대로 당나라군에게 전했다고 한다.

보름 후 왕자 풍이 남은 군사들과 함께 나당 연합군의 군함을 유인해 사불에게 향했으나 사불은 나타나지 않았고 그 후 왕자풍의 행방은 아무도 알 수 없었다고 한다.

"흑금이룡. 그런데 사불은 왜 안 나타난 거지?"

흑금이룡이 곤란한 표정을 지으며 망설였다.

"왜 그래? 말해봐"

'사실 사불은 이무기 중에서도 자존심이 세고 포악하기로 소문이 나 있습니다. 자기 치부를 떠들어댄 걸 알면 가만있지 않을 겁니다.'

"어차피 너는 죽었잖아. 영체인 너에게 무슨 일이 있겠어?"

세이가 흑금이룡을 안심시켜 궁금했던 사불의 뒷이야기를 들으려 했지만 흑금이룡은 여전히 망설였다.

그러자 세이가 칠불 금강검을 꺼내 멸(滅) 자를 써 내려간다.

조금 전 싸움에서 칠불 금강검의 위력을 맛본 흑금이룡이 잠시 기다리라며 모추사를 비롯한 뱀 신들을 불러 모아 상의하기 시작했다.

잠시 후 결론이 났는지 뱀 신들 앞으로 흑금이룡이 나오며 말한다.

'그럼 말씀드리겠습니다. 단 약속을 하셔야 합니다. 절대 사불을 만나지 않겠다고 말입니다.'

세이는 생각할 것도 없이 대답했다.

"알았다니까. 피곤하게 거기까지 가서 사불을 왜 만나."

'알겠습니다. 말씀드리죠. 사실, 세작에게 사불의 이야기를 들은 당나라군은 급히 도술사를 불러 사불을 물리칠 방법을 알아냈습니다. 도술사는 천룡을 물리쳐 장백산 천지를 차지하기 위해 장백산에 숨어 사는 거대한 붉은 지네 등각룡(燈角龍)을 데려와 사불을 막으라고 알려 주었습니다. 결국 약속한 날 당나라군과 함께 등각룡이 백마강에 도착했고 사불이 왕자 풍과 만나러 가려는 길목을 막았습니다. 깊은 연무와 함께 사불과 등각룡이 수일간의 싸움을 벌였지만 승부

가 나지 않았다고 합니다.'

"처음 듣는 이야기인데 거짓말은 아니겠지?"

세이가 조금 의심스러워 흑금이룡에게 사실을 확인했다.

'저희는 거짓말을 하지 않습니다. 인간과는 원하는 것이 다르니까요.'

"그럼 사불은 아직도 부여의 백마강이라는 곳에 있다는 거고. 지네 괴물은 어떻게 됐지?"

점점 호기심이 생긴 세이가 등각룡의 행방을 물어봤다.

'아마 등각룡은 지금도 백마강 중류에서 사불이 가야 하는 길목을 막고 있을 겁니다.'

세이는 흑금이룡의 말을 듣고 아직도 등각룡이 백마강에 살고 있다면 분명 인근 주민들에게도 영향을 끼칠 것이라고 생각했다.

"그런 무시무시한 놈들이 백마강에 살고 있다면 사람들이 안전할까?"

'아마도 가끔 백마강 주변에서 인간들이 가죽만 남은 채 발견될 것입니다. 등각룡 아니면 사불 짓이겠지요.'

여전히 궁금한 것이 많은 세이가 흑금이룡에게 더 물어보려 했지만 모백사 주변의 진동이 심상치 않았다.

"쿠르릉~ 쿵쿵!"

잠시 후 이상하게 모백사 위의 하늘만 검게 변하더니 천둥이 치기 시작했고 땅은 거미그물모양으로 갈라지기 시작했다.

그렇게 그물 모양으로 잘려진 땅은 동쪽을 시작으로 땅속 깊숙이 떨어져 나가고 있었다.

'전장의 신이시여. 이제 가야 할 시간입니다. 혹시 저희의 도움이 필요하시다면 깨끗한 모래 위에 저희 이름을 쓰시고 이렇게 외치십시오. '그릇된 길을 가는 자들이여~ 나의 부름으로 대지 위에 바로 서거라!'

흑금이룡은 마지막 말을 남기고 모백사의 뱀 신들과 여의주가 만들어놓은 시간이 존재하지 않는 무의 세계를 빨려 들어갔다.

그렇게 흑금이룡이 사라지고 나자 무의 공간은 기다렸다는 듯이 주변을 흡입해버렸다.

세이와 유정도 끝을 알 수 없는 어둠으로 빨려 들어가지 않으려 무너져 내리는 모백사의 일주문을 향해 내달렸다.

"꽈광~ 쩍!"

순간 모백사의 법당과 일주문의 기둥이 뒤틀리며 부서져나갔고 지붕의 기왓장이 와르르 쏟아져 내렸다.

기왓장을 피해 잠시 일주문 앞에서 멈칫한 사이 유정이 밟고 있던 땅이 조각나 밑으로 떨어졌고 순식간에 유정을 땅속으로 데려가려 했다.

"김유정. 내 손 잡아!"

세이가 재빨리 유정의 손을 낚아채 가슴으로 끌어당겼다.

하지만 그때 일주문 천정이 무너지며 세이와 유정의 머리 위로 떨어지고 있었다.

"와르르!"

"퍽!"

같이 피할 수 없자 세이가 유정을 일주문 밖으로 밀어 버렸다.

"보스~."

유정의 눈앞에서 세이가 와르르 쏟아지는 기왓장 더미에 묻혀버리고 있었다.

"무명참살! 풍파월(風波鉞)~."

무너져 내리는 기왓장 속에서 세이가 휘두른 칠불 금강검에 기왓장 더미가 산산조각 나 공중으로 흩어졌다.

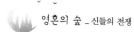

하지만 무의 공간은 이제 일주문까지 땅속으로 빨아들이고 있었다.

"보스 빨리 빠져나와요!"

유정이 모백사와 함께 무의 공간에 휘말리는 세이를 다급히 불렀다.

"안 돼! 잠깐만 기다려~. 저걸 가져가야돼!"

그때 흑금이룡이 말한 자수옥(紫壽玉)이 영롱한 빛을 내며 모백사 대웅전과 함께 무의 공간으로 빨려들어가는 것이 보였다.

세이가 큰 벽돌처럼 잘라져 중간중간 남아있는 땅을 밟고 자수옥을 향해 뛰기 시작한다.

"그러다가 정말 죽어요. 포기해요!"

유정이 이제라도 돌아오라며 세이를 부르지만 퀸의 사장은 이미 자수옥 앞까지 가버렸다.

"하하하~."

그때 도뵤의 불꽃으로 재가 됐던 비현이 영체가 되어 무의 어둠으로부터 솟구쳐 올라왔다.

"이건 내가 가져가마."

세이가 노리던 자수옥을 품에 안은 비현이 높이 날아오른다.

"그렇게는 안 되지, 땡중 놈아~"

세이가 콜트 파이슨을 꺼내 탄창을 열었다. 그리고 호혈탄을 장전해 비현에게 쏴버렸다.

"탕~~."

불꽃을 튀기며 날아간 호혈탄이 비현의 다리를 맞추었다.

"펑" 하고 사방으로 터진 호랑이 피와 청염이 영체가 된 비현의 하체를 불태워갔고 "아악~" 비명을 지르던 비현의 영체는 자수옥을 떨어트리고 어디론가 사라져버렸다.

그와 동시에 무의 공간은 주변의 모든 흙과 공기마저 빨아들였고 자수옥 역시 삼켜가고 있었다.

"자수옥을 빼앗길 순 없지!"

세이가 무의 공간 속으로 빨려 들어가는 자수옥을 향해 몸을 날렸다.

하지만 무의 공간에서 자수옥을 끌어당기는 속도가 세이의 움직임보다 빨라 벌어진 땅속으로 자수옥이 사라져 버렸다.

"내가 놓칠 것 같냐~."

세이가 칠불 금강검을 움켜쥔 뒤 팽이처럼 제자리에서 돌리기 시작했다. 그리고 검의 회전력을 앞세워 무의 공간 입구로 총알처럼 날아갔다.

"푹~."

그렇게 날아가 간신히 무의 공간 입구에 칠불 금강 검을 박아 넣고는 자수옥을 찾아 두리번거린다.

"보스~ 뭐하는 거예요? 당장 나와요!"

유정이 무의 공간 입구에서 위태롭게 겨우 머리카락만 보이고 있는 세이에게 소리쳤다.

"잡았다!"

자수옥을 손에 넣은 세이가 얼른 무의 공간에서 빠져나오려 금강검을 밟고 뛰어올랐다. 하지만 잠시 밖으로 모습을 보이나 싶던 세이는 안에서 잡아당기는 무의 힘에 의해 다시 빨려 들어갔다.

세이가 무의 공간으로 떨어지며 급히 금강검을 붙잡았지만 '뚜둑' 소리와 함께 금강검이 벽에서 빠져나오기 시작했다.

"어어~"

빠져나올 기회를 놓쳐버린 세이가 당황해 무의 공간 벽에 손을 찔러 넣어본다. 그러나 벽은 힘없이 무너져 내릴 뿐이었다.

빠르게 입을 닫는 무의 공간이 이제 햇빛마저 막아가며 세이의 얼굴에 그늘을 만들었다.

더욱 초초해진 세이가 흙벽을 움켜쥐고 안간힘을 쓰며 올라가 보지만 끝이 보이지 않는 무의 공간은 더욱 세게 밑으로 세이를 끌어당겼다.

"이러다가 진짜 죽는 거 아냐!"

세이가 정신없이 떨어져 나가는 흙벽을 번갈아 잡으며 점점 어둠속으로 사라져 가고 있을 때 유정이 높이 솟구쳐 활시위를 당겼다.

"팍!"

"욱~."

유정은 화살에 줄을 묶어 세이에게 쏘았고 화살은 세이의 살갗을 가르며 조끼에 박혀 들어갔다.

그렇게 얼른 활을 내던진 유정이 힘껏 줄을 잡아당겨 세이를 무의 공간에서 빼내려 했다. 하지만 땅속 깊은 무의 공간에서 빨아들이는 힘이 너무 강력해 꿈쩍도 하지 않았다.

이제 무의 공간의 힘은 줄을 잡고 있는 유정까지 끌어당기며 집어삼키려 하고 있었다.

"어떡해! 임세이~."

어느새 입구는 거의 닫혀갔고 유정이 잡고 있던 줄도 거의 손에서 빠져나가 이제 50㎝도 남아있지 않았다.

잡고 있던 줄의 끝마디가 유정의 새끼손가락을 빠져나간다.

"임세이!"

"유정 양~ 이리줘용~."

그때 어떻게 알았는지 왕유가 모백사에 도착해 유정이 잡고 있는 줄을 힘껏 잡아당겼다.

"왕유 씨! 어떻게 알고 왔어요?"

유정은 때맞춰 나타난 조력자에 뛸 듯이 기뻤다.

"세이 형이 여기 주소 가르쳐주면서 1시간 안에 오면 50만 원 준다고 해서 왔어용~ 그래서 배달 오토바이 타고 왔어요."

"그래요? 어쨌든 빨리 보스부터 구해요!"

"네에~."

유정과 왕유가 금방이라도 끊어질 것처럼 '핑핑' 소리를 내는 밧줄을 힘껏 당기자 닫혀가는 무의 공간에서 조금씩 세이의 모습이 드러났다.

그렇게 무의 공간에서 조금씩 빠져나온 세이의 한쪽 손에는 칠불금강 검이, 반대 손에는 자수옥이 빛나고 있었다.

"왕유! 왜 이렇게 늦었어? 십만 원 깎고 줄 거야."

"안 돼요~. 오토바이가 힘이 없어서 그랬어요~."

유정이 여유를 부리는 세이에게 한마디 한다.

"지금 그런 말 할 때에요. 얼른 빠져나와요!"

"알았어!"

세이가 자수옥과 칠불 금강검을 유정에게 내던지고 밧줄의 탄력을 이용해 공중으로 몸을 띄웠다.

"휘리릭~."

그렇게 세이의 몸은 높이 솟아올랐고 무의 공간은 기다렸다는 듯 깊은 입을 굳게 닫아버렸다.

"쿵" 소리와 함께 세이가 유정과 왕유 앞으로 떨어지며 신음한다.

"아야야!"

하지만 무의 공간은 아직도 땅속에서 꿈틀거리며 지형을 바꾸어가고 있었고 모백사 주변 숲의 나무들을 끌어당겨 완벽히 모백사의 혼적을 지워버렸다.

그 대신 어디선가 나타난 뱀 머리 모양의 바위 하나가 모백사가 있던 자리에 솟아올랐다.

잠시 후 땅속의 진동이 완전히 멈추었을 때 '치 익~.'소리와 함께 닫혀진 무의 공간에서 뿌연 수증기가 뿜어져 나왔고 땅은 거짓말처럼 모래 한 알 날리지 않았다.

이제 세이와 유정 말고는 아무도 모백사의 옛터를 찾을 수 없게 되었다.

"보스 괜찮아요? 정말 바보 아니야. 나까지 죽을 뻔했다고요!"

유정은 세이가 무사해 다행이라고 생각하면서도 무모한 행동에는 화가 나 있었다.

"난 괜찮아. 그 대신 자수옥을 얻었잖아. 이거 팔면 꽤 비싸겠지."

유정의 야단에도 아랑곳하지 않고 세이는 자수옥을 어루만지며 기뻐했다.

"세이 형. 내가 중국에 팔아 줄게요~. 수수료 좀 줘용~."

왕유는 부드러운 중국 발음이 섞인 한국말로 세이를 거들었다.

"후~."

한숨을 내뱉은 유정이 세이와 왕유를 나무란다.

"그깟 구슬이 목숨보다 소중해요. 이리 내놔요. 한강에 던져버릴 거야!"

유정이 지쳐 앉아 있는 세이에게서 타조 알만 한 자수옥을 빼앗아 버렸다.

"정~ 안 돼! 야~ 왕유, 유정이 말려, 쟤는 한다면 하는 애란 말야!"

그러나 유정을 짝사랑하는 왕유는 감히 유정의 몸에 손도 대지 못하고 있다.

그렇게 폭풍 같은 모백사에서의 전투를 뒤로하고 비틀거리며 유정을 쫓는 세이와 부서진 배달용 고물 오토바이에 시동을 거는 왕유 때문에 다시 모백사 숲은 시끄러워지고 있었다.

회상

그날 저녁, 서울 시내의 어느 삼겹살집 테이블에 세이와 유정 그리고 왕유가 둘러앉아있다. 하루 종일 모백사에서 목숨을 건 전투를 마친 퀸 사무소 직원들의 회식 자리였다.

직원이라고 해봐야 사장인 세이와 유정, 세이가 필요로 하는 물건들을 구해오는 비정규직 직원 왕유가 전부였고 외부 직원들이 있긴 했지만 여간 위험한 일이 아니면 부르지 않았다.

사실 모백사에 나타난 왕유는 17년 전 세이와 중국에서 만나 인연을 맺고 있었다.

당시 스무 살이었던 세이는 스승의 말에 따라 중국 명산의 기인들을 찾아다니고 있었으며 곤륜산에서 6개월을 지내고 무당산에 들렀을 때 14살 왕유를 처음 만났다.

타고난 재능과 실력으로 어려서부터 무술과 부적을 그리는데 능했던 왕유였지만 그의 꿈은 도사나 무술 고수가 되는 것이 아니라 큰돈을 벌 수 있는 기업의 사장이었다.

게다가 이성에 일찍 눈을 뜬 덕에 예쁜 여자들을 만나고 다니는 못생긴 부자들을 보고 부자가 되겠다는 꿈은 더 확고해져 있었다.

그렇게 6개월을 같이 보낸 세이와 왕유는 형제처럼 가까워졌다.

왕유는 세이가 떠날 때가 다가오자 무당파 안에서 비밀스럽게 전해져 내려오는 내공 수련법을 알려줬고 대신에 한국에 돌아가면 반드시자기를 불러달라고 신신당부했다.

그래도 안심이 되지 않은 왕유는 세이에게 친필로 약속의 글귀를적어 달라고 부탁했다.

귀찮은 일에 휘말리는 것을 싫어하는 세이였지만 이미 내공 수련법을 전수받은 터라 어쩔 수 없이 약속이 담긴 글귀를 써주었다.

시간이 흘러 한국에 돌아온 세이는 약속을 잊지 않고 왕유에게 대학생 신분으로 한국에 들어와 공부하도록 도와주었고, 지금은 대학원에서 경영학 석사를 마치고 박사 과정을 밟고 있었다.

하지만 서울의 비싼 물가 탓에 시간이 날 때마다 피자나 치킨 배달 아르바이트를 하며 돈을 벌고 있는 왕유였다.

세이가 왕유에게 생활비와 학비를 보태주겠다고 했지만 모든 것이 공부라며 거부했고, 가끔 세이가 필요로 하는 것들을 구해주고 용돈을 받는 정도였다.

나중에 알게 된 사실이지만 왕유가 알려준 내공 수럽법은 가짜였으며 세이는 가짜 내공수련을 하느라 쓸데없는 시간을 보냈었다.

하지만 세이는 어린 왕유가 꿈에 대한 욕심 때문에 그랬을 거라 생각하고 이해해주었다.

"왕유~. 여기 40만 원. 일 다 끝난 다음에 왔으니 이 정도면 많이 주는 거야. 그리고 호혈탄 바닥났으니까 30개만 더 구해줘."

"그런 게 어딨어요. 세이 형 스크루지 영감~."

왕유가 조금 화가 났는지 세이에게 구두쇠 스크루지 영감이라며 놀려댔다.

"하하하~ 맞아요, 왕유 씨. 우리 사장님 스크루지 영감이야."

유정까지 가세해 자신을 무시하자 세이는 비장의 무기를 꺼내 들었다.

"이것들이 정말~ 오늘 회식비 각자 계산해!"

세이가 회식비를 무기로 들고나오자 유정이 그럼 그렇게 하자고 한다.

"좋아요. 난 얼마 안 먹었으니까. 대신 그렇게 쪼잔하게 굴면 나도 밀린 월급 은행이자 최고이율 계산해서 청구할 거예요."

"그럼, 나도 이제 전액 선불 받고 호혈탄하고 다른 무기 구해줄 거예요~."

회식비 분배 이야기로 갑자기 세이가 궁지에 몰려버렸다.

유정 월급 이자야 그렇다 쳐도 호혈탄을 전부 선불로 사기에는 세이에게 부담스러운 금액이었다.

"존경하는 퀸의 직원 여러분 오늘 식사는 즐거우셨나요? 회식비는 당연히 사장이 내야죠. 맘껏 먹어요."

본전도 못 찾은 퀸의 사장은 지갑에서 오만 원짜리 두 장을 꺼내 왕유에게 건네주었다. 그렇게 다시 화기애애한 분위기가 시작됐고 테이블에는 소주와 맥주병이 쌓여갔다.

하지만 세이는 술은 입에도 대지 않았고 콜라와 사이다를 섞어 폭탄주라며 마셔대고 있었다.

"세이 형~ 낮에 모백사라는 절에서 무슨 일이 있었던 거예요~?"

"간단하게 말하면 밀교를 수련한 땡중들이 그동안 사람 목숨을 가지고 장사를 했다고 봐야겠지. 그러다가 퀸에 찾아온 의뢰인이 모백사의 중들과 도뵤를 죽였고, 도뵤의 영체가 의뢰인 부인에게 위협이 된 거지."

"그럼 도뵤는 어떻게 됐어요?"

왕유가 한 번도 보지 못한 붉은 뱀 도뵤에 대해 물어봤다.

"아마도 모백사의 뱀 신들과 같은 곳에 떨어졌거나 소멸 됐겠지. 그런데 조금 신경 쓰이는 것은 모백사의 주지, 비현의 영체가 나타났다는 거야. 보통 죽은 지 3일 뒤에야 그런 영체를 갖게 되는데."

말을 끝낸 세이가 콜라 폭탄주를 들이키며 심각한 표정을 지었다.

"캬아~."

"어휴~ 보스, 설탕물 마시면서 폼은 엄청 잡네요. 누가 보면 위스

키 마시는 줄 알겠어요."

취기가 오른 유정이 같이 술을 마셔주지 않는 세이를 비꼬았다.

한편 옆에 있던 왕유도 어떻게든 유정을 꼬셔보려고 비위를 맞추었다.

"유정 씨 말이 맞아요~. 세이 형은 술도 안 먹고. 유정 씨 나랑 건배해요~."

"됐어요. 손 좀 씻고 와야겠어요."

유정은 느끼한 표정으로 지긋이 자신을 쳐다보는 왕유를 피해 화장실에 가버렸다. 실망한 왕유가 간절한 표정으로 세이에게 말한다.

"세이 형~ 중간에서 말 좀 잘해줘요. 유정 씨 완전 내 이상형이라고요~."

"유정이 싫다잖아. 이쯤 되면 너도 그만 포기해라."

하지만 몇 년 동안 유정이 거부했음에도 왕유는 아직까지 포기하지 않고 있었다. 그도 그럴 것이 한국과 일본의 아름다움이 조화를 이룬 유정은 도도하면서도 기품 있는 외모를 가지고 있어 어디에서나 눈에 띄었다.

"그보다 왜 호혈탄 값이 오른 거야. 작년에는 하나에 80만 원이었는데 올해는 왜 100만 원이야?"

"세이 형~ 몇 달 후에는 120만 원까지 올라갈 거예요. 청염은 얼마든지 만들 수 있는데 야생 백두산 호랑이 피 구하기가 어렵대요. 그리고 고승들의 유골도 갈수록 줄어들고요."

"뭐라고? 120만 원. 야! 호혈탄 만드는 게 어렵다는 건 알지만 너무한 거 아냐! 중국에 장 노인한테 전화해서 100만 원 넘으면 안 사겠다고 해야겠다."

그러자 놀란 왕유는 자기가 가격흥정을 해보겠다며 세이를 말렸고 그런 왕유의 모습에 다음 말이 목구멍까지 넘어온 세이였지만 꾹 참왔다.

사실 세이는 호혈탄값이 갑자기 20만 원이 올라, 세달 전 중국의 장 노인에게 전화를 했었다. 그때 장 노인에게 슬쩍 호혈탄값이 얼마나 오른 거냐고 물어봤지만 장 노인의 대답은 이러했다.

"아저씨 호혈탄이 지금 얼마죠? 이것저것 같이 구매하니 가격이 헷갈려서요."

"호혈탄의 살기를 누르고 쓸 수 있는 사람은 아직까지 자네밖에 없어서 가격은 그대로 80만 원이네. 그러나 요즘 살기등등한 야생호랑이 피 구하기가 어려우니 아껴 쓰게나."

장 노인과의 전화를 마친 세이는 당장 왕유에게 전화를 하려다 박사과정을 밟는 왕유가 돈이 필요해서 그랬다고 생각하고 아직까지 아무 말도 하지 않고 있었다.

하지만 왕유가 다시 호혈탄 금액이 오를 거라고 거짓말을 하니 이쯤에서 중간에 가격 장난을 하지 못하게 못을 박아두어야만 했다.

그러나 호혈탄을 국내에 들어오려면 왕유가 필요했기 때문에 그의 감정을 상하게 하고 싶지 않아 장 노인에게 전화해보겠다고 한 것이었다.

사실 몇 년 전 세이는 합법적으로 호혈탄을 들여오려 세관에 신고했지만 호혈탄을 본 세관직원들이 미친 사람 취급을 하며 세이를 블랙리스트에 올려버렸다. 그렇게 공항 세관에 블랙리스트로 등록이 되어있는 세이가 비행기를 탄 날은 다른 승객들까지 꼼꼼하게 짐을 조사 받아야만 하는 불편을 겪어야만 했다.

"이 손 안 놔!"

그때 화장실 쪽에서 낯익은 여자의 날카로운 목소리가 들려왔다.

식당 직원들이 달려가 말려봤지만 술 취한 건장한 남자 셋이 위협하는 바람에 뒤로 물러서 지켜보고만 있을 뿐 손도 못 대고 있었다.

한편 밖에서는 노란색 람보르기니와 빨간색 포르쉐가 빨리 유정을 데리고 나오라며 시끄럽게 빵빵대고 있다.

　그때 식당 주인이 남자들을 팔을 붙잡으며 말려본다.

　"손님 여기서 이러시면 안 됩니다."

　"아저씨, 그래서 밖으로 나가잖아. 그리고 얘는 내 여동생이야! 엄마 앞으로 카드 빛 엄청 만들어 놓고, 아직도 정신 못 차리고 술 처먹고 다녀서 지금 집으로 데려가는 거라고!"

　근육질의 남자들의 당당하게 거짓말을 하며 사장을 윽박질렀고 어느새 유정은 식당 문 앞까지 끌려나가고 있었다.

　평소 같으면 한두 놈쯤은 혼자 제압할 수 있는 유정이었지만 피곤한 몸에 술까지 많이 마신 터라 몸에 힘이 들어가질 않았다.

　그때 유정을 지켜보고 있던 세이가 테이블에 넉넉하게 밥값을 올려 놓고는 cctv 위치를 확인한다. 출입구를 비추는 것 한 대, 카운터에 한 대, 식당 네 귀퉁이에 한 대씩, 총 여섯 대가 있었다.

　"왕유. 내가 밖으로 나가자마자 두꺼비(차단기)집 내려."

　그리고는 끌려나가는 유정을 따라 밖으로 나간다. 식당 손님들도 모두 유정이 어떻게 되는지 궁금해 밖을 쳐다보고 있었지만 누구 하나 나서서 도와주려하지 않았다.

　"어이~ 젊은 분들~ 그 여자 몸에서 손 떼!"

　그러자 헬스장에서 근육만 키웠는지 팔이 옆구리에 붙지 않는 근육질 녀석이 나와 세이의 먹살을 움켜잡고 욕을 해댔다.

　"하아~ 이 늙다리 새끼는 뭐야! 길바닥에 키스하고 싶지 않으면 꺼져 병신아!"

　근육질 녀석은 이두와 삼두근을 꿈틀거리며 세이를 윽박질렀다.

　"니들처럼 병신같이 살아도 나처럼 나이는 처 먹어, 이 벌레 같은 새끼들아!"

세이가 같이 욕을 해대자 멱살을 잡고 있던 근육질 녀석이 세이를 들어 바닥에 메다꽂으려 한다. 그때 갑자기 식당 안은 정전이 돼버렸고 놀란 손님들이 스마트폰을 꺼내 들었다.

"쑤~욱~"

순간 뭔가 잡아 뽑는 소리가 났고 근육을 두른 녀석이 세이에게 욕설을 해댔다.

"이 씨파 새찌가, 주고 시어~(이 씨팔 새끼가 죽고 싶어)."

어찌 된 일인지 근육질 녀석의 발음이 새고 있었다.

"야~ 이거 니 꺼 아냐?"

세이의 오른손에는 뿌리까지 온전하게 뽑힌 녀석의 앞 이빨 3개가 들려 있었다. 놀란 근육질 녀석이 자신의 혀로 없어진 앞니를 확인하고는 세이에게 주먹을 날린다.

"이 조~가든 새찌! (이 좆같은 새끼)"

무슨 소린지 알아들을 수 없는 욕설과 함께 묵직한 주먹이 날아왔지만 세이는 가볍게 손바닥으로 막아버렸다.

그리고는 녀석의 주먹을 펴 손바닥에 이빨을 심어버렸다.

"아아알~(아악~)"

근육질 녀석은 손바닥을 뚫고 나온 자신의 이빨을 보고는 새는 발음으로 고통을 호소했다.

사실 25kg 가까이 나가는 칠불 금강검을 목검처럼 다루는 세이의 근육 집중력과 스피드는 헬스클럽에서 만들어진 둔탁한 근육과는 차원이 달랐다.

"야! 왜 그래?"

뒤에서 지켜보던 일행 녀석들이 달려와 근육질 녀석의 앞니와 손바닥을 보고는 트렁크에서 야구 배트와 목검을 꺼내 들었다.

"이 새끼 봐라~ 죽고 싶어! 우리가 누군 줄 알아!"

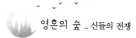

영혼의 숲 _ 신들의 전쟁

"알지. 아직까지는 강간 미수범. 그리고 저 여자는 내 여동생이다. 이 고자리 같은 새끼들아!"

세이의 말이 끝나기도 전에 녀석들이 목검과 야구배트를 휘두르며 달려들었다.

순식간에 날아온 야구배트가 아슬아슬하게 세이의 머리를 스쳐갔고 곧바로 목검이 세이의 목젖을 향해 찔러 들어 왔다.

"팍! 픽~ 쩍." 손날로 야구 배트 손잡이를 부러트린 세이가 용두권(주먹을 쥐어 중지 중간 마디가 튀어나오게 하는 쥐기 법)으로 배트를 휘두른 녀석의 인중을 찍어버렸다. 그리고 왼발을 밖으로 뻗어 차, 목검으로 찔러 들어오는 녀석의 손목을 꺾어버리고 그대로 팔꿈치를 들어 이마를 찍어 눌러버렸다.

세이의 공격을 받은 두 녀석을 '악' 소리도 내지 못한 채 기절해 바닥에 나뒹굴었다.

친구들이 눈 깜짝할 사이에 쓰러지자 남은 한 녀석이 군용 나이프로 세이의 복부를 노리며 찔러 들어왔고 쏜살같이 몸을 날린 세이가 녀석의 손을 밟고 올라서 무릎으로 코뼈를 부숴버렸다.

겨우 10여 초 사이에 세 놈이 기절에 아스팔트 바닥에 잠들어버렸다.

그러자 손바닥에 이가 박힌 녀석과 스포츠카 안에서 지켜보던 녀석들은 친구들이 죽은 듯 꿈작도 하지 않자 그대로 출발해 도망쳐 버렸다.

한편 주변 사람들이 스마트폰을 꺼내 세이의 싸움을 촬영하려 했지만 눈 깜짝할 사이에 끝나버려 찍을 수조차 없었다.

"정~ 도망가자!"

세이가 유정의 손을 잡아채 골목으로 도망쳤고 식당에 있던 왕유는 이미 사라진 뒤였다.

미친 듯이 십 여분을 달려 큰 대로변으로 나왔을 때 유정이 세이의 손을 뿌리치며 헛구역질을 해댔다.

"야~ 임 세이, 이 손 놔~ 이씨, 우욱~."

그리고는 가로수를 붙잡고 저녁에 먹었던 식사를 모두 토해냈다.

"우웩~ 칵~."

유정의 고통이 길어질 것 같아 세이가 담배를 꺼내 불을 붙였다.

그때 경찰차 두 대가 번쩍거리는 경광등과 함께 좀 전까지 세이가 있었던 식당으로 향하는 것이 보였다.

"그쪽 골목은 cctv가 없으니까 괜찮겠지?"

세이가 담배 연기를 뿜으며 혹시 골치 아픈 일이 되지 않을까 걱정한다.

"괜찮긴 뭐가 괜찮아! 보스 땜에 아깝게 다 토했잖아."

아직 취기가 남은 유정이 세이를 원망하며 섹시하게 머리를 쓸어올렸다.

"야~ 임세이! 나 예쁘냐?"

술만 먹으면 발동하는 유정의 주정이 또 시작되고 있었다.

"김유정! 내가 조금만 먹으라고 했지!"

세이가 비틀거리는 유정에게 다가가 부축하며 핀잔을 준다.

"아휴~ 나 정말 힘이 없어. 업어줘, 다리가 풀려서 걸을 수가 없는걸~."

세이의 핀잔을 뒤로하고 유정이 투정을 부리며 바닥에 주저앉았다.

"싫어. 나도 힘들다고."

세이가 자신의 투정을 받아주지 않고 앞으로 걸어가자 유정의 한탄이 시작됐다.

"나쁜 놈! 우리 아빠가 그렇게 부탁했는데, 난 임세이만 믿고 고등학교 때 혼자 한국에 왔단 말야. 그런데 이런 것도 못해줘!"

"아니 그건. 유정이 니가 위험……"

세이가 더 이상 말을 잇지 못하고 유정 앞으로 가 쪼그려 앉는다.

"어휴 진짜~. 업혀!"

세이가 짜증 나는 목소리로 유정을 업어주겠다며 자세를 잡았다.

그러자 유정의 얼굴에 금세 미소가 피어올랐다.

"진즉에 그럴 것이지. 자~ 갑시다. 사장님!"

기분 따라 반말과 존댓말을 뒤섞어 쓰는 유정이었다.

"흐읍!"

유정을 업은 세이가 기합을 넣고 일어섰다.

"야, 김유정~. 언제 이렇게 무거워졌냐? 어깨 빠지겠다."

세이가 예전보다 무거워진 유정에게 한마디 했다.

"얼마 안 쪘거든. 요즘 마술에 걸린 기간이라 좀 먹었다, 왜? 그리고 아까 임세이 죽는 줄 알고 내가 얼마나 걱정했는지 알아? 그깟 구슬 때문에 나랑 헤어질 거야? 이 바보야~."

낮에 모백사에서 세이의 목숨이 위험했을 때를 생각하며 유정이 나무랐다.

"걱정 마. 너 시집보낼 때까지는 안 죽어."

세이의 말에 유정이 입술을 삐쭉거리며 토라졌다.

"임세이, 그 약속 꼭 지켜야 돼. 나 시집갈 때까지 죽지도 말고 결혼도 하지 마. 그리고 아까 여동생이 뭐냐? 그냥 애인이라고 하면 더 멋있잖아."

유정은 식당에서 세이가 추행범들에게 했던 말이 마음에 들지 않았다.

"예~예~. 다음부터는 그러겠습니다. 그런데 김유정 양, 반말은 이제 그만하면 안 될까요?"

"싫어. 이런 때나 하지, 맨정신에 하면 혼나잖아."

"그래~ 술 먹인 내가 죄지~."

그때 세이가 흘러내리는 유정의 허벅지를 고쳐 잡고는 터벅터벅 걸어간다.

"이씨~ 왜 엉덩이 만지고 그래. 이 변태야!"

"허벅지 잡아 올렸거든. 내려줄까?"

"아니, 아니, 내가 취해서 착각했어. 거긴 허벅진 것 같아."

세이와 유정의 티격태격 하는 관계도 올해로 벌써 7년째가 되었다.

유정의 사정 때문에 어쩔 수 없이 자신을 따라 한국행을 택했지만 가족과 떨어져 사는 유정을 보면 친동생처럼 안쓰러웠다.

술만 먹으면 이렇게 자신에게 술주정을 부리는 것도 고향과 가족에 대한 그리움 때문이라고 생각했다.

그래서 아픔이 많은 유정은 자신과 다르게 행복하게 살기를 바랐고, 유정이 조금이라도 자신에게 연정을 느끼지 않도록 항상 조심했다.

"세이야~ 세이야~ 임세이야~."

유정이 말없이 걸어가는 세이를 불러댔다.

"세이야~ 힘들어서 말이 없어? 내려서 걸어갈까?"

"정말 그래 줄래?"

유정의 걸어간다는 말에 세이가 얼른 대답했다.

"뭐야~ 목소리가 멀쩡하잖아. 다시 다리에 힘이 없어졌어. 계속 업어줘."

"하~."

세이가 깊은 한숨을 쉬고는 다시 유정의 몸을 치켜 올렸다.

"이씨~ 엉덩이 만지지 말라고. 아니 미안. 허벅지였네. 히히히."

평소에는 귀엽기만 하던 유정이 오늘은 살찐 문어처럼 찰싹 달라붙어 세이를 힘들게 했다.

그렇게 계속해서 주정을 부리던 유정의 말소리가 점점 작아지더니

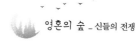

어느새 세이 등에서 잠들어버렸다.

　얼마 후 집에 도착한 세이가 유정을 자신의 침대에 눕히고 신발을 벗겼다. 그리고 중간에 일어나서 분명 목이 탄다며 물을 찾을 걸 알기에 컵에 생수를 따라놓고는 집 밖으로 나간다.

　"쾅!"

　세이의 현관문 닫는 소리에 잠든 척 누워있던 유정이 벌떡 일어났다.

　"겁쟁이~."

　그리고는 물 컵을 들고 베란다로 가 창밖을 내려다본다.

　그때 길가에 주차되어 있는 낡은 벤츠 안으로 들어가는 세이의 뒷모습이 보였다.

　세이에게 이불이라도 가져다주려다가 술이 깬 걸 알면 택시를 태워 집으로 보내버릴 것이 뻔해, 한숨을 내쉬고는 침대에 누워 오지 않는 잠을 청해본다.

　한편 벤츠 안에서는 세이가 담배에 불을 붙여 한 모금 빨아들이고 있었고 5월의 시원한 바람은 차 안의 담배연기를 창밖으로 데려갔다.

　기나긴 하루를 보낸 세이가 지그시 눈을 감고 오래전 기억을 떠올린다.

　지금으로부터 30년 전인 1987년 1월 25일.

　일곱 살 세이는 아버지 임현진과 함께 일본 후쿠오카로 밀항을 하기 위해 작은 어선을 타고 대한 해협을 통과하고 있었다.

　겨울 칼바람이 어린 세이의 얼굴에 차갑게 파고들고 있었고 슬픔과 긴장감 가득한 아버지의 얼굴도 세이와 마찬가지로 얼어가고 있었다.

　밀항하기 3개월 전, 안기부 과장이었던 세이 아버지 임현진은 정부 명령으로 정부 정책사업에 반대하는 민간인을 조사하고 있었다.

　조사 과정 중에 몇몇 적극적으로 정책사업을 반대하는 민간들은 이미 강제조사 대상에 포함 되어 수사가 진행되고 있음을 알게 되었다. 또한 정부와 정책사업 참여기업 간에 모종의 뒷거래가 있다는 것까지 확인했다.

그런데 조사과정 중에 정책사업을 강력히 반대하던 민간들이 한명씩 덤프트럭에 치여 죽어가고 있는 것이었다. 그러나 경찰은 단순 운전과실로 처리하며 간단하게 사건을 마무리했고, 15일 후 같은 방법으로 정부 정책사업을 반대하던 또 다른 민간인이 죽어 나갔다.

하지만 임현진은 두 번째 희생자를 보고 깜짝 놀랐다.

바로 일 년 전 간첩 사건으로 끌려와 자신이 직접 무혐의라고 결론을 내리고 풀어주었던 대학생이었기 때문이다.

안타까운 죽음을 막아보려 더 깊이 조사하던 임현진은 앞으로 대여섯 명의 희생자가 더 나올 것을 예상하고 상부에 무고한 시민이 죽게 될 것이라고 보고했다.

하지만 상부에서의 대답은 '타겟(타깃) 소멸 완료 예정, 조사 중단'이라는 답변만 돌아왔다.

임현진은 자신의 보고에도 엉뚱한 답변만 돌아오자 상부의 지시를 무시하고 계속해서 조사해 나갔다.

그런데 이 사건 이면에는 정부가 다음 선거를 위해 특정 기업들에게 정책사업을 나누어 주고 미리 선거자금을 받아 챙긴 사실이 숨겨져 있었다.

그 사실을 몇몇 의식 있는 지식인들이 알게 되었고 그렇게 타깃 소멸 예정자들이 된 그들은 정부의 비리를 비판하며 환경파괴라는 명분을 내세워 강력하게 시위를 해나가고 있었던 것이었다.

한편 임현진은 다음 희생 예정자로 확정된 세 명을 비밀리에 찾아 만나게 되었는데 아직 앳된 티를 벗지 못한 20대 초반의 대학생들이었다.

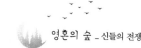

임현진은 자신의 신분을 밝히지 않고 학생들에게 신변이 위험하니 당분간 피해 있으라고 경고했다.

　하지만 혈기 왕성한 학생들은 동료들을 놔두고 그럴 수 없다며 현 정부의 비리를 세상에 알리겠다고 고집을 피웠다.

　그렇게 이틀 후, 그중 한 학생이 물에 빠져 익사하는 사고가 발생했다.

　의심스러운 부분은 평소 낚시를 하지 않던 학생이었는데 죽음의 원인이 낚시 도중 실족에 의한 익사라며 경찰에서 결론 내버린 것이었다.

　모든 사건의 전말을 아는 임현진은 인간적인 고뇌 끝에 사표를 내고 신문사에 자신이 알고 있는 사실과 그동안 모아두었던 증거자료를 투고했다.

　하지만 며칠이 지나도 투고한 신문사에서는 임현진이 넘긴 어떤 자료 한 줄 싣고 있지 않았다.

　대신 투고 사실을 알아버린 정부 측에서는 많은 비밀을 알고 있는 임현진을 현 정권의 위협대상 일순위에 놓고 제거 명령을 내렸다.

　다행인 것은 입사 동기인 김태민(김유정의 아버지)이 첩보를 입수 곧바로 임현진에게 알려주었고, 임현진은 가족까지 위험하다고 판단, 일본에서 재일 조선인을 상대로 정보 수집 활동을 하고 있는 김태민에게 가기로 결정한다.

　그러나 임현진의 전화를 받고 아들 세이를 데리러 유치원에 가던 부인은 의문의 교통사고로 현장에서 즉사했고, 임현진은 부인의 시신도 거두지 못한 채 아들과 함께 밀항을 하게 되었던 것이다.

　"세이야, 춥지?"

　겨우 일곱 살의 나이에 밀항을 하는 아들이 안쓰러운 아버지는 빨갛게 얼어버린 아들의 얼굴을 감싸 안았다.

어린 세이는 괜찮다며 고개를 가로저어 아빠를 안심시켰다.

그렇게 접선을 기다리는 임현진 부자의 작은 어선은 파도에 흔들리며 일본과 한국 영해의 경계를 표류하고 있었다.

그때 김태민이 보낸 일본 밀항선 쪽에서 불빛으로 신호를 보냈고 임현진이 타고 있던 어선은 일본 밀항선 쪽으로 바짝 다가갔다.

잠시 후 출렁이는 파도에 두 배의 뱃머리가 아슬아슬하게 비껴가며 배의 몸통을 부딪혔다.

"임현진!"

일본 밀항선에서 김태민이 세이 아버지 현진을 불렀다.

"어, 태민아! 바쁠 텐데 어떻게 직접 왔어?"

"너무 걱정 돼서 왔지. 세이야 오랜만이다. 아저씨 기억해? 일본에서 건담도 사다주고 그랬는데."

김태민이 세이의 긴장을 풀어주려 친근하게 말을 걸어왔지만 세이는 대답이 없다.

"그런데 제수씨는?"

김태민의 물음에 임현진이 입을 굳게 다물고 고개를 가로저었다.

친구에게 이미 불행한 일이 발생해 버린 걸 안 김태민은 아무 말도 할 수 없었고 밀항선 사이에서는 잠시 무거운 침묵이 흘렀다.

그때 뒤에서 지켜보던 한국 밀항선 선장이 시간이 없으니 빨리 건너 타라고 재촉했다.

"빨리 가소. 더 있다가는 우리까지 위험하다 아임니까."

"알겠습니다."

임현진이 세이를 안고 파도에 출렁이는 갑판을 조심스럽게 이동했고 반대편에서는 김태민이 팔을 뻗어 세이를 넘겨받으려 준비하고 있었다.

"영차, 됐다."

김태민이 세이를 안아 안전하게 바닥에 내려놓았다. 그리고 임현진도 일본 밀항선에 올라타려 발을 내딛었다.

그런데 순간 찌릿하고 심장을 관통하는 통증이 느껴져 뒤를 돌아보게 됐다. 아마도 그 통증은 더 이상 보이지 않는 조국에 다시는 돌아갈 수 없다는 걸 자신의 영혼이 알려주는 것만 같았다.

잠시 후 일본 어선에 올라탄 임현진이 입사 동기 김태민과 반갑게 악수를 나눈다.

"고맙다. 태민아. 너까지 위험해지는 건 아닌지……"

"임현진! 너답지 않게 약한 소리 하고 그래. 그리고 난 아직 결혼도 안 한 몸이라 괜찮아."

"그래. 정말 고맙다."

"고맙다는 말은 그만해라. 이런 상황이라면 너라도 그랬을 거잖아."

임현진이 쓴웃음을 지으며 김태민의 어깨를 '툭' 쳤다.

잠시 후 한국 영해에서 벗어난 임현진과 김태민이 세이를 사이에 두고 안도의 한숨을 쉰다.

하지만 차가운 바닷바람은 높이 파도를 퍼 올리며 세 사람의 운명에 경고를 보내는 듯 거세게 불어대기 시작했다.

12시간 후.

임현진과 아들 세이, 김태민이 오사카의 한 호텔에 도착했다.

"현진아. 여기서 며칠 쉬고 있어. 그동안 내가 새로운 여권 만들어 올 테니까."

"그래 고맙다. 세이야, 아저씨한테 인사해야지."

아빠의 말에 세이는 여전히 말없이 고개만 숙여 인사했다. 세이에게 침묵의 인사를 받은 김태민은 오래 자리를 비우면 동료들에게 의심받는다며 서둘러 돌아갔다.

친구를 배웅한 임현진은 추위가 가시지 않은 세이를 씻기기 위해 욕실에 들어가 물을 받기 시작했고, 아들이 들을까, 쏟아지는 물소리에 서러운 눈물을 흘리고 있었다.

　'이런 병신 같은 놈. 멍청한 나 때문에 세이 엄마도 세이도 남은 가족들도 모두 망쳐버렸어~.'

　임현진은 스스로의 선택을 자책하느라 감정을 추스르지 못하고 있었다.

　그렇게 감정이 복받쳐 우는 소리가 커져가자 변기의 물을 내려 세이가 듣지 못하게 했다.

　하지만 세이는 아빠의 작은 신음 소리를 들을 수 있었고, 금방이라도 울음이 터질 것만 같아 멍하니 텔레비전만 보고 있었다.

　언제나 가장 용감한 사람이라고 생각했던 아빠의 흐느낌은 어린 세이에게 큰 충격으로 다가왔다.

　게다가 유치원 앞에서 엄마를 기다리다 자동차가 엄마를 공중에 날려버리는 것까지 머릿속에 생생히 기억하고 있어, 꿈을 꾸는 것만 같았고 빨리 꿈을 깨라며 마음속으로 빌고 있었다.

　그때 눈물을 정리한 임현진이 아들을 부른다.

　"세이야~. 목욕해야지."

　세이는 무표정한 얼굴로 하나하나 옷을 벗었다. 그리고 언제나 엄마가 있던 목욕탕에 조금은 낯선 풍경으로 기다리는 아빠에게 다가간다.

　아버지 현진이 세이를 안아 욕조에 넣었다. 그런데 물 온도를 잘못 맞추어 세이에게는 너무 뜨거웠다. 하지만 세이는 아무 말도 하지 않았다.

　그런데 아버지 현진은 일곱 살 아들의 등을 씻겨주다 다시 목이 메어왔다. 자신이 있었던 조직의 끈길김을 너무도 잘 아는 그였기에 언

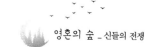

제까지 세이를 지켜줄 수 있을지 알 수 없었기 때문이었다.

임현진이 자신과 아들의 미래를 걱정하는 사이 세이의 피부가 빨갛게 익어가고 있었다.

"세이야! 뜨거워?"

그때서야 눈치챈 아버지 현진이 아들에게 물었고 세이는 고개를 끄덕였다. 놀란 임현진이 얼른 세이를 들어 욕조 밖으로 꺼낸다.

"뜨거우면 말을 해야지. 왜 바보같이 가만히 있었어."

가만히 아빠를 쳐다보던 세이가 처음으로 입을 열었다.

"아빠 눈이 더 뜨거워 보였어요."

"뭐라고?"

세이의 말에 한참을 말이 없던 아버지 현진이 아들을 끌어안고 서럽게 울기 시작했다.

"미안하다 세이야~ 아빠 때문에~ 엄마도~."

더 이상 말을 잇지 못하는 아빠에게 세이가 이야기한다.

"울지 마세요. 내가 울 때 엄마가 그러셨어요. 울면 나쁜 일이 일어난다고."

"그래. 세이야~, 네 말이 맞아."

아버지 현진이 차가운 물로 눈물을 닦아내고 다시 아들을 씻겨준다.

얼마나 시간이 흘렀을까, 욕실에서 나온 임현진과 세이가 말없이 침대에 누워 오지 않는 잠을 청하려 한참 동안 눈을 감고 있었고, 호텔 주변 상가들도 하나둘씩 불을 끄가 거리는 깜깜해져 갔다.

그렇게 완전한 어둠이 거리에 내려앉았고 돌아갈 곳을 잃어버린 아빠와 아들의 오사카 밤도 어둠과 함께 깊어져 가고 있었다.

차이나(China)

어느덧 아버지 현진과 세이가 오사카에 도착한 지도 이틀이 지났다.

안기부 직원들이 언제 오사카에 올지 몰라 식사시간 이외에는 줄곧 답답한 호텔 방에서 김태민의 연락만 기다리고 있었다.

그때 테이블 위의 전화가 시끄럽게 울려댄다.

"여보세요~ 그래, 태민아."

"현진아! 세이 데리고 빨리 호텔 입구로 나와, 직원들이 이미 오사카까지 와버렸어."

급히 수화기를 내려놓은 임현진이 얼른 세이에게 옷을 입혀 중요한 몇 가지 물건만 챙기고 방을 빠져나와 엘리베이터에 올랐다.

그와 동시에 다른 엘리베이터에서는 급히 안기부 직원들이 내려 현진의 방을 찾고 있었다.

잠시 후 로비에 내려온 임현진을 발견한 김태민이 호텔 입구에서 현진을 부른다.

"현진아! 여기야. 빨리 타~."

임현진이 세이와 함께 도요타 크라운에 올라타자 김태민이 그대로 출발하며 가방을 건넨다.

"현진아, 여기 여권하고 비행기 티켓. 일본어 할 줄 알지? 일본 이름 하야시 무라나가로 되어있으니까 참고해줘. 그리고 유럽은 우리 직원들 때문에 위험할 것 같아서 일단 홍콩행으로 끊었어. 홍콩에 도착해서 중국으로 넘어가."

"고맙다. 태민아, 이 말밖에 할 말이 없다."

여권과 비행기 티켓이 든 가방을 건네받은 임현진이 고맙다며 인사를 했다.

"나중에 갚으면 되잖아. 이 정권도 얼마 못 갈 거야. 야당이 승리할 때까지만 버텨보자. 근데 나도 청소 리스트에 올라버렸어. 하하~"

자기 때문에 이젠 친구까지 위험에 빠져버리자 임현진은 더 이상 말을 잇지 못했다.

그 때 김태민이 룸미러를 통해 수상하게 따라붙는 검은색 코롤라 승용차를 확인했다. 자신들을 미행하는지 확인하기 위해 일부러 차선을 변경해 룸미러로 지켜본다.

잠시 후 코롤라 승용차가 천천히 뒤로 물러서며 거리를 두고 있었다. 하지만 김태민은 직감적으로 안기부 직원들이 자신들을 미행하고 있다는 것을 알 수 있었다.

"현진아! 세이 꼭 붙잡고 있어."

말을 마친 김태민이 갑자기 신호를 무시하고 중앙선을 넘어 유턴해 버렸다.

"끼이익~"

타이어가 아스팔트에 미끄러지며 시끄러운 마찰음을 냈고, 서너 대 뒤에서 쫓아오던 코롤라도 급히 중앙선을 넘어 김태민의 승용차를 쫓기 시작했다.

"확실히 우리 직원들이야. 그리고 이번 추격조 지휘는 악명 높은 최남익이 맡았다고 하더라. 더 조심해야 되겠어."

김태민이 말한 최남익은 안기부 내에서도 악독하기로 소문 나 있는 인물이었다.

일례로 최남익은 간첩 혐의를 받아 긴급 체포된 사람들에게 자백을 받을 때면, 항상 그의 손에 부드럽게 휘청거리는 파리채 모양의 물건이 들려있었다.

얇고 탄력이 좋은 쇠막대 끝에 고무장화 바닥을 떼어 붙인 것으로,

일명 피 장화라 불렸다.

피 장화는 채찍처럼 휘어지며 체포된 사람들의 맨살에 쩍쩍 달라 붙었고, 그렇게 한 시간 이상을 맞은 사람은 온몸의 모세혈관이 전부 터져버려 피부가 피를 담고 있는 주머니처럼 변해버렸다.

결국 무혐의로 풀려나더라도 그렇게 피 장화에 맞은 사람은 점점 걷지도 못하고 시름시름 앓다가 원인도 모른 채 죽어버렸다.

그런 악독함으로 빠른 진급을 한 최남익은 더욱 악랄하게 사람들을 고문해가고 있었다.

"그래. 그 녀석이라면 끝까지 쫓아오겠지."

임현진이 걱정스런 표정으로 김태민의 말에 동의한다.

그사이 김태민은 사람들의 통행이 많은 우라난바 골목으로 차를 몰고 들어갔다.

"현진아, 여기서 헤어지자. 그리고 그 가방에 내가 당분간 숨어있을 절 이름하고 너의 도주 루트, 여행경비 넣어두었어. 나중에 좋은 날 오면 다시 만나자. 그리고 저기 스시집 모퉁이를 돌아나가면 택시가 있을 거야. 세이야 또 보자!"

임현진이 고맙다는 말을 하기도 전에 김태민은 재빨리 차를 돌려 추격해오는 안기부 직원들을 유인했다.

멀어져가는 친구가 들을 순 없었지만 임현진은 고맙다는 인사를 한다.

"고맙다 태민아. 조심해라."

그리고는 세이를 데리고 스시집 모퉁이로 향한다.

그곳에는 김태민의 말대로 여러 대의 택시가 손님을 기다리고 있었다. 첫 번째 택시에 세이를 안고 올라탄 임현진이 운전수에게 짧게 목적지를 말한다.

"간사이 쿠우코우(관서 공항)."

택시 운전수는 '하이'라고 대답하고는 얼른 택시를 출발시켰다.

한편 뒤에서는 굉음을 내는 자동차들이 우라난바의 좁은 골목을 부숴나가는 소리가 들려왔고 임현진은 소리의 주인공이 누구인지 알 것 같았다.

그리고 친구 김태민의 말대로 정권이 바뀌는 날이 온다면 제일 먼저 태민에게 은혜를 갚겠다고 다짐했다.

우라난바를 떠나 1시간 10여 분 후, 임현진과 아들 세이는 간사이 공항에 도착했다. 바다 위에 세워진 공항답게 짠 내 섞인 겨울바람이 임현진 부자를 맞아주었다. 택시에서 내린 임현진이 불안한 눈빛으로 주위를 둘러보고는 아들 세이의 손을 잡아 출입구로 향한다.

그때 공항 순찰을 돌던 경찰이 긴장한 모습이 역력한 임현진에게 다가왔다.

"나니까 몬다이데모 아리마스까(무슨 문제라도 있습니까?)?"

낯선 일본인의 딱딱한 어투에 겁먹은 세이가 아빠의 손을 꼭 잡았고, 공항 경찰은 임현진과 세이를 번갈아 가며 의심에 눈초리로 응시하고 있었다.

잠시 후 임현진이 긴장을 풀고 지그시 미소를 보이며 한마디 한다.

"이에니 타바코오 와스렛떼 키타까라~(집에 담배를 두고 와서~)."

임현진이 능숙한 일본어로 대답하자 공항경찰은 뻣뻣했던 표정을 풀고 미소를 지어보였다.

"소우데스까~. 타바코나라 코치니~(그렇습니까. 담배라면 여기에~)."

공항 경찰은 품 안에서 담배 한 개비를 꺼내 임현진에게 넘겨주었다. 그리고 불까지 붙여주며 조금 전과는 다르게 우호적으로 변해있었다.

아마도 같은 애연가가 담배가 없어 당황하는 모습을 보고 동질감을 느꼈던 것 같았다.

임현진은 경찰에게 고맙다며 인사를 했고 경찰은 별 것 아니니 신경 쓰지 말고 즐거운 여행을 하라며 자리를 떴다.

사실 임현진이 일본어를 능숙하게 구사하는 것은 김태민이 일본에 오기 전까지 3년 동안 오사카 지부를 담당하고 있었기 때문에 어찌 보면 당연한 일이었다.

경찰이 시야에서 사라지자 임현진은 피우던 담배를 끄고 공항 안으로 들어간다. 아들과 함께 들어선 공항 로비에는 출국을 기다리는 일본 여행객들로 붐비고 있었다.

사실 구름떼처럼 해외여행을 떠나는 일본인들이 많은 것에는 그만한 이유가 있었다.

1980년 초, 일본경제는 급속한 수출 증가로 인해 자산시장이 빠르게 활성화되었고 1985년 플라자 합의 이후 달러 대비 엔화 가치가 상승하며 거품경제에 불을 지폈다.

이렇게 공항에 여행객들이 붐비는 이유도 엔화 가치의 거침없는 상승에 기인한 것이었다.

임현진은 일본인들을 보며 한국도 빨리 군사정권을 끝내고 국민들이 개인의 자유를 행사할 수 있는 날이 오기를 바랐다. 그렇게 된다면 자신도, 아들 세이도, 친구 태민도 당당하게 조국 땅에서 만날 수 있었기 때문이었다.

잠시 후 비행기 티켓을 받아든 임현진과 세이가 일본인들 틈에 끼어 출국 심사를 받기 위해 대기하고 있었다.

친구 태민이 완벽하게 준비한 여권이라 문제는 없을 것이라 생각하면서도 비행기가 이륙하기 전까지는 긴장을 놓을 수 없었다.

한편 친구 김태민을 쫓던 코롤라 승용차가 공항에 도착했다. 그리고 검은 양복을 입은 안기부 직원 서너 명이 승용차에서 내려 공항으로 뛰어 들어갔다.

분주하게 흩어져 공항을 샅샅이 뒤져봐도 임현진이 보이지 않자 상시 휴대 중인 여권과 비행기 티켓을 꺼내 출국 심사장으로 향한다.

잠시 후 안기부 직원 시야에 저 멀리 출국 심사를 기다리는 임현진과 아들 세이가 들어왔다.

그런데 안기부 직원 중 막내가 급하게 따라오느라 권총을 휴대한 채 출국장에 들어서는 실수를 저질렀고, 보안 검사 과정에서 공항직원에게 발각되었다.

오사카 공항의 보안팀과 공항 경찰은 초유의 사태에 발칵 뒤집혔다. 그리고 무전을 통해 무장 경찰을 불러 안기부 직원들을 체포하고 통과 중이던 보안검색대를 일시 폐쇄했다.

안기부 직원들은 뭔가를 설명하려 공항 경찰과 실랑이가 벌어졌고 사태는 더욱 심각해지며 주변은 웅성거리기 시작했다.

그러나 노련한 안기부 팀장은 부하들에게 순순히 공항 경찰에 협조하도록 명령했다.

그때 임현진이 소란스러운 보안 검색대를 처다보려 했지만 출국심사대로 가기 위해 다른 승객들과 모퉁이를 돌고 있어 무슨 일인지 확인할 수 없었다.

그저 20여 명의 경찰이 분주하게 움직이는 것만 볼 수 있을 뿐 안기부 직원들이 체포됐을 거라고는 꿈에도 상상할 수 없었다.

왜냐하면 수도 없는 훈련을 통해 자신들의 신분 숨기는 방법을 배운 안기부 직원들이 외국 경찰과 실랑이를 벌인다는 것은 있을 수 없는 일이었기 때문이다.

이제 출국 심사 줄이 줄어들어 임현진과 아들 세이 차례가 됐고 현진이 긴장한 표정으로 여권을 심사관 앞에 올려놓았다.

여성 심사관은 현진과 세이를 번갈아 보며 인상을 찌푸렸고 손을 아래로 가져가 뭔가를 누르는 듯했다. 심사관의 행동에 점점 호흡이 거칠어지는 현진이었다.

'여권이 잘못된 건가? 아니야 그럴 리 없어. 나도 수없이 했던 일이 잖아.'

현진의 손에서 조금씩 식은땀이 배어 나왔고 심사관 행동 하나하나에 촉각을 곤두세웠다.

그때 여성 심사관이 출국 확인 스템프를 백지에 계속 눌러대며 잉크가 없는 것을 확인하며 짜증을 냈다. 그리고 잉크를 채우며 뒤에 늘어진 줄을 보더니 한숨을 쉬고는 임현진과 세이의 여권에 도장을 찍어 빨리 보내버렸다.

그렇게 무사히 출국 심사를 마친 임현진이 한시름 놓고 아들에게 먹고 싶은 것이 있는지 물어본다.

아침부터 아무것도 먹지 못한 세이는 일본인들이 먹고 있는 햄버거를 가리켰다.

"햄버거 먹고 싶은 거야? 그럼 가서 골라볼까."

아버지 현진이 세이를 데리고 햄버거 가게 앞으로 가 먹고 싶은 걸 골라보라며 메뉴를 보여주었다.

세이가 손가락으로 메뉴판에 제일 크게 그려져 있는 불고기 버거를 가리켰고 임현진이 불고기 버거 세트 두 개를 주문한 뒤 세이와 함께 테이블에 앉았다.

"세이야, 여기서 잠깐만 기다려. 아빠 담배 좀 사가지고 올게."

아버지 현진은 세이를 놔두고 잠시 면세점에 담배를 사러 갔다.

서둘러 담배를 고른 임현진이 계산을 하며 세이가 앉아있는 햄버거 가게를 쳐다봤을 때 세이가 보이지 않았다.

놀라 얼른 담배 값을 지불하고 세이를 찾아 나서려는 순간 뒤에서 누군가가 옷자락을 잡아당기고 있었다.

"임세이! 왜 따라왔어. 저기 앉아 있어야지!"

다행이 아빠를 쫓아온 세이가 뒤에서 옷자락을 잡고 있어 안심을 하면서도 놀란 마음에 큰소리를 내버렸다.

하지만 어린 아들이 그동안 겪은 일을 생각하니 자신의 생각이 짧았다는 걸 알았다.

"세이야. 무서웠어?"

세이가 말없이 고개를 끄덕였다.

"미안, 이제 아빠가 항상 옆에 있을게."

그렇게 임현진이 세이에게 미안하다며 머리를 쓰다듬고 있을 때 햄버거 가게에서 주문한 불고기버거가 나왔다고 소리쳤다.

점원으로부터 햄버거를 받아 자리에 앉은 임현진 부자는 오늘 첫 식사를 시작한다.

아들이 맛있게 먹어 다행이라고 생각하면서도, 세이 옆자리에 있어야 할 아내를 생각하니 햄버거를 씹을 수 없었다. 그저 목이 메여와 콜라만 들이킬 뿐이었다.

그런 아빠를 지켜보던 세이가 갑자기 햄버거를 내려놓았다.

"세이야~ 다 먹었어?"

아빠의 물음에 그렇다고 고개를 끄덕였지만, 쉴 새 없이 긴 한숨을 쉬며 콜라만 마시는 아빠를 두고 더 이상 먹을 수가 없었다.

잠시 후 안내방송에서 홍콩행 비행기가 곧 출발하니 탑승객들에게 준비하라고 하자 임현진이 먹다 남은 햄버거를 정리한 뒤 세이 손을 잡고 탑승구로 향한다.

여러 게이트를 지나 도착한 탑승구에는 간간히 방학을 맞은 아이들과 함께 해외여행을 떠나는 부모들의 모습이 보였다.

살아남기 위해 비행기를 타야하는 임현진 부자와는 사뭇 대조적인 모습이었다.

30여 분 후, 분주한 탑승행렬이 끝나고 마지막 승객까지 비행기에 오르자 승무원이 일일이 손님들의 안전벨트를 확인한다.

그때 창가 자리에 앉은 임현진과 아들 세이는 조금 전부터 내리기 시작한 눈을 바라보고 있었다.

아마도 임현진은 눈을 유독 좋아하던 아내를 생각하고 있는 것 같았고 아들 세이는 꼬마 눈사람을 만들어 주던 엄마를 생각하고 있는 것 같았다.

이제 오사카와의 짧은 인연을 뒤로한 채 비행기가 이륙을 위해 천천히 방향을 틀고 있었다.

잠시 후 활주로를 확보한 비행기가 엔진소리를 높여 달리기 시작한다. 그리고 머리를 들어 하늘로 힘차게 날아올랐다.

밑에서 잡아당기는 오사카의 중력은 아버지 현진과 아들 세이를 붙잡고 놓아주지 않으려는 듯 뒤로 몸을 끌어당기고 있었다.

십여 분이 지나고 비행기는 목표 고도에 올라서 안정을 찾아갔다.

앞으로 어떤 일들이 일어날지 임현진 본인도 알 수 없었지만 일단 추격해오는 안기부 직원들을 따돌린 것에 안도의 한숨을 쉬어본다.

이제 안전벨트를 풀어도 좋다는 사인 불이 들어왔고 승무원들이 손님들에게 제공할 음료를 준비하고 있었다.

그동안 제대로 잠을 잘 수 없었던 임현진은 맥주를 달라고 했고 아들에게는 오렌지주스를 받아 주었다.

승무원이 건넨 맥주를 단숨에 들이킨 임현진은 술기운에 긴장이 풀려 졸음이 밀려왔다.

이미 쿠마모토 상공을 넘어 동중국해로 향하는 비행기 안에서, 안기부 직원들을 만날 가능성은 거의 제로에 가까워 긴장을 풀고 눈을 감는다.

어느새 잠이든 아빠를 지켜보는 세이는 지금 벌어지고 있는 상황을 이해할 수 없었지만 아빠마저 엄마처럼 사라져버리면 너무 무서울 것 같아 잠든 아빠 손을 꼭 잡고 놓지 않았다.

그렇게 일본을 떠나 홍콩으로 향하는 비행기 안에서, 세이의 작은 손이 아빠 손을 놓지 않고 두려움 마음을 없애 보려 노력하고 있었다.

다시 낯선 땅

4시간 후 홍콩 국제공항에 도착해 입국 심사를 마친 임현진은 아들 세이와 함께 택시를 잡아탔다. 그리고 김태민이 메모지에 적어준 시내의 호텔로 출발한다.

어느 정도 여유가 생긴 임현진이 태민이 준 가방을 열어보자 도주 경비와 루트가 적혀있는 메모를 발견했다.

'현진 보아라. 홍콩에 도착해 메모지에 적힌 호텔로 가 하루 이틀 기다리다 보면 장원적이라는 한족 사람이 찾아올 거다. 전 삼합회의 간부였고 6년 전 한국으로 도주했을 때 내가 도움을 준 사람이다. 너의 사정을 미리 이야기해 두었으니 그 사람을 통해 상하이로 피해 있어라. 날씨도 따뜻하고 여행객도 많아 숨어 살기에 괜찮을 것 같다. 그리고 일본어를 할 줄 아니까 일단 일본인 상대로 가이드를 하면서 생활하면 될 것 같다. 상하이에서 묵을 곳은 장원적이 마련해 줄 것이다. 행운을 빈다.'

임현진이 김태민의 메모를 읽고 있을 때, 란타우 섬을 빠져나온 택시가 어느새 구룡성 시내로 들어가고 있었다.

빽빽하게 들어선 아파트를 지나 허름한 골목에 다다랐을 때 목적지인 신구룡 호텔의 간판이 눈에 들어왔다

임현진이 세이와 택시에서 내려 주변을 둘러보자 이제 겨우 일곱 살 아들을 데리고 이곳에 머물기에는 너무 위험해 보였다.

하지만 도움을 줄 장원적을 만나기 위해서는 어쩔 수 없이 신구룡

영혼의 숲 _ 신들의 전쟁

호텔에서 기다려야만 했다.

호텔 문을 열고 안으로 들어서자 카운터에 앉아 있던 50대 여자가 귀찮다는 표정으로 예약은 했냐고 물어본다.

임현진이 하야시 무라나가라는 여권을 건넸고 여자는 예약을 확인한 후 603호실 키를 넘겨줬다. 키를 받아 엘리베이터를 타고 603호 방에 들어섰을 때 지독한 담배 냄새가 현진의 코를 찔렀다.

담배를 피우는 임현진에게도 독한 냄새여서 카운터에 전화를 걸어 방을 바꿔 달라고 했지만 돌아온 대답은 예약이 꽉 차 바꿔줄 수 없다는 말뿐이었다.

하는 수 없이 창문을 열어 환기를 시키고는 세이를 데리고 호텔 밖으로 나왔다.

이미 저녁 7시 반을 넘긴 터라 시내에는 가게 조명들로 가득했다.

저녁을 먹기 위해 식당을 찾아 걷고 있을 때 작은 국수집 하나를 발견했고 더 이상 걸어봐야 원하는 식당이 나올 것 같지 않아 국수집에 들어가기로 한다.

"세이야. 여기 어때?"

"좋아요."

아들의 동의를 얻어 가게 안으로 들어서자 여섯 개의 테이블이 보였고 이미 네 개의 테이블에는 범상치 않은 인상의 남자들이 국수를 먹고 있었다.

다시 나가려다 어린 아들을 데리고 어두운 밤을 헤매는 것은 좋지 않다고 생각해 일단 자리를 잡고 앉았다.

그때 60은 되어 보이는 주인 남자가 다가와 무엇을 먹을 건지 중국어로 물어보았고 임현진이 소고기 국수라고 쓰여 있는 한자를 가리켰다.

눈치 빠른 주인이 알아듣고 손가락 두 개를 펼쳐 보이자 임현진이 맞는다며 고개를 끄덕였다.

주문을 끝내고 창밖을 내다보자 국수집 앞에 펼쳐진 허름한 풍경과 스산한 조명이 지금 자신의 처지처럼 불투명하게 거리를 비추고 있었다.

잠시 후 가게 주인은 김이 모락모락 피어오르는 소고기 국수를 가져와 임현진과 세이 앞에 내려놓았다. 그리고는 알아들을 수 없는 중국말로 뭐라고 한다.

하지만 중국어를 모르는 임현진이 그저 웃어 보이자 이번에는 영어로 물어본다.

"어디에서 왔습니까?"

호기심 많은 주인의 질문에 영어를 할 줄 아는 임현진이 대답한다.

"일본에서 왔습니다."

그러나 국수집 주인은 고개를 갸웃거렸다.

일본인이라고 하기에는 임현진의 골격이 너무 컸고 생김새 또한 그동안 봐온 일본 관광객들하고는 많이 달랐기 때문이다.

"혹시 한국인 아니요?"

국수집 주인의 질문에 잠시 당황한 현진이 재일교포 행세를 한다.

"일본에 살지만 부모님이 한국 사람입니다."

"그렇지! 내가 잘못 본 게 아니야. 어서 드시오."

주인은 자신의 눈썰미가 맞았다며 좋아했다.

그런데 반대쪽에서 식사를 하던 험악한 인상의 남자들이 아까부터 현진을 주시하고 있었다.

잠시 후 리더로 보이는 날카로운 인상의 남자가 임현진을 향해 다가왔다. 뭔가 위험을 느낀 임현진이 재빨리 식당 안을 살펴 다가오는 남자의 일행이 몇 명이나 되는지 파악한다. 그리고는 젓가락 하나를 세게 움켜쥐고 만약을 대비했다.

여유롭게 호기를 부리며 다가온 남자가 임현진 앞에 서서 지그시 내려다봤고 임현진이 어떻게 나올지 시험했다.

하지만 임현진도 눈을 피하지 않고 남자를 올려봤다.

어차피 목숨을 걸고 아들과 도망 중인 현진은 이미 이런 일쯤은 예상하고 있었던 것이었다.

남자가 고개를 숙여 말을 붙인다.

"임현진 씨입니까?"

남자가 갑자기 임현진의 신분을 확인했고 임현진 또한 자신을 알아보는 남자에게 놀라고 있었다.

남자가 대답을 듣기 위해 임현진을 뚫어지게 쳐다보자 임현진도 망설임 없이 자신의 신분을 밝혔다.

"맞습니다."

그렇게 잠시 짧은 영어가 오갔고 남자가 부하로 보이는 사람을 불러 중국어로 지시를 내렸다.

남자의 지시를 받은 부하는 서둘러 밖으로 나갔고, 임현진은 뭔가 잘못되어 가고 있다는 걸 눈치채 세이를 일으켜 세웠다.

"세이야. 다른 데 가서 먹자."

그러나 남자가 일어나려는 세이의 어깨를 누르며 앉으라고 했고 세이는 겁먹은 눈으로 아빠를 쳐다본다. 그러자 자리를 박차고 일어난 임현진이 국수그릇을 남자에게 집어 던지고 테이블을 발로 차 밀어버렸다.

뜨거운 국수 국물을 얼굴에 뒤집어쓴 남자가 발광하며 중국어로 욕을 해댄다.

그사이 임현진이 아들의 손을 잡고 가게의 출입구로 뛰었지만 이미 남자의 부하들이 막아서고 있었다.

의자를 들어 입구를 막는 녀석들에게 던져버리고 국수 국물 범벅
이 된 남자의 뒤를 잡아 재빨리 젓가락을 귓구멍에 쑤셔 넣었다.

　"윽~" 소리와 함께 남자가 부하들에게 진정하라며 손을 내저었다.

　한쪽에서는 세이가 묵묵히 아버지를 지켜보고 있었고, 자신과 아
빠가 위험한 상황에 처해 있는 걸 알고 있는지 무섭다며 아빠를 방해
하지 않았다.

　그때 임현진이 잡고 있던 젓가락에 힘을 주며 입구를 비우라고 소
리쳤다. 그러자 젓가락이 귀에 꽂힌 남자가 부하들에게 비켜나라고
손짓한다.

　"세이야. 아빠 뒤로 와! 얼른!"

　그렇게 아들을 자신의 뒤에 바짝 붙이고 천천히 입구 쪽으로 걸어
갔고 현진에게 붙잡힌 남자는 계속해서 부하들에게 비켜나라며 손을
내저었다.

　"스윽~"

　그때 다부진 체격의 남자가 무리를 데리고 출입구로 걸어 들어왔다.

　쉰 살 정도 되어 보이는 남자가 안광을 번쩍거리며 들어오자 식당
안의 건장한 남자들이 깍듯이 인사를 한다.

　그가 '쓱' 가게 안의 상황을 한번 살펴본 뒤 손을 들어 박수를 치고
는 호탕하게 웃었다.

　"아하하~ 임현진 씨 되시죠. 나는 장원적이라고 합니다."

　약간은 어색한 한국말이었지만 발음은 정확했다.

　그때서야 임현진이 남자를 풀어주고 안도의 한숨을 쉰다.

　"하~~."

　"임 선생. 긴장 푸시고 그만 자리에 앉으시지요."

　장원적이 먼저 의자에 앉아 자리를 권했고 임현진도 장원적을 따
라 앉았다.

"죄송하게 됐습니다. 장 선생님 사람들인 줄 모르고 실례가 많았습니다."

"아닙니다. 오는 길에 밖에서 봤습니다. 저의 쪽 사람이 아드님을 불편하게 하더군요."

말을 마친 장원적은 곧바로 국수를 뒤집어쓴 부하를 불러 임현진에게 사과를 시켰다. 남자가 허리를 굽혀 중국말로 정중히 사과하자 현진이 손을 잡아 일으켜 세웠다. 그리고는 국수를 던져 미안하다며 정식으로 악수를 청했다.

남자는 별것 아니라고 호탕하게 웃으며 귀를 가리켰다. 아마도 귀에 젓가락을 쑤셔 넣은 것이 더 위험했다는 것 같았다.

임현진이 민망해하자 남자는 귀에 손을 가져다 대며 아무렇지 않다는 시늉을 한다.

"임 선생, 홍콩까지 오느라 고생이 많았습니다. 사실 내일 찾아가려 했지만 이렇게 만났으니 더 잘됐습니다. 그런데 숙소가 마음에 안 드시죠?"

장원석은 이미 임현진이 묵을 호텔 상태를 알고 있었다.

"지금은 그런 걸 따질 처지가 아니라서요."

"김태민 씨 부탁으로 일부러 그 호텔로 정한 겁니다. 혹시 임 선생을 따라붙는 안기부 직원들이 있다면 그곳에서는 우리 형제들이 있어 감히 아무 짓도 못할 테니까요."

"감사합니다. 그런데 한국어 실력이 보통이 아니시군요."

임현진은 장원적의 한국어 실력에 놀라고 있었다.

"그렇습니까? 도피 생활 중에 할 일이 없어서 하루 종일 한국어 공부만 했었죠. 오랜만에 한국분을 만나 이야기할 수 있어서 너무 좋습니다."

장원적은 자신의 한국어 실력을 칭찬받자 흐뭇하게 웃고 있었다.

"저녁은 제가 대접할 테니 그만 일어나시죠. 그리고 호텔은 더 좋은 곳으로 잡아드리겠습니다."

"감사합니다."

임현진의 고맙다는 인사를 받은 장원적이 임현진 부자를 데리고 국수집을 나섰다. 밖으로 나오자 이미 기다리고 있던 장원적의 운전 기사가 은색 BMW 문을 열어 임현진과 세이를 자동차에 태웠다.

"데이비드. 침사추이로 가자."

장원적이 운전 기사에게 바다가 보이는 침사추이로 가라고 말했고, 운전 기사는 알았다며 어두운 골목을 빠져나갔다.

세이가 나중에 안 사실이지만 영국의 지배를 받던 홍콩 사람들은 중국 이름과 영어 이름 두 개를 쓰고 있었다.

20여 분을 달려 바다가 보이는 식당 앞에 은색 BMW가 멈춰 섰다.

"내리시지요. 제가 자주 오는 구룡 딤섬입니다."

"그렇군요. 세이야, 내리자."

장원적의 안내로 임현진 부자가 차에서 내려 딤섬집 안으로 들어갔고, 뒤따라 장원적의 부하들도 식당 안으로 들어와 장원적 옆 테이블에 자리를 잡았다.

넓은 중국식 회전테이블에 앉은 장원적이 임현진에게 메뉴판을 건넨다.

"임 선생 드시고 싶은 것이 있으면 골라보세요."

장원적의 말에 임현진이 메뉴를 훑어보는 척하고는 메뉴판을 덮었다.

"사실 딤섬 식당은 처음이라서 잘 모르겠습니다. 알아서 시켜주시죠."

"그럼 제가 추천하는 걸로 드셔 보세요."

말을 마친 장원적이 점원을 부르자 20대 초반의 젊은 점원이 달려와 장원적을 알아보고 굽신거리며 인사를 했다.

장원적은 젊은 점원에게 슈마이와 샤오롱바오, 차슈바오라는 딤섬과 고기 수프를 주문했다.

주문을 받은 점원은 다시 정중히 인사를 하고는 호들갑스럽게 주방으로 달려가 특별한 손님의 주문을 넣었다.

주방장이 알았다며 큰소리로 대답하고는 고개를 내밀어 장원적에게 인사를 하자 장원적은 오른손을 들어 보였다.

"아드님이 참 멋있게 생겼습니다. 나중에 내 막내딸과 친구를 맺어주고 싶네요."

장원적은 조용히 아빠 옆에 앉아있는 세이에게 관심을 보였다.

"네. 나중에 아들에게 물어보겠습니다."

"그건 그렇고. 상하이에 언제쯤 출발하시는 것이 편하시겠습니까?"

장원적이 임현진에게 앞으로의 일정을 물어봤다.

"저희야 빠르면 빠를수록 좋습니다."

"그래요! 그럼 말이 나온 김에 내일 당장 출발하시죠. 원래는 직원들을 보내려 했지만 오늘 임 선생을 만났으니 늦출 것 없이 저와 같이 가시죠."

장원적의 갑작스런 제안에 임현진은 잠시 머뭇거렸다. 빠를수록 좋다고 말했지만 내일이라고 하니 뭔가 준비를 해야 할 것 같았다.

임현진이 고민하는 것을 눈치챈 장원적이 한마디 한다.

"너무 빠르십니까? 걱정 마세요. 홍콩이나 상하이나 다 사람 사는 곳입니다. 특별히 준비할 것도 없고요."

장원적의 말에 잠시 생각에 잠긴 임현진이 아들의 몸 상태를 걱정하며 쳐다보자 세이는 괜찮다며 고개를 끄덕였다.

"그렇습니까? 그럼 내일 출발하죠. 여기도 낯설기는 마찬가지니까요."

"그럼 직원들에게 준비시키겠습니다. 그런데 지금 여권은 가지고 계십니까?"

"네. 여기 있습니다."

임현진이 점퍼 안쪽 주머니에서 여권을 꺼내 장원적에게 넘겨주었다.

여권을 받아든 장원적은 부하를 불러 내일 오후까지 임현진과 세이의 비자를 만들어 오라며 여권을 건네줬다.

그사이 먹음직스런 딤섬이 뽀얀 연기와 함께 대나무 찜기에 담겨 나왔고 장원적은 임현진 부자에게 먼저 먹어보라며 권했다.

"자~ 드시지요!"

"네. 그럼 잘 먹겠습니다."

임현진이 따뜻한 소고기 수프와 딤섬을 그릇에 담아 아들 앞에 놓아주었다. 그렇게 오늘 처음으로 임현진 부자의 제대로 된 식사가 시작되고 있었다.

식사 중간중간 장원적이 상하이의 중국인 특색과 조심해야 할 점들을 이야기해 줬고, 장기간 머물 수 있도록 외국인 투자 사업증도 만들어 주기로 했다.

한참 임현진과 장원적의 이야기가 오가고 있을 때 뚱뚱한 30대 후반의 여사장이 식사 중인 테이블로 다가왔다.

그리고는 장원적에게 '따꺼'라고 부르고는 임현진과 세이에게 관심을 보였다.

"오라버니~~ 여기 멋진 신사분과 귀여운 꼬마는 누구에요?"

여사장이 중국어로 장원적에게 현진에 대해 물어봤다.

"자세한 건 말할 수 없고, 귀한 손님이라고만 해두지."

장원적의 대답에 여사장은 더욱 흥미를 느꼈다.

"이 신사분 중국어를 할 줄 아시나요?"

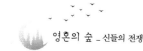
영혼의 숲 _ 신들의 전쟁

"영어는 잘하시지. 식사 중인데 그만 방해하고 볼 일 보라구. 펌킨!"

장원적은 계속해서 임현진에게 관심을 보이는 여사장을 멀리 쫓아 보내버리려 호박이라고 놀려댔다.

"오라버니! 펌킨이 아니라 애플이라고 내가 몇 번을 말해요! 한번만 더 펌킨이라고 부르면 앞으로 내 입에서는 어떤 정보도 들을 수 없을 거예요!"

장원적이 펌킨이라고 부르자 화가 난 여사장이 어둠의 세계에서 떠도는 정보로 장원적을 협박했다.

"미안하군, 애플~. 다음부터는 그렇게 부르지."

그때서야 조금 화가 풀린 여사장이 세이에게 다가와 영어로 인사한다.

"귀여운 아가야. 앞으로 애플 이모라고 불러~."

그렇게 여사장은 세이의 머리를 쓰다듬고는 임현진에게 윙크를 날리며 사라졌다. 어색해진 분위기에 식사의 흐름이 끊기자 장원적이 일부러 여사장에 대해 설명했다.

"어서 드세요. 사실 저 호박 친구의 도움 없이는 뒤쪽 사업이 쉽지 않습니다. 생긴 건 저래도 배짱은 웬만한 남자보다 셉니다. 임 선생이 이해하세요."

"아닙니다. 특별히 뭘 한 것도 아니고요."

그렇게 아무 일도 없었다는 듯이 다시 식사가 시작되었고 피곤해 보이는 임현진을 위해 장원적은 말을 줄여나갔다.

어느새 시간은 10시 30분을 넘어서고 있었다. 다시 30여 분이 흘러 식사를 끝낸 장원적과 임현진 부자가 식당 밖으로 나왔다.

잠시 찬바람을 즐기던 장원적과 임현진이 담배를 꺼내 태우며 홍콩의 야경을 구경하고 있다.

그때 현진의 눈에 바다 건너편의 센트럴 플라자가 보였고 주변 건물에서 불빛을 밝히는 파나소닉, 소니 등 일본 기업들의 광고가 눈에 들어왔다.

'언제쯤 우리나라 기업이 저 자리를 차지할 수 있을까?'

임현진은 부러운 마음에 혼잣말을 하고 있었다.

"임 선생, 여기 호텔 키입니다. 추운데 방에 들어가서 구경하세요."

장원적이 야경에 빠져있는 임현진에게 하야트 호텔 키를 건넸다.

"감사합니다. 그런데 몇 개 안 되는 짐이 신구룡 호텔이 있습니다."

"식사 중에 직원들을 시켜 가져왔습니다. 호텔에 들어가시면 있을 겁니다."

장원적은 임현진이 더 이상 신경 쓰지 않고 편하게 쉴 수 있도록 이미 모든 것을 준비해 두었다.

잠시 후 장원적이 차 문을 열어 임현진에게 타라고 한다.

"저는 오늘 여기서 헤어져야 할 것 같군요. 여기 데이비드가 모셔다 줄 겁니다."

"네. 그럼 내일 뵙겠습니다."

인사를 마친 장원적은 구룡 딤섬 사장 애플을 만나기 위해 다시 식당으로 들어갔고 임현진 부자를 태운 은색 BMW도 하야트 호텔을 향해 출발했다.

정착 상하이

　다음날 오후 5시 상하이 홍차오 공항에 임현진 부자와 장원적, 그리고 국수를 뒤집어쓴 남자가 입국심사를 끝내고 택시를 기다리고 있었다.

　그런데 상대적으로 홍콩보다는 추운 날씨 탓에 다들 점퍼 끝까지 지퍼를 올려 목을 움츠리고 있었다.

　추운 바람과 함께 10여 분을 보내고 이제 장원적의 차례가 되어 모두들 택시에 올라탔다.

　"우전으로 가주시오."

　장원적이 택시 기사에게 수향마을 중 하나인 우전으로 가자고 했고 택시기사는 알겠다며 우전으로 출발했다. 그런데 택시기사가 어디서 왔는지 무슨 볼일로 수향 마을에 가냐며 꼬치꼬치 캐묻자 장원적이 나지막하게 '조용히 운전이나 하게.'라며 택시기사 입을 다물게 했다.

　두 시간 후 우전에 도착한 장원적을 사성진이라는 남자가 반갑게 맞아주었다.

　"장 사장님 오셨습니까. 갑자기 연락을 받아 직접 공항까지 나가지 못했습니다. 죄송합니다."

　"아니요. 그것보다 우선 부탁한 거처 말인데, 준비 됐습니까?"

　장원적이 임현진 부자가 머물 집에 대해 물어봤다.

　"예, 준비해 두었습니다. 헌데 누가 머물 곳입니까?"

　"여기 내 손님들이 머물 곳이요. 언제까지 계실지는 모르겠으나 꽤 오래라는 것만 말해 두지요."

장원적이 말을 끝내자 사성진은 미리 준비해 둔 거처로 장원적과 임현진을 안내했다. 사성진을 따라 도착한곳은 수로 옆에 2층으로 된 아담한 집이었고 1층은 중국 전통 찻집이었다.

사성진이 장원적 일행을 1층 옆에 나있는 계단을 통해 2층으로 안내한다.

잠시 후 2층으로 올라서자 그리 넓지 않은 방이 나왔고, 임현진은 아들 세이와 지내기에 그리 부족해 보이지 않는다고 생각했다.

"임 선생, 생각보다 작지요?"

장원적이 임현진에게 방을 본 느낌을 물어봤다.

"아닙니다. 저에게는 훌륭합니다."

임현진은 장원적에게 만족스럽다는 대답을 하고 창문을 열어젖혔다.

그러자 열린 창으로 수로가 가장 먼저 눈에 들어왔고 수로를 따라 흐르는 잔잔한 물결이 마음을 차분하게 만들어 주는 것 같았다.

임현진은 작은 배들이 다닐 수 있을 만큼 여유로운 폭의 수로를 보며 언젠가 아들 세이와 함께 이 수로가 끝나는 곳까지 배를 타고 가보기로 마음먹는다.

"임 선생. 잠시 쉬고 계세요. 저는 사성진 사장과 할 이야기가 있습니다. 용무가 끝나면 같이 저녁 식사 하러 나가죠."

"네. 알겠습니다."

장원적은 임현진과 세이를 뒤로하고 사성진을 따라 1층으로 내려갔다.

잠시 후 임현진이 새 보금자리를 이곳저곳 살펴보자 2층에는 간단하게 씻을 수 있는 욕실 겸 화장실과 조리를 할 수 있는 주방이 있었고 동쪽으로는 두 개의 침대가 놓여있었다.

"세이야. 잠깐 누워서 쉴까?"

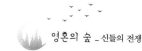

영혼의 숲 _ 신들의 전쟁

아버지 현진이 장난스럽게 '벌렁' 침대로 쓰러졌고 세이도 아빠를 따라 양팔을 벌려 침대에 엎어졌다.

　그렇게 침대에 얼굴을 묻고 빼꼼, 아빠를 쳐다보던 세이가 아빠와 눈이 마주치자 고개를 돌려버렸다.

　몰래 아빠를 염탐한 것이 들켜버려 민망해진 세이에게 현진이 괜찮다며 아들의 머리를 쓰다듬는다.

　현진은 아들의 머리를 어루만지며 한국에서부터 시작된 긴박했던 일주일간의 도주를 버텨낸 세이가 너무나 대견스러웠다.

　그것도 잠시 세이가 귀찮다며 자기머리를 마구 헝클었다.

　"야. 임세이, 그러니까 꼭 자다 일어난 수사자 같다. 하하하~."

　아빠가 놀려대자 세이는 더욱 머리를 헝클었고 점점 진짜 수사자의 얼굴처럼 머리카락이 사방으로 뻗쳐나갔다.

　"알았어. 아빠가 미안."

　아버지 현진의 사과가 있고 나서야 세이는 머리카락을 내버려 두었다. 그때 세이가 아빠에게 궁금했던 것을 물어본다.

　"아빠~ 우리 언제 집에 가요?"

　갑자기 던진 질문에 아버지 현진이 당황한다. 그리고 손을 내밀어 아들의 조그만 손을 잡았다.

　"아빠가 빨리 갈 수 있도록 노력할게. 그런데 아마도 오랜 시간이 걸릴 거야."

　"얼마나 오래요?"

　어린 세이는 오래라는 뜻을 완전히 이해할 수 없었고 그저 몇 밤에 몇 밤을 더 자면 갈 수 있지 않을까 생각했다.

　"아마도 세이가 아빠를 업어줄 수 있을 만큼 컸을 때?"

　아버지 현진은 거짓말로 아들을 속이고 싶지 않았고 세이도 자신도 이제부터 새로운 세상에 적응해야 하기 때문에 적당한 속임수는 애초에 만들려 하지 않았다.

"지금도 아빠 업을 수 있어요."

세이가 침대에서 내려와 아버지 현진 앞에서 업는 시늉을 한다.

그러자 현진이 벌떡 일어나 아들을 덮쳤다.

"아이코~."

아버지 현진의 무게를 이기지 못하고 세이가 쥐포처럼 바닥에 깔려 버리자 현진이 얼른 아들을 일으켜 세우며 말한다.

"어때? 아직은 안 되겠지."

"내일부터 매일 아빠 업을 거예요."

일곱 살 꼬마에게는 너무 무거운 아빠였지만 빨리 집에 가기 위해서는 어른만큼 힘을 키워 아빠를 업어야만 했다.

그때 아래층에서 장원적이 임현진 부자를 부른다.

"임 선생! 식사하러 가시지요."

"네. 바로 내려갑니다."

대답을 마친 임현진이 세이를 일으켜 세이며 말한다.

"오늘을 실패 했으니까 내일 다시하기로 하고 밥 먹으러 갈까?"

"네."

세이를 안은 임현진이 계단을 내려가 기다리고 있던 장원적 일행과 밖으로 나간다. 사성진의 안내로 수로의 물길을 따라 10분 정도 걸어갔을 때 면 요리 전문점이 나왔다.

장원적일행과 임현진 부자가 안으로 들어가자 거의 빈자리가 없을 정도로 손님들로 꽉 차 있었다.

사성진이 신분을 밝혔고 종업원의 안내에 따라 안쪽 끝자리에 자리를 잡았다.

자리에 앉은 장원적이 일단 마오타이주 한 병을 시켰고 잠시 후 종

업원이 마오타이주와 여러 개의 술잔을 가지고 나왔다.

장원적이 술병을 열어 임현진에게 한 잔 권한다.

"임 선생. 한잔 받으시지요. 제가 한국에서 도피 생활을 할 때 불안한 마음에 자주 빈속에 소주를 마셨습니다. 찌릿하면서 잠시 후 올라오는 뜨거움이 안정감을 주더군요. 임 선생도 그때의 저와 비슷한 처지이니 한잔합시다."

장원적이 임현진과 나머지 사람들의 잔을 모두 채운 뒤, 술잔을 들어 호탕하게 '건뻬이'를 외쳤다.

그러자 모두 단숨에 마오타이를 들이켰다.

"캬아~."

독주를 마신 임현진은 자신도 모르게 한국에서 소주 마시던 버릇이 나왔다.

"임 선생~ 마음에 들지요. 하하하."

장원적은 마오타이를 마신 임현진의 반응에 흡족해하며 말했다.

"예. 좋습니다. 장 선생님."

장원적의 말대로 그동안 긴장 속에 위축되었던 위가 50도를 넘는 독주에 의해 안정감을 찾는듯했다.

잠시 후 이곳의 주 요리들이 나왔다.

아마도 사성진이 미리 예약을 해두어 따로 주문할 필요가 없었던 것 같았다.

다시 몇 번 술잔이 채워지고 나서야 임현진의 얼굴에도 조금씩 웃음기가 보였고 옆에 앉아있는 세이도 맛있게 국수를 먹으며 어른들의 말을 방해하지 않았다.

게다가 아빠의 편안한 모습을 보니 오늘밤은 아빠가 악몽 속에서 소리치며 잠을 설치지 않을 것 같아 마음이 놓였다.

어느새 분위기는 화기애애해졌고 장원적은 임현진에게 사성진의 말을 통역해주며 앞으로 상하이에서 하게 될 일들을 설명해주었다.

이야기 내용 중에는 임현진이 당장 내일부터 중국어를 배워야하며, 세이 또한 유치원에 보내 빨리 이곳에 적응시키자는 것이었다.

그런데 얼큰하게 취한 임현진이 아들의 의사도 물어보지 않고 내일부터 유치원에 보내겠다고 대답했다.

세이가 아빠 팔을 잡아당기며 싫다고 했지만, 아버지 현진은 남자는 배포가 있어야 한다며 일곱 살 아들에게 용기를 가지라며 강요했다.

옆에서 듣고 있던 장원적이 세이에게 전혀 걱정할 것 없다고 말해봐도 일곱 살 어린이는 고개를 절레절레 흔들며 거부했다.

세이의 뜻을 알아차린 사성진이 자신의 딸도 세이와 동갑이라며 걱정하지 말라고 하자 장원적이 친절하게 세이에게 통역해준다.

"세이야. 저 아저씨 딸이 너와 나이가 같고 이름은 사영기라고 하는구나."

"우리 아들 벌써 여자 친구 생기면 안 되는데. 하하~"

취기가 올라 여유로워진 현진이 아들을 놀려댔다.

세이가 창피하다며 아빠 팔을 잡아당겼지만 아들에게 동갑내기 친구가 생긴 것에 현진은 한시름 마음이 놓였다.

유치원에서 당분간 말은 통하지 않겠지만 아이들이 어울리는데 말은 그렇게 중요하지 않다고 생각했다.

그렇게 현실을 잠시 잊어버리는 술자리가 밤늦도록 계속되었고 세이가 졸린 눈을 비비는 것을 보고 나서야 아버지 현진이 술잔을 거부했다.

"저는 그만 됐습니다. 충분히 마셨습니다. 우리 아들이 피곤한 것 같아서 오늘은 여기까지만 해야 할 것 같습니다."

"시간 가는 줄 모르고 마시다가 꼬마 손님을 잊어버리고 있었군요.

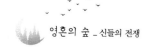

어서 일어납시다."

화끈한 성격의 장원적이 미련 없이 일어서자 사성진과 부하도 따라 일어섰다.

즐거운 저녁식사를 끝내고 식당을 나온 임현진이 어느새 잠든 아들을 업어, 조용히 흐르는 물길을 거슬러 이제부터 거처가 될 찻집으로 걸어간다. 세 걸음 뒤에서는 장원적과 사성진이 느긋하게 담배를 태우며 따라오고 있었다. 그렇게 조용한 거리를 걷고 있을 때 갑자기 물속에서 큰 물고기 한 마리가 수면 위로 튀어 올랐다.

임현진은 별로 신경 쓰지 않고 계속 걸어갔으나 물고기는 계속해서 튀어 오르며 밤의 적막을 깨고 있었다.

"첨벙~ 첨벙~."

그런데 물고기는 마치 자신을 보라는 듯 튀어 오르며 임현진을 따라오고 있었다. 그 모습에 임현진이 잠시 걸음을 멈추고 물속을 쳐다봤다.

그러자 수면 위로 얼굴을 내민 하얀 비늘의 물고기가 임현진을 쳐다보며 뭐라고 입을 뻐끔거렸다.

"왜? 너도 도망자야~."

임현진이 할 말이 많은 것 같은 물고기에게 자신과 같은 처지냐며 물어보자 물고기는 자기를 따라오라는 듯 머리를 흔들며 아래로 내려갔다.

하지만 임현진은 신기한 물고기를 무시하고 아들과 함께 찻집을 향해 걸어갔다.

그때 뒤따라오던 장원적이 의아해하며 한마디 한다.

"허~. 참 신기한 일이군요. 임 선생 물고기가 눈물을 흘립니다."

"네?"

장원적의 말에 임현진이 고개를 돌려 물고기를 봤을 때 정말 물고기의 눈에서 '주르륵' 눈물이 흐르고 있었다.

"참 신기한 일입니다. 물고기는 눈물을 흘릴 수 없는데 말이에요."

장원적이 기괴한 물고기를 보며 믿을 수 없다는 듯 말했다.

그렇게 임현진과 장원적이 물고기를 지켜보고 있을 때 상류 쪽에서 크게 "첨벙" 소리가 나더니 덩치 큰 무언가가 수면의 가르며 쏜살같이 내려오고 있었다.

그러자 눈물을 흘리던 물고기가 당황하며 다시 현진에게 따라오라는 듯 머리를 움직여 보였지만 임현진은 알아들을 수 없었다.

잠시 후 메기처럼 생긴 거대한 물고기가 물 밖으로 큰 입을 벌리며 솟구쳐 올랐다.

놀란 물고기는 재빨리 아래로 헤엄쳐 도망갔고 그 뒤를 따라 거대한 물고기가 물살을 가르며 쫓아가고 있었다.

한동안 어둠 속에서 쫓고 쫓기는 물고기들의 '첨벙' 대는 소리가 들리더니 어느 순간 조용해졌다.

"신기한 일이긴 하지만 기분이 썩 좋지는 않군요. 임 선생 어서 가시죠."

장원적이 인상을 찡그리고는 임현진을 앞서며 걸음을 재촉했다.

그렇게 임현진이 천천히 걸으며 물고기가 사라진 하류를 쳐다봤을 때 뒤늦게 나타난 거대한 물고기가 음침하게 아무 소리도 없이 물살을 가르며 상류로 거슬러 올라오고 있었다.

그런데 물속에서 번쩍이는 물고기의 안광과 마주친 임현진은 뭔가 기분 나쁜 소름이 돋았고 자신도 모르게 얼굴을 돌려버렸다.

그리고는 업혀있는 아들을 추켜올려 서둘러 찻집으로 걸어갔다.

안정(安定)은 잠시

임현진과 아들 세이가 상하이에 온 지도 어느덧 4개월이 흘렀다.

아버지 현진은 상하이에 온 다음 날부터 중국어 학원에 다녔고 아들 세이도 사성진의 딸 사영기와 유치원에 다니며 빠르게 적응해가고 있었다.

임현진은 3개월의 중국어 공부를 마치고 난 뒤 조금은 부족한 중국어로 낮에는 일본인 여행 가이드 일을 시작했고 밤이 되면 아들 세이와 모자란 중국어 공부를 하느라 정신이 없었다.

그런데 한자를 많이 아는 임현진보다 아들 세이의 중국어 회화 실력이 월등히 앞서고 있었다.

아무래도 편견 없는 아이의 순수한 마음이 거부감 없이 외국어를 흡수하고 있던 것 같았다.

"세이야. 영기하고는 잘 지내? 저녁 먹을 때 서로 말이 없던데."

임현진은 저녁에 아들의 여자친구 사영기가 뭔가에 삐쳤는지 평소와 다르게 식사 내내 말이 없어 아들에게 물어봤다.

"그냥 영기가 삐졌어요. 내가 다른 친구랑 놀았다고 그런 것 같아요."

"다른 친구 누구?"

현진이 궁금해 아들에게 재차 물어봤다.

"말해도 아빠는 몰라요."

"그래도 말해줘. 아빠 궁금해서 잠이 안 올 것 같아."

세이가 말을 할까 말까 고민하다가 아빠가 잠을 못 잘 것 같다고 하자 말해 주기로 한다.

"류재희라는 친구에요. 오늘 재희랑 놀다가 갑자기 재희가 날 껴안았는데 그때부터 영기 기분이 안 좋아요."

아버지 현진은 이제야 이유를 알겠다며 아들에게 말한다.

"그랬구나. 그럼 영기도 안아주기 그랬어."

"왜요?"

현진이 유치원생 아들에게 설명하기에는 너무 복잡해 적당히 이야기를 만들어낸다.

"왜냐면 영기는 세이를 세상에서 가장 친한 친구라고 생각하는데, 갑자기 재희라는 친구가 세이를 안아버리니까 기분이 나빠진 거야. 세이 친구 중에 누군가 아빠를 안고 놓아주지 않으면 어떨 것 같아?"

"음~ 아빠는 우리 아빠니까 그러면 안 되죠."

"그래 그거랑 비슷한 거야. 이제 알겠지."

"근데 영기는 우리 아빠가 아니잖아요."

"그러긴 한데. 음~."

임현진이 아들의 질문에 뭐라고 대답해야 할지 고민 중이다.

"영기는 세이를 가족이라고 생각하는 거야. 아빠하고 세이가 가족인 것처럼."

"가족은 같은 집에 살아야 하는데 영기는 다른 집에 살잖아요."

아들의 계속되는 질문에 현진이 당황했다.

"그렇긴 하지. 가족이라면 같이 사는 게 맞는 거지."

이렇게 끝나진 않을 것 같은 아들과의 대화가 20여 분이 흐르자 현진은 아들에게 그만 피곤하니 자야겠다며 침대에 누웠다.

세이도 아빠 옆에 누워 이불을 덮었다.

"아빠. 근데 영기가 가족은 아니죠?"

괜히 영기 편을 들었다가 궁지에 몰리고 있는 현진이었다.

"가족은 아닌데 가족처럼 가까운 사이야. 아~ 졸린다. 떼굴!"

아버지 현진은 쓰러져 자는 것처럼 돌아누워 눈을 감았고 세이도 아빠를 따라 '떼궁' 하고는 옆으로 누워버렸다.

잠시 후 자는 척 연기를 하던 현진이 아들이 잠들었는지 살짝 고개를 돌렸을 때 '어홍' 하고 세이가 벌떡 일어났다.

"아휴 놀래라! 그러다가 아빠 기절하면 어떻게 하려고 그래. 아하하~."

"자는 척 거짓말하니까 그렇죠."

"하하. 미안."

현진이 아들 세이를 안고는 이젠 정말 잘 거라며 눈을 감고 생각에 잠긴다. 그리고는 이 낯선 땅에 이렇게 귀여운 아들마저 없었다면 아마도 슬픔을 견디지 못해 폐인이 됐을 거라 생각했다.

다음 날 아침, 늦잠에서 깬 임현진과 아들 세이가 화장실을 오가며 나갈 준비를 하느라 정신이 없다.

"세이야. 양치했어?"

"네."

"그리고 점심 도시락 가방에 넣었지?"

"당연하죠."

아들의 대답에 임현진은 허겁지겁 옷을 챙겨 입고 유타오(밀가루반죽을 길게 해 기름에 튀긴 음식)를 입에 물었다.

세이도 아빠를 따라 유타오를 입에 물고 한 손에는 더우장(중국식 콩국 또는 두유)을 들었다.

그렇게 아빠와 아들은 늦었다며 허겁지겁 계단을 뛰어 내려갔고 찻집 문을 열고 있던 아저씨가 오늘도 뛰냐며 한마디 한다.

"여유를 가져. 이 넓은 땅 뛰어봐야 표도 안나."

"네, 알겠습니다! 다녀올게요."

현진과 세이가 찻집 주인에게 인사하고는 어느새 저 멀리 사라져

버렸다. 흐뭇하게 지켜보던 찻집 주인은 임현진 부자의 달리는 뒷모습을 보며 '만만디'를 외쳤다.

　이렇게 매일 매일을 바쁘게 보내는 아버지 현진과 세이는 처음과는 달리 많이 밝아진 모습으로 변해가고 있었다.

　간간히 홍콩에 있는 장원적이 들러 상하이에 잘 적응하는 임현진 부자에게 대단하다며 손가락을 치켜세우곤 했고, 조금씩 행복을 만들어가는 임현진과 세이의 주변에는 점점 많은 사람들이 도움을 주려 모여들었다.

　하지만 현진은 될 수 있으면 이웃들에게 신세 지려 하지 않았고 웬만한 것은 스스로 해결하려 노력했다.

　이런 모습에 사람들은 현진이 의지가 강하고 책임감이 있다며 더 좋은 평가를 내놓았다.

　오후 5시, 오늘 생각보다 일찍 가이드 일을 끝낸 임현진이 집에 도착해 아들을 부른다.

　"세이야! 아빠 왔어."

　"……."

　잠시 후 아들 세이가 오늘 봄 소풍을 가서 한 시간 후인 6시에나 온다고 했던 말이 생각났다.

　아들 부르는 것을 멈추고 가이드용 가방을 탁자 위에 내려놓고는 거울을 본다.

　피곤해 보이는 얼굴에 기름기까지 끼어 이제 영락없는 현지인 같았다.

　곧바로 욕실로 들어가 온종일 흘린 땀을 씻어내고 나른한 몸을 침대에 누였을 때 창문 밖에서 뱃놀이하는 사람들의 노랫소리가 들려왔다.

　사랑의 노래인지 구애의 노래인지 부드러운 리듬이 잔잔하게 귓속으로 흘러들어오고 있었다.

노래 소리 탓일까, 그립던 아내의 얼굴이 떠올랐다.

남들보다 하얀 피부에 세이를 낳고 나서도 항상 남편을 수줍어하던 아내의 모습은 현진이 혼자 있는 시간을 더욱 괴롭게 했다.

'여보~ 언젠가 그곳에 가면 그때는 내가 꼭 당신을 지켜줄게. 사실은 당장이라도 당신에게 달려가고 싶지만, 우리 아들 세이 때문에 당신이 좀 기다려야 할 것 같아. 기다려 줄 수 있지?'

혼잣말을 하던 현진이 팔을 들어 눈을 가렸다.

하지만 눈물은 어느새 가려진 팔을 빠져나와 턱밑으로 흐르고 있었다.

그때 "따르릉 따르릉~" 전화벨이 울렸다.

가이드 일을 하기 위해 2주 전에 놓은 전화였고 전화번호는 장원적과 여행사 직원, 사성진 밖에 모르고 있었다.

"누구지? 장 선생인가."

임현진이 침대에서 일어나 수화기를 들었다.

"네. 전화 받았습니다."

"임현진 과장, 오랜만이군. 아니 이젠 빨갱이 임현진인가?"

수화기 너머에서 들려오는 승냥이 같은 목소리에 현진은 순간 수화기를 놓칠 뻔했다.

"이봐. 왜 대답이 없어. 그래도 우리 입사 동기잖아. 섭섭한데~"

거만하고 날카로운 목소리, 분명 최남익이었다.

현진은 놀란 가슴을 진정시켜 여유를 잃지 않으려 했다.

"오랜만이다. 최남익."

"그런데 니 목소리는 별로 반갑지 않은 것 같은데. 이 배신자 새끼야!"

갑작스런 최남익의 욕설에 임현진이 침묵한다.

그렇게 잠시 정적이 흐른 후 최남익이 용건을 말한다.

"간단하게 말하지. 나하고 귀국해서 니가 학생들 모아 빨갱이 짓거리한 것 실토하면 니 아들은 살려두지. 어때?"

"우리가 알고 지낸 지도 10년이 넘었다. 네가 그동안 약속을 지키는 걸 나는 본 적이 없어."

"믿거나 말거나 니 자유지만, 아들을 병신 만들고 싶지 않다면 내 말을 듣는 게 좋을 텐데."

현진은 순간 최남익을 믿어볼까도 했지만 역시 살아 있는 악마의 화신 같았던 녀석을 믿는 것은 바보 같은 짓이라고 생각했다.

"과거의 동기로서 부탁 하나만 하자. 그냥 눈감고 우리 부자 놓아줄 수 없겠냐?"

"너는 내가 더 높이 올라서기 위한 훌륭한 재료가 될 텐데 그럴 수야 없지. 대신 옛정을 생각해서 앞으로 1시간 주마. 그래봐야 내 손바닥 안이지만."

"고맙군."

임현진이 '탁' 소리와 함께 세게 수화기를 내리쳤다.

'결국 여기까지 쫓아왔구나. 지독한 놈.'

그때 다시 전화벨이 울렸다.

"따르릉~"

"무슨 말이 더 필요한 거냐. 이 악마 같은 자식아!"

임현진이 수화기에 대고 소리쳤다.

"임 선생. 나 장원적입니다. 무슨 일로 그러신 겁니까? 아니 그보다 급한 소식입니다. 구룡 딤섬의 애플(펌킨)이 수상한 한국인들에게 임 선생의 정보를 팔아 넘겼답니다."

"역시 그랬군요."

"알고 있었던 겁니까?"

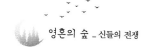

"방금 한국 안기부 추격조의 전화를 받았습니다. 수화기 너머로 비행기 소리가 들렸던 것으로 보아 이미 상하이에 도착한 것 같았습니다."

"그 빌어먹을 펌킨(애플)이 돈에 미쳐 임 선생을 팔 줄은 전혀 예상하지 못했습니다. 죄송합니다."

장원적은 자신의 손님 정보를 팔아넘긴 구룡 식당의 사장, 애플에게 단단히 화가 나 있었다.

"아닙니다. 거절하기 힘든 금액을 제시했을 겁니다. 그보다 안기부 추격조가 곧 이곳에 도착할 것 같습니다. 저는 전화를 끊고 아들과 함께 내륙으로 도망쳐야만 합니다. 그럼 이만."

지금 임현진은 빨리 아들을 찾아야 했기 때문에 전화 통화하는 시간도 아까웠다.

"임 선생 잠깐만요! 나도 지금 상하이 사성진 사장 집에 와있습니다. 바로 갈 테니 10분만 기다리세요."

일분일초가 급한 임현진은 장원적에게 여기로 오는 대신 다른 부탁을 했다.

"장 선생님. 부탁이 있습니다. 저와 아들이 최대한 빨리 도망갈 수 있게 교통편을 준비해주실 수 있겠습니까?"

"그야 어렵지 않습니다. 그럼 준비되는 대로 임 선생 집으로 가겠습니다."

"네. 감사합니다."

전화를 끊은 임현진이 시계를 본다.

5시 40분. 최남익과 통화를 끝내고 이미 15분이 흘렀다.

더 이상 지체할 수 없는 현진이 재빨리 찻집을 나서 세이가 다니는 유치원으로 내달린다.

긴 수로를 따라 20여 분을 뛰었을 때 마침 저 앞에서 세이가 영기와 함께 걸어오고 있었다.

"세이야!"

"아빠~."

갑작스런 아빠의 등장에 세이가 양팔을 벌려 현진에게 달려왔다.

"아빠. 오늘 벌써 끝난 거예요?"

세이는 모처럼 일찍 일이 끝난 아빠 손을 잡고 좌우로 흔들며 신나 있다.

"응. 빨리 끝났어. 영기야, 소풍 잘 갔다 왔어?"

"네. 재밌었어요."

"그랬구나. 세이야, 영기한테 인사해. 우린 지금부터 멀리 가야 돼."

아빠가 갑자기 영기에게 인사를 하라고 하자 세이는 어리둥절했다.

"멀리 어디요? 몇 밤 자고 올 건데요?"

"아빠도 잘 모르겠어. 그러니까 영기한테 인사해. 한참 후에 보자고."

한국말을 못 알아듣는 영기가 임현진 부자의 심각한 표정을 보고 불안해한다.

"세이야 빨리! 시간이 없어."

다급한 표정으로 아빠가 재촉하자 세이가 영기에게 작별인사를 한다.

"영기야. 아빠가 우리 멀리 가야 한데. 안녕~."

"어딜 가는데? 나도 같이 가."

갑작스런 작별인사에 영기도 따라가겠다며 세이 손을 꼭 잡았다.

그때 현진이 영기의 손을 잡고 천천히 이야기한다.

"아저씨가 꼭 세이랑 다시 돌아올게. 그러니까 세이 손 놓아줄래, 영기야."

히지만 영기는 울먹이며 고개를 절레절레 흔들었다.

"세이야~ 영기 좀 안아줄 수 있어?"

아빠의 말에 세이가 영기를 꼭 안아준다.

그러자 영기는 세이와 더 떨어지기 싫다며 울음을 터트렸다.

"우앙~ 안 돼! 세이 가지 마!"

"임 선생!"

그때 아래쪽에서 장원적과 사성진이 헐레벌떡 뛰어오며 현진을 불렀다.

"장 선생님!"

이미 사정을 알고 있는 장원적과 사성진이 임현진 앞에 도착해 상황을 보니, 영기를 설득해 빨리 떼어놓아야만 할 것 같았다.

곧바로 사성진이 나서 딸을 설득한다.

"영기야. 세이는 지금 떠나야만 해. 그렇지 않으면 다시는 세이를 보지 못할 수도 있어."

그러나 영기는 아빠 말을 무시한 채 세이를 꼭 붙잡고 놓아주지 않았다.

"사 사장님 저희에게 시간이 없습니다! 억지로라도 영기를 떼어 놓아주세요."

"예. 그래야겠습니다."

장원적과 사성진이 영기를 붙잡아 세이로부터 떼어놓자 영기가 서럽게 울기 시작한다.

"안 돼! 가면 이제 못 볼 것 같단 말이야!"

"임 선생, 짐은 어디 있습니까?"

장원적이 빈손인 임현진에게 짐은 어땠냐며 물어봤다.

"세이를 찾느라 미처 준비하지 못했습니다. 20분만 시간을 주세요."

"알겠습니다. 그럼 20분 후 집 앞에서 기다리겠습니다."

말을 마친 현진과 세이는 정신없이 집으로 뛰었고 장원적은 자동차를 가지러 주차장으로 내달렸다.

남은 사성진과 딸 영기는 임현진 부자의 다급한 뒷모습만 불안하게 지켜볼 뿐이었다. 그렇게 시야에서 임현진 부자가 사라지자 방심한 아빠, 사성진 손에서 빠져나온 영기가 세이를 찾아 달리기 시작한다.

"임세이~~."

30여 분 후 임현진 부자가 머물던 찻집 뒤편으로 하나둘씩 사람들이 모여들었다.

장원적이 준비한 자동차에 오르려던 현진과 아들 세이에게 찻집 주인과 마을 사람들은 왜 갑자기 떠나냐며 아쉬움을 감추지 못했다.

하지만 시간이 없는 임현진은 긴 설명을 뒤로하고 그동안 고마웠다며 인사를 하고 차에 올랐다.

그때 골목에서 뛰쳐나온 영기가 세이를 부른다.

"세이야! 어디 가는 거야!"

영기의 목소리에 세이는 뒤 창문에 붙어 영기를 쳐다본다.

또 도망쳐야 하는 긴장감과 서운한 마음에 뭐라고 말해야 할지 생각나지 않아 눈만 꿈벅거리며 영기를 쳐다볼 뿐이었다.

"임현진!"

수로 쪽에서 한국말로 거칠게 현진을 부르는 소리가 들려왔다.

'녀석이 벌써 도착했구나.'

현진은 낯익은 최남익의 목소리에 소름이 돋았다.

"장 선생님 빨리 출발하시죠! 여기에 이미 한국 직원들이 와 있습니다!"

임현진의 말에 장원적이 곧바로 엑셀을 밟아 자동차를 출발시켰다.

"세이야~ 내가 꼭 찾으러 갈게!"

뒤 유리창에 붙어 있는 세이를 보고 영기가 소리쳤다.

하지만 세이는 아무 말도 할 수 없었다.

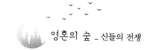

영혼의 숲 _ 신들의 전쟁

자신이 어디로 가는지, 또 그곳에 얼마나 머물지 알 수 없었기 때문이었다.

그때 영기 앞으로 검은 양복을 입은 사람들이 뛰쳐나왔다.

그중 뱀처럼 날카로운 눈을 가진 남자가 세이에게 소리친다.

"너! 그리고 니 아버지! 일주일 안에 잡아주마! 갈 수 있는 만큼 가 봐!"

최남익이 소름 끼치는 눈으로 세이의 눈을 뚫어져라 노려보았고, 영기에게 손을 흔들어 주고 싶었던 세이는 그렇게 무서운 눈을 처음 봐 얼른 창문 아래로 숨어버렸다.

"임 선생! 어디로 갑니까?"

장원적이 안기부 직원들에게서 벗어나자 임현진에게 가야 할 방향을 물어봤다.

"저도 모르겠습니다. 일단 저들이 따라올 수 없는 곳으로 가시죠!"

"알겠습니다. 그럼 일단 내륙으로 달리겠습니다. 그리고 뒷자리에 중국 지도가 있으니 지도를 보고 어디로 갈지 생각해보세요."

"예!"

임현진은 아직 진정되지 않아 떨리는 손으로 지도를 펼쳐 들었다.

그런데 아빠 손에서 불안하게 흔들리는 지도를 본 세이가 조심스럽게 모서리를 잡아들었다.

현진이 그런 아들을 보고는 자신이 흔들리면 세이 또한 불안해할 것 같아 마음을 진정시켜본다. 아들의 도움을 받아 지도를 보며 중국 국경과 인접한 도시를 찾아봤을 때, 순간 세 개의 도시가 눈에 들어왔다.

몽골 아래에 위치한 다퉁(大同) 시와 티베트 자치주와 인접한 청두(成都) 시, 그리고 태국, 라오스, 베트남을 아래에 두고 있는 쿤밍(昆

明) 시였다.

현진이 어디로 도망쳐야 최남익의 손에서 벗어날 수 있을지 고민한다.

"장 선생님! 혹시 다퉁, 청두, 쿤밍 중에 인연이 있는 곳이 있으십니까?"

"말하신 곳 중에는 없습니다만 티베트에는 인연이 있는 스님이 계십니다. 10여 년 전에 홍콩에서 제가 도움을 드렸던 샨 스님이 그곳에 계실 겁니다."

현진의 머릿속이 또다시 복잡해졌다. 동남아와 인접한 곳으로 가야 도피가 용이할 것 같았지만, 혹시 자신이 잘못되었을 때를 대비해 세이를 보살펴줄 사람이 필요했다.

사실 현진이 이렇게까지 심각하게 고민하는 것은 아직까지 최남익의 손에서 벗어난 사람이 한 명도 없었기 때문이었다.

"그럼 저희를 청두 시에 갈 수 있게 교통편을 마련해 주실 수 있겠습니까? 그리고 샨 스님에게 소개장도 부탁드립니다."

"임 선생. 일이 이렇게 된 것도 따지고 보면 제가 구룡 식당으로 임 선생을 모시고 가서 비롯된 일이니 저도 가는 데까지 함께 하겠습니다."

그런데 임현진이 뭐라고 대답해야 할지 망설인다.

장원적에게 그동안 받은 것만으로도 너무 고마운데 목숨이 위태로운 도망에 함께 하자는 것은 너무나도 미안한 일이었다.

하지만 지금의 자신과 세이에게 장원적의 도움은 어찌 보면 신의 손길과도 같았고 체면치레보다는 목숨을 부지하는 것이 현명하다고 판단했다.

"장 선생님. 그렇게 해주신다면 저희 부자는 너무 감사할 따름입니다. 언젠가 꼭 이 은혜 갚겠습니다."

장원적이 호탕하게 웃으며 한마디 한다.

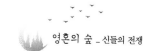

영혼의 숲 _ 신들의 전쟁

"그런 소리 마세요. 하하하! 한국에서 도피 생활을 한 것도, 이렇게 임 선생과 위험한 여행을 해야 하는 것도, 이미 저의 인생 속에 포함되어 있었던 걸 겁니다."

"그렇게까지 말씀해주시니 어떤 말로도 감사함을 표현할 수 없을 것 같습니다."

"괜찮습니다. 이제부터는 무사히 그 최남익이라는 녀석의 손에서 벗어나는 것만 생각합시다."

장원적의 말에 임현진이 알겠다며 입을 굳게 다물고 고개를 끄덕였다.

이리떼

임현진 부자와 장원적은 쉬지 않고 대륙을 횡단해 5일 만에 청두시 근처까지 도착했다.

중간중간 길이 끊겨 산길로 돌아와야만 했고 거친 비포장도로를 견디지 못해 터져버린 타이어 때문에 애를 먹었었다.

그런데 예상과는 달리 아직까지 임현진을 추격해오는 최남익과 직원들이 보이지 않았다. 하지만 이렇게 포기할 최남익이 아니었기 때문에 임현진은 더욱 불안했다.

그렇게 고된 짧은 여행의 끝을 알리며, 청두 시로 들어가는 강가를 지나고 있을 때 젊은 여인이 강물 속에서 얼굴만 내놓고 위태롭게 소리 지르고 있었다.

"장 선생님. 저기 강물 속 여자, 위험한 것 같은데 뭐라는 겁니까?"

표준어가 아닌 사투리를 알아들을 수 없는 임현진이 장원적에게 물어봤다.

"임 선생! 아무래도 차를 세워야겠습니다. 저 여인의 아이가 물에 빠졌답니다!"

말을 마친 장원적이 재빨리 자동차를 세운 뒤 로프를 챙겨 강가로 달렸고 임현진과 세이도 차에서 내려 장원적을 뒤쫓았다.

잠시 후 강가에 도착했을 때 아이는 보이지 않았고 아이를 찾던 여자마저 물을 먹고 강 속으로 가라앉고 있었다.

"어쩌나. 나는 수영을 할 줄 모르는데~"

장원적이 물속으로 사라져가는 여자를 보며 안타까워한다.

그때 임현진이 어깨에 사선으로 로프를 묶어 남은 줄을 장원적에게 넘겼다.

"임 선생 물살이 셉니다. 어쩌려고요~."

"이래 봬도 해군 특수부대 출신입니다. 세이야 아빠 갔다 올게."

말을 마친 임현진은 말릴 새도 없이 물속으로 뛰어들었고 그렇게 잠수해 버린 현진의 모습은 2분 동안이나 보이지 않았다.

"아빠~."

세이가 아버지 현진을 부르며 초조하게 기다린다.

그 순간 장원적의 손에 물속에서 일정하게 줄을 잡아당기며 끌어올리라는 신호가 전해졌다. 장원적이 바로 알아차리고 물가에 있는 나무에 줄을 감아 당기기 시작했다.

잠시 후 물속에서 여자를 안은 임현진의 모습이 드러났고 능숙한 솜씨로 여자를 구해 물 밖으로 빠져나왔다.

"털썩!"

강가에 여자를 내려놓은 임현진이 벌떡거린다.

"하악~ 하악~."

쓰러져있던 여자가 입에서 물을 토해내며 정신을 차렸고 다시 아들 이름을 부르며 강으로 달려갔다. 장원적이 여자를 붙잡아, 들어가면 '당신'도 죽을 거라며 놓아주지 않는다.

자식을 위해 목숨을 버리려는 여자의 모습을 보고 현진이 다시 일어서 로프를 몸에 감았다.

"장 선생님, 여자분하고 줄을 잡아주세요. 제가 한 번 더 들어가겠습니다."

장원적이 지친 현진을 걱정하며 말려보지만 현진은 망설임 없이 물속으로 뛰어들었다.

하지만 3분이 지나도 물속에 들어간 현진의 로프에서는 아무 진동도 전해지지 않았다.

더욱 심각해진 표정의 장원적이 임현진마저 위험해질 것 같아 로프를 잡아당기려 하자 아이의 엄마가 장원적을 막아섰다.

"조금만 기다려주세요~."

"하지만 멀쩡한 사람까지 죽게 할 순 없습니다."

"제발요~. 조금만."

장원적과 여자가 실랑이를 하고 있을 때 물속 로프에서 신호가 전해졌다.

"당기라는 신호가 왔습니다!"

장원적의 말에 여자와 세이까지 가세해 줄을 잡아당긴다.

그러자 나무에 감겨 팽팽하게 조여진 밧줄이 나무껍질을 벗겨내며 빠르게 회전하기 시작했고 그때 "쑤욱" 하고 물 밖으로 아이를 안은 임현진이 솟아올랐다.

한 팔 수영으로 힘들어하는 현진을 도와 있는 힘껏 줄을 당기자 아이와 현진이 금세 물 밖으로 빠져나왔다.

그러나 아이의 몸은 이미 늘어져 숨을 쉬지 않았다.

임현진이 재빨리 아이를 눕혀 인공호흡과 심장마사지를 해보지만 아무 반응이 없었다.

"장 선생님 근처에 병원이 있는지 물어봐 주세요. 빨리 가야만 합니다."

장원적이 아이 엄마에게 병원이 어디 있는지 물었고 아이 엄마는 20분 거리의 청두 시내에 종합병원 있다고 말했다.

그 말에 임현진이 아이를 안아 자동차로 뛰었고 나머지 사람들도 뒤를 따랐다.

뒷좌석에 아이를 태운 현진은 아들과 같은 또래로 보이는 아이가 숨을 쉬지 않아 더욱 안타까웠다.

모두 자동차에 올라타자 장원적이 자동차를 출발시켰고 뒷자리에서는 임현진과 아이의 엄마가 아이를 깨워보려 계속해서 심장 마사지와 인공호흡을 병행하고 있었다.

아무것도 할 수 없는 세이는 앞자리에 앉아 조용히 아이와 어른들만 지켜보고 있었다.

하지만 아빠의 노력에도 아이의 손은 늘어져 덜렁거리기만 했다.

얼마 후 청두시의 종합병원에 도착한 임현진이 아이를 안아 응급실로 달렸다.

현진이 응급실 문을 어깨로 밀치고 들어가 아이를 침대에 눕혔고, 뒤따라 들어온 아이 엄마가 사고 상황을 설명하자 의사와 간호사가 달려들어 아이의 상태를 체크한다.

잠시 후 주차를 한 장원적도 세이와 함께 응급실로 들어와 의사들의 처치를 지켜본다.

의사들이 아이의 가슴뼈가 부러질 정도로 심장마사지를 하고 있었지만 반응이 없자 가위로 아이의 윗옷을 잘라 전기충격을 가한다.

의사가 간호사에게 전압을 더 높이라고 말했고 아이의 가슴에는 계속해서 전기충격이 가해졌다.

하지만 몸만 들썩일 뿐 아이의 심장은 좀처럼 뛰지 않았다.

30여 분의 사투에도 결국 아이는 깨어나지 않았고 의사는 아이 엄마에게 사망시각과 이유를 말해줬다.

아이 엄마는 살릴 수 있다며 의사 팔을 잡고 애원했지만 의사는 냉정하게 다시 사망 시각과 이유를 고지해주었다.

아이 엄마의 오열에 의사의 얼굴도 침통했지만 자신이 해야 할 일이었기에 마지막으로 다시 한 번 고지를 해주고 밖으로 나가버렸다.

그렇게 장원적을 스쳐 지나간 의사는 눈시울을 붉히며 얼른 병원 건물 뒤로 사라졌다.

임현진이 아이 엄마에게 무슨 말을 해야 할지 몰라 옆에 서 있을 때 장원적이 아이 엄마에게 다가간다.

"이제 아이를 편하게 해줍시다. 여기 어지러운 응급실 말고 조용한 곳으로."

그때서야 자식의 죽음을 조금씩 받아들인 아이 엄마가 장원적에게 자신의 집으로 가줄 수 있겠냐고 물어봤다.

"저는 돈이 없어 더 이상 병원에 머물 수 없습니다. 저와 아이를 집으로 데려다주신다면 그 은혜는 평생 잊지 않겠습니다."

"그렇지만 시신을 일반 차에 태우는 건 불법일 텐데요."

장원적이 선뜻 대답하지 못하고 머뭇거렸다.

"장 선생님. 아이 엄마 뜻대로 해주시죠."

임현진이 아이 엄마를 대신해 부탁했다.

하지만 장원적은 난처해하며 두 사람을 번갈아 쳐다봤다.

그리고 잠시 후 별일 있겠냐는 표정을 짓더니 그러자고 한다.

"알겠습니다! 갑시다."

대답을 마친 장원적은 자동차를 가지러 갔고 임현진과 아이 엄마는 아이를 안고 응급실 밖으로 나왔다.

그때 응급실 한쪽 의자에 혼자 앉아있던 세이는 분주하게 돌아다니는 의사와 간호사를 보며 아빠를 기다리고 있었다.

장원적이 자동차를 가져와 임현진과 아이 엄마 앞에 세웠다.

"임 선생! 그런데 세이는 어디 있습니까?"

장원적은 세이가 보이지 않아 현진에게 물었다.

그때서야 다른 것에 정신이 팔려 아들을 잊어버린 것을 알아챈 현진이 다급히 응급실로 뛰어간다.

문을 열고 두리번거렸을 때 응급실 안쪽 의자에 앉아 발을 구르며 아빠를 기다리는 세이가 눈에 들어왔다.

"세이야!"

임현진이 세이에게 달려가 안아 올린다.

"아빠 기다린 거야?"

"네. 그런데 그 친구는 어떻게 됐어요?"

현진이 안타까운 표정을 지으며 아들에게 말한다.

"하늘나라에 갔어."

"아팠겠다."

"그랬겠지~."

잠시 후 임현진이 세이를 안아 응급실을 나왔다.

밖으로 나온 임현진과 세이는 장원적의 차에 올랐고 곧바로 죽은 아이의 집으로 출발했다.

30분을 달려 도착한 죽은 아이의 집은 가축들이나 지낼 만큼 허름해 보였고, 이런 형편으로 어떻게 아이의 장례를 치러 줄 수 있을지 막막해 보였다.

게다가 엄마를 기다리고 있던 여러 명의 어린 자식들을 보니 상황은 더 심각해 보였다.

그렇게 죽은 아이와 엄마를 내려주고 출발하려 할 때 쉽사리 발길이 떨어지지 않던 임현진은 차에서 내려, 가이드 일을 하며 벌었던 돈의 일부를 아이 엄마에게 건넸다.

아이 엄마가 어리둥절해 하자 현진은 아이를 구해주지 못해 미안하다고 말한 뒤 자동차에 올랐다.

"장 선생님. 가시죠."

청두 시내로 달리는 장원적의 자동차 안 분위기는 5일간의 힘든 여행과 갑작스런 아이의 죽음으로 무거운 침묵만 흐르고 있었다.

얼마 후 시내의 한 호텔에 도착한 임현진 일행은 방을 잡고 잠시 휴식을 취하기로 했다.

"임 선생. 저는 잠시 자동차 수리점에 다녀와야 할 것 같습니다."

"네. 알겠습니다."

그렇게 장원적이 나가고 현진은 아들 세이를 데리고 욕실로 들어갔다. 며칠 동안 제대로 씻지 못해 꼬질꼬질한 아들과 샤워를 하기 위해서였다. 팔을 걷고 아들을 먼저 씻겨주려 물을 틀었지만 생각보다 수압이 세지 않았다.

잠시 후 비누거품을 만들어 낸 손으로 아들의 얼굴을 열심히 닦아주자 세이는 아프다며 살살하라고 한다.

"이렇게 닦아야 때가 벗겨지지. 이 땟국물 나오는 것 좀 봐. 국 끓여도 되겠다."

아들의 엄살에도 아빠는 멈추지 않고 박박 목과 얼굴을 닦아냈다.

30여 분간 부자지간의 험난한 목욕이 끝나자 세이가 배가 고프다고 한다.

"아빠, 배에서 꼬로록 소리가 나요."

"그래, 아빠도 그런데. 그럼 간단하게 간식 사 먹으러 갈까? 밥은 아저씨 오시면 같이 먹고."

현진은 배고픈 아들을 데리고 호텔 로비로 내려갔다.

로비에 도착한 세이가 빨리 밖으로 나가자며 아빠 손을 잡아당기고 있을 때 현진의 눈에 자신의 사진을 들고 카운터 직원들과 대화를 나누는 최남익과 직원들이 보였다.

덜컹 내려앉은 심장을 부여잡고 임현진이 재빨리 아들을 안아 발소리를 죽여 호텔 밖으로 빠져나간다.

"세이야. 아무 말도 하지 마. 나쁜 아저씨들이 우리 뒤에 있어."

세이가 얼른 손을 들어 입을 막는다.

호텔 밖으로 나온 임현진은 어디로 가야 할지 막막했다.

게다가 자동차 수리를 하러간 장원적을 기다려야 하는데 더 이상 호텔에서도 머물 수 없게 됐다.

어떻게 해야 할지 몰라 망설이고 있을 때 택시 한대가 손님을 내려주고는 현진과 세이 앞에 멈춰 선다. 일단 현진은 아들과 택시에 올라타 운전수에게 근처에 자동차 수리점이 몇 개가 있냐고 물어봤다.

택시 운전수 말이 이 주변에는 세 개의 자동차 수리점이 있으며 그중 가장 가까운 곳은 여기서 10분이면 갈 수 있다고 말했다.

임현진이 일단 그곳으로 가자고 말하자 택시 운전수가 알았다며 호텔을 빠져나갔다.

하지만 호텔 밖에 대기하고 있던 검은색 지프차 안에서는 현진과 세이의 모습을 고스란히 카메라에 담고 있었다.

그렇게 택시가 지프차 옆을 스쳐 지나갔고 현진은 지프차 안에서 자신의 모습을 찍고 있는 안기부 직원을 흘깃 보았다.

'역시 끝까지 쫓아오겠다는 거구나. 최남익.'

혼잣말을 한 현진이 앞으로 어떻게 탈출을 해야 할지 고민하며 눈을 감았다.

임현진 혼자 몸으로도 최남익의 손에서 벗어나기란 쉽지 않은 일인데 아들의 안전까지 생각한다면 최남익이 죽던지 자신이 죽던지 결판을 내야만 했다.

어느새 택시가 첫 번째 자동차 수리점에 도착하자 현진이 택시를 세워두고 세이와 내린다.

그리고 수리점 안을 살펴봤을 때 엔진오일과 타이어를 교체하는 자동차를 비롯해 대여섯 대가 수리를 기다리고 있었다.

하지만 장원적의 자동차가 보이지 않아 다시 택시에 올라 다음 수리점으로 향한다.

"아빠 우리 또 도망가야 해요?"

세이가 우울한 표정으로 아빠를 처다봤고 아빠 현진은 그래야만 할 것 같다며 미안해했다.

"세이야. 우리 조금만 더 힘내자."

"알겠어요."

세이가 아빠 손을 잡고 알겠다며 대답했다.

그때 맑은 하늘에 갑자기 먹구름이 끼기 시작하더니 금세 강한 소나기가 쏟아지기 시작했다.

그나마 다행인 것은 내리는 소나기가 현진의 흥분한 마음을 조금씩 차분하게 가라앉혀주고 있다는 것이다.

잠시 후 두 번째 자동차 수리점에 도착해, 안으로 들어가고 있을 때 임현진과 세이를 발견한 장원적이 우산을 들고 달려 나왔다.

"임 선생. 호텔에서 기다리시지 여기까지 어떻게 오셨습니까?"

"장 선생님. 최남익과 직원들이 이미 호텔까지 와버렸습니다. 조금만 늦었다면 최남익에게 붙잡혔을 겁니다."

"아니, 어떻게 우리의 행방을 안 겁니까?"

"그 녀석도 저와 같은 훈련을 받았으니 도주 경로를 예측할 수 있었을 겁니다. 좀 더 신중했어야 했는데……. 저의 실수입니다."

"아무리 그렇다고 해도 이렇게 넓은 중국에서 어떻게 여길 찾아냈다는 겁니까?"

"아마 조를 나누어 여러 곳으로 가 있을 겁니다. 여기도 그중 하나이고요."

"허허. 역시 보통상대들이 아니군요."

임현진과 장원적은 일단 자동차 수리가 끝날 때까지 기다리기로 하고 담배를 꺼내 물었다.

잠시 후 소나기가 멈췄고 오랜만에 내린 비로 땅에서는 수증기가

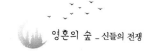

영혼의 숲 _ 신들의 전쟁

뿌옇게 피어올라 담배 연기와 구분이 가질 않았다.

그때 자동차 수리점 옆을 호텔에서 보았던 검정 지프차가 스쳐 지나갔다. 최남익인 것을 알아챈 임현진이 장원적에게 빨리 여기서 벗어나야 한다고 말한다.

"장 선생님. 택시를 미행해 이곳까지 온 것 같습니다. 당장 도망쳐야 합니다!"

"아니, 벌써요! 알겠습니다."

장원적은 곧바로 수리점 직원에게 빨리 자동차를 내려놓으라며 성화를 댔다.

아직 수리가 끝나지 않았는데 차를 내려놓으라고 하니 수리기사가 짜증 나는 표정으로 기다리라며 손짓한다. 하지만 당장 차를 내리라며 소리치는 장원적의 기백에 눌려 말 한마디 못하고 얼른 자동차를 내려놓았다.

수리 기사에게 넉넉히 수고비를 건넨 장원적이 자동차에 올라 시동을 걸었고 현진과 세이도 얼른 올라탔다.

그때 수리점 안으로 검은색 양복을 입은 안기부 직원 네 명이 뛰어들어오고 있었고 손에는 검은 천을 감은 권총이 들려있었다.

"장 선생님! 직원들입니다. 빨리 밀고 나가세요!"

현진의 말에 장원적이 입구를 막고 있는 안기부 직원을 향해 세게 액셀을 밟았다.

"부아앙~."

장원적의 자동차가 굉음과 함께 앞을 가로막고 있는 안기부 직원들에게 돌진했고 안기부 직원들은 일제히 총을 들어 운전석을 겨누며 방아쇠를 당기고 있었다.

장원적은 자신에게 총구가 겨누어지자 간신히 시야만 확보될 만큼 자세를 낮추고 더 힘껏 액셀을 밟아댔다. 하지만 안기부 직원들은 미동도 하지 않았고 이제 총구에서는 불을 뿜을 준비를 끝냈다.

일촉즉발의 상황에서 갑자기 최남익이 손을 들어 직원들의 총구를 막아 세웠다.

왜냐하면 이렇게 사람들이 많은 곳에서 공안이라도 출동해 혹여 국가 간의 분란을 야기 시키기보다는 좀 더 조용한 곳에서 처리해 문제를 일으키지 않으려는 것이었다.

만에 하나 총을 쏜 자신들의 정체를 들켜 중국 정부의 항의라도 받는 날에는 분명 진급에도 영향이 있을 것이라는 것까지 계산된 행동이었다.

"길을 터줘라~ 이제부터 토끼몰이를 시작한다."

최남익의 명령에 직원들이 옆으로 비켜났고 장원적의 자동차는 쏜살같이 수리점 밖으로 빠져나갔다.

그 순간 최남익과 임현진의 눈이 마주치며 앞으로의 결전을 알리듯 불꽃이 튀고 있었다.

이제 장원적의 자동차는 큰 도로로 빠져 나왔고 뒤이어 안기부 직원들이 두 대의 자동차에 나누어 타 임현진을 쫓아오고 있었다.

"임 선생 아무래도 도시에서 멀어지는 것이 낫겠죠?"

"아닙니다. 일단 청두 시 주변에서 숨어 있다가 조금 조용해지면 도망치는 것이 나을 겁니다. 그것보다 오전에 익사 사고를 당한 아이의 집으로 가시죠. 제게 생각이 있습니다."

"이 상황에서 그곳에는 왜요?"

"우리 세이를 살리기 위해서입니다."

임현진의 단호한 표정에 장원적은 더 이상 묻지 않고 기억을 더듬어 죽은 아이의 집으로 향했다.

그런데 이미 50미터 뒤까지 안기부 직원들이 거리를 좁혀오고 있어

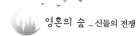

추월당하는 것은 시간문제였다. 이렇게라면 모두 위험해질 걸 아는 현진이 뭔가 결심이 선듯 아들의 손을 잡았다.

"세이야. 아빠 말 잘 들어. 아빠는 이제부터 나쁜 아저씨들 따돌리려고 여기서 내릴 거야. 그러니까 아빠 올 때까지 아저씨하고 같이 있어야 돼."

"싫어요! 항상 같이 있겠다고 했잖아요!"

세이가 아빠를 끌어안고 눈물을 글썽인다.

"장 선생님. 1시간만 우리 세이를 부탁하겠습니다."

"어쩌려고요?"

장원적이 불안한 눈빛으로 임현진을 봐라봤다. 하지만 임현진은 걱정 말라는 표정을 지으며 말을 이어갔다.

"장 선생님, 여기서 내려 주세요. 그리고 한 시간 후 익사한 아이 집에서 뵙죠."

장원적은 일단 자동차를 세우고는 임현진에게 글로브 박스를 가리켰다.

"열어보세요. 필요한 것이 있을 겁니다."

장원적의 말에 현진이 글로브 박스를 열었고 안에는 권총 한 자루와 여분의 탄환 20여 개가 들어 있었다.

"감사합니다. 그럼 한 시간 후에 뵙겠습니다. 세이야, 조금 있다가 보자."

권총과 총알을 챙긴 현진이 차에서 내려 총알을 장전했고 장원적과 세이가 탄 자동차는 지체 없이 죽은 아이 집으로 향했다.

권총을 허리춤에 집어넣은 현진이 주변의 큰 나뭇가지와 돌을 이용해 도로에 제법 높은 둔 턱을 만들었다.

그리고 자신의 몸으로 둔 턱을 가린 뒤 최남익 일행이 보란 듯이 길 한가운데 서서 권총을 꺼내 최남익을 겨누고 있었다.

잠시 후 임현진의 20여 미터 앞까지 다가온 최남익이 임현진의 모습을 보고 가소롭다는 듯이 비웃으며 부하들에게 한마디 한다.

"임현진이 우릴 너무 무시하는 것 같다. 그대로 밀어서 쥐포로 만들어 버려!"

"옛!"

명령을 받은 부하가 속도를 높여 그대로 현진에게 돌진했고, 최남익의 차량이 5미터 앞까지 밀고 들어왔을 때 현진의 권총에서 두 발의 총알이 불꽃을 튀기며 발사됐다.

총알은 정확히 운전석 창문에 박혀 들어갔지만 재빠른 안기부 직원이 허리를 숙여 피해버리고는 현진을 덮쳐 버렸다.

그와 동시에 현진이 옆으로 몸을 굴렸고 입고 있던 바지자락이 아슬아슬하게 스치며 자동차와의 충돌을 피했다.

하지만 최남익의 차량은 미처 보지 못한 나뭇가지와 돌의 둔 턱에 부딪혀 휘청거리다 길가에 서 있는 나무를 들이받았다.

"쿵!"

멈춰진 자동차 안에서 구겨진 표정의 최남익이 얼굴을 들었을 때 안전벨트를 하지 않은 탓에 입가에서 피가 흐르고 있었다.

"그래. 이래야 좀 재미가 있지. 다들 내려. 그리고 반드시 생포해! 내가 녀석을 한국으로 데려가 피 주머니로 만들어 버릴 테니까!"

최남익의 명령에 재빨리 차에서 내리던 직원은 "탕" 총소리와 함께 무릎을 부여잡고 바닥에 주저앉았다.

그 모습에 뒤따라오는 안기부 차량이 멈춰서 총소리가 난 숲으로 자동소총을 난사했다.

"드륵~ 드르륵~."

쉴 새 없는 총알 세례에 길게 자란 풀 입과 모래만 날릴 뿐 현진은 어느새 사라져 버렸다.

잠시 후 중무장을 한 10여 명의 안기부 직원들이 세 개 조로 나누어 현진이 사라진 숲으로 들어간다. 짧은 수신호로 각자의 수색 위치를 확인하고 숨죽여 점점 포위망을 좁혀 가고 있었다.

그때 "탁" 소리가 침묵을 깼고, 신경이 곤두선 안기부 직원들은 일제히 소리가 난 쪽으로 총구를 겨누었다.

잠시 후 가려진 풀잎 사이로 검은색 물체의 미세한 움직임이 확인되었다. 임현진일 것이라 확신한 최남익이 수신호를 보내자 직원들은 목표물을 향해 일제히 사격을 가했다.

"드르륵. 드르르륵~."

사방에서 20여 초간 쏘아대는 수백 발의 총탄에 검은색 물체는 어느새 벌집이 되어버렸고 사격을 끝낸 직원들이 탄창을 갈아 끼우며 목표물을 확인하기 위해 서서히 다가간다.

조심스럽게 어른 가슴 높이만큼 자란 풀을 젖히며 벌집이 된 물체에 다다랐을 때, 그것은 현진이 아니고 검은 색 양말을 풀에 씌어놓은 것이었다.

"과장님. 타겟이 아닙니다."

안기부 직원이 숭숭 총구멍이 뚫린 양말을 최남익에게 들어 보였다.

그때 "탕탕" 두발의 총성이 울렸고 최남익을 둘러싸고 있던 두 명의 직원이 짧은 비명과 함께 허벅지를 감싸며 주저앉았다.

이에 직원들이 재빨리 원형으로 둘러앉아 자세를 낮추고 사방에 총구를 겨누었다.

그렇게 10여 초간 숨죽이며 안기부 직원과 현진이 다음 행동을 준비하고 있을 때 최남익이 돌멩이 하나를 주워 멀리 던졌다.

"탁!"

그 순간 길가 쪽에 있던 현진이 소리 나는 쪽으로 총구를 들었다가 속임수임을 알고 얼른 팔을 내렸다. 하지만 현진의 움직임에 풀이 흔들렸고 최남익은 그 짧은 순간을 놓치지 않았다.

최남익이 재빨리 손들 들어 타겟의 위치를 가리켰다.

그리고 손을 내리자 직원들이 일제히 방아쇠를 당기며 앞으로 나아갔다.

"드륵. 드르르륵~"

쏟아지는 총알에 어른 키만 한 풀들이 쓰러져 갔고 더 이상 숨어있을 수 없었던 현진이 자세를 낮춰 도로 쪽으로 달리기 시작한다.

하지만 뒤에서 모든 상황을 지켜보던 최남익이 현진을 발견하고 직원들에게 타겟 위치를 다시 알려준다.

"목표물. 한 시 방향! 선도사격(선도사격-이동 표적의 속도를 참작해서 그 목표의 전방에 지향하는 사격)."

최남익의 명령에 직원들이 총구의 방향을 바꾸어 현진에게 총알을 퍼부었고 직원들의 공격을 간신히 피한 현진이 도로 위로 올라섰다.

하지만 그때 날아든 두 발의 총알 중 한 발은 왼팔을 관통했고 다른 한 발은 옆구리에 박혀버렸다.

"윽!"

다리에 힘이 풀린 현진이 옆으로 구르며 쓰러져 버렸다.

타겟이 쓰러지자 직원들이 자동소총을 뒤로 매고 현진이 쓰러진 쪽으로 달리기 시작한다.

뒤에서는 천천히 거만한 걸음의 최남익이 여유롭게 풀을 헤치며 걸어 나오고 있었다.

한편 총에 맞은 현진은 몸 안에서 불이 난 것처럼 정신이 아찔했다.

정신을 가다듬고 도망치려 했지만 다리에 힘이 들어가질 않아 이리 떼처럼 달려오는 직원들을 그저 지켜볼 뿐이었다.

'이렇게 허무하게 끝을 맺는구나.' 하고 체념하려 할 때 머릿속을 스치는 아들의 미소가 떠올랐다. 조그만 고사리 손을 모으며 애타게 아빠를 기다리고 있을 세이를 생각하니 오히려 옆구리의 고통이 빨리 일어서라고 재촉하는 것 같았다.

게다가 자신이 이곳에서 죽는다면 앞으로 세이가 겪어야 할 일들은 상상할 수 없을 만큼 끔찍할 것이었다.

"세이를 살려야해. 최남익, 그 녀석은 후환을 남기려하지 않을 거야."

이를 악문 현진이 비틀거리며 일어서 안기부직원들이 세워놓은 자동차를 향해 움직인다.

달려오던 직원들은 임현진이 다시 일어서자 자동소총을 꺼내 들었다.

"철컥!"

탄창을 갈아 낀 직원들의 장전 손잡이 당기는 소리가 현진의 귀까지 들려왔고 현진은 서둘러 발걸음을 옮겼다.

겨우 3미터 앞에 자동차가 있었지만 쩔뚝거리는 자신의 걸음걸이 속도로는 직원들의 총알을 피할 수 없음을 알고 재빨리 자동차를 향해 몸을 날렸다.

그리고는 권총을 들어 자신을 겨누고 있는 직원들에게 방아쇠를 당겼다. 하지만 한때 같이 동고동락한 직원들의 머리에 총알을 박을 수 없어 하체를 조준해 쏘아댔다.

현진의 총소리에 순간 움찔한 직원들이 풀숲에 몸을 숨겼고 그 틈을 놓치지 않은 현진이 얼른 자동차에 올라탔다.

그리고는 재빨리 시동을 걸어 자동차를 출발시킨다. 하지만 이미 직원들이 앞을 가로막고 현진을 향해 총구를 겨누고 있었다.

"부웅부웅~."

현진이 거칠게 액셀을 밟아대며 비켜나라고 경고했지만 직원들은 꿈쩍도 하지 않았다.

그냥 밀고 나가려다 앞에 버티고 있는 직원들 한 사람 한 사람 얼굴을 보니 모두 얼마 전까지 같이 웃고 떠들던 부하들이어서 그럴 수 없었다.

그렇게 형제 같던 그들이 자신의 앞을 막고 목숨을 뺏으려 했지만 그동안 추억이 겹치며 어떻게 해야 할지 망설인다.

"그래, 지금은 부하들이 아니지 나와 세이를 죽이러 온 적일 뿐이야. 약해지지 말자 임현진."

결단을 내린 현진이 액셀을 끝까지 밟아 직원들에게 돌진했다.

그러자 직원들의 총구에서 불을 뿜었고 무자비하게 날아든 총알들은 현진이 탄 자동차의 앞 유리를 박살내 버렸다.

총알과 유리 파편을 피해 운전석 아래로 몸을 숨긴 현진은 멈추지 않고 돌진해 나갔다.

직원들 또한 옆으로 몸을 피하며 자동차에 총알을 퍼부었다.

그렇게 직원들의 총알에 창문이란 창문은 다 산산조각 나 차안으로 뿌려졌다.

"드르륵. 드륵. 텅텅."

빗발처럼 쏟아지는 총탄에 자동차의 멀쩡한 부분이라고는 타이어와 지붕밖에 없었다. 십여 초간의 총알 세례를 받으며 직원들에게서 빠져나온 현진이 룸미러를 통해 뒤를 확인한다.

룸미러에 비춰진 직원들은 현진이 멀어져가자 총을 거두어들이고 나무에 부딪혀 기울어진 자동차를 빼내 추격해 오려 하고 있었다.

조금이라도 안기부 직원들과 거리를 벌여놓으려 세게 액셀을 밟았을 때 다시 아찔한 통증이 밀려왔다.

"이 몸으로는 시간이 얼마 없어."

현진이 자신의 몸 상태를 확인하고 속도를 높여 세이가 기다리는 마을로 향했다. 하지만 좀처럼 멈추지 않는 검붉은 피가 옆구리와 왼

팔에서 흘러내려와 시트를 적시고 있었다.

더 이상의 출혈은 목숨이 위태로웠고 그것을 아는 현진이 구멍 난 옆구리를 막기 위해 글러브 박스를 열어본다.

잠시 후 "덜컹" 열린 글러브 박스 안에서 지혈용 스펀지와 테이프가 눈에 들어왔다. 얼른 지혈용 스펀지를 꺼내 입으로 포장을 뜯고 한 움큼 스펀지를 잡아 옆구리에 밀어 넣었다.

"끄악~."

스펀지가 몸속으로 밀고 들어가며 내장과 맞닿자 정신을 잃을 만큼 아찔한 고통이 전해졌다.

그렇게 기절하기 일보 직전의 고통은 어느새 식은땀으로 변해 현진의 몸을 적시고 있었다.

다시 정신을 가다듬은 현진이 테이프를 찢어 옆구리 구멍을 막았다.

그리고 같은 방법으로 왼팔에 스펀지를 덧대 테이프로 두껍게 감아 피가 흐르지 않게 만들었다.

하지만 비포장 길의 출렁이는 진동이 그대로 상처 부위에 전달되 스펀지와 내장이 마찰되었고 이로 인한 통증은 악물고 있는 이를 부러트릴 만큼 강력하게 밀려왔다.

그렇게 15분 후, 마을에 도착했을 때 장원적의 차가 눈에 들어왔다.

다시 아들을 볼 수 있다는 기쁜 마음에 액셀을 힘껏 밟아 장원적의 자동차가 있는 곳으로 달려간다. 그러나 현진이 운전하는 자동차를 본 세이와 장원적은 안기부 직원들인 줄 알고 얼른 몸을 숨겼다.

어떻게 너를 두고~~

잠시 후 현진이 장원적의 자동차 앞에 도착했지만 반가운 얼굴이 보이지 않았다.

"세이야! 임세이!"

현진이 유리가 박살나 뚫려버린 창문으로 아들 세이를 부르고 나서야 아빠 목소리를 들은 세이와 장원적이 앞으로 달려 나왔다.

"아빠~"

"그래 세이야!"

현진은 창백해진 얼굴로 반갑게 아들을 불렀다.

그리고 두 사람 앞에 자동차를 세우고 힘겹게 내린다.

하지만 현진의 피범벅이 된 모습과 핏기없는 얼굴에 장원적과 세이는 깜짝 놀랐다.

"아빠~ 왜 그래요?"

"임 선생 무슨 일이에요? 이 피는 다 뭡니까?"

현진이 비틀거리며 차에 기댔다. 그리고 장원적에게 부탁을 한다.

"장 선생님. 세이를 부탁합니다. 이대로 셋이 움직이면 최남익과 직원들 따돌릴 수 없습니다."

그러나 장원적은 임현진의 지금 모습을 보고 혼자 보낼 수 없었다.

"임 선생. 저도 한때는 수라의 세계에서 살았던 사람입니다. 같이 갑시다."

"아니요. 제 말대로 하세요. 그리고 제 몸은 이미 가망이 없습니다."

아빠를 지켜보던 세이가 아무 말 없이 울기 시작한다.

아들에게 항상 같이 있겠다고 약속했던 현진은 다시 세이를 혼자 두고 어디론가 멀리 떠나야 할 것 같아 가슴이 메어왔다.

"쿨럭~"

이제 현진은 입에서까지 피를 토하고 있었다.

"임세이. 아빠 말 잘 들어. 아빠는 세이가 어디에 있든 저 위에서 지켜줄 거야. 그러니까 힘들 때는 하늘을 보고 아빠한테 도와 달라고 해. 알았지?"

"그럼 나도 같이 하늘로 갈 거예요! 우앙~."

세이가 아빠를 꼭 붙잡고 자기도 따라가겠다며 자지러질 듯 울기 시작한다.

"장 선생님. 제 가방에 돈이 좀 있습니다. 그걸로 오전에 익사한 아이의 시신을 사고 싶은데 가능하겠습니까?"

장원적은 이 상황에 임현진이 시신을 산다고 해 놀라고 있었다.

"시신을 뭐 하려고요?"

"죽은 아이가 우리 세이와 나이와 체구도 비슷하니 아이 시신을 세이로 위장해 끝장을 볼 겁니다."

장원적은 현진의 말이 무슨 뜻인지 알아차렸다.

현진의 부상이 생각보다 심각하니 가망 없는 자신과 아이의 시신을 이용해 세이의 죽음을 위장하려 했던 것이다.

그렇게 세이를 살리고 자신은 죽은 아이와 함께 비극적인 결말을 맞이하려는 현진의 각오에 장원적은 할 말을 잃어버렸다.

하지만 임현진의 이런 결정은 지금 상황이 얼마나 심각한지를 알려주는 것이었다.

"시간이 없습니다. 장 선생님. 아이 엄마에게는 차마 못할 짓이지만 세이를 살리기 위해 어쩔 수 없습니다. 세이가 살아있는 걸 안다면 최남익은 어떻게는 세이를 찾아낼 겁니다."

장원적도 각오가 섰는지 입술을 굳게 깨물었다.

"임 선생. 알겠습니다. 하지만 임 선생이 죽는 걸 보고 싶지는 않군요. 죽은 아이의 시신은 어떻게는 해보겠습니다만 임 선생도 살아서 돌아오세요. 약속한다면 저도 최선을 다해 보겠습니다."

현진이 쓴웃음을 보이며 장원적을 쳐다봤다.

"그렇게 해보죠."

장원적은 곧바로 돈을 챙겨 죽은 아이의 엄마에게 달려갔고 현진은 멀쩡한 오른팔을 들어 세이를 꼭 안아주었다. 폭포수처럼 눈물이 쏟아질 것 같았지만 지금은 냉정하게 참아야만 했다.

하지만 이렇게 귀여운 아들을 두 번 다시 볼 수 없을 거라 생각하니 가슴이 찢어지는 것만 같았다.

현진이 세이를 안은 채 마음속으로 아들에게 말한다.

'세이야, 아빠가 너무 미안해. 너에게서 엄마를 빼앗고는 이제 나도 너를 떠나야만 하는구나. 홀로 남겨진 네가 이 고통들을 다 이겨 낼 수 있을지 아빠도 모르겠다. 하지만 지금 이렇게 하지 않으면 내 목숨보다 소중한 너를 잃어버릴 거야. 꼭 살아남아서 평범하게 살길 바란다. 사랑하는 우리 아들~.'

품에 안긴 세이는 아빠의 아픈 마음을 느낄 수 있었다. 오사카 호텔에서 본 아빠의 뜨거운 눈시울의 아픔이 지금은 온몸에서 느껴졌기 때문이다.

우는 것 말고 아무것도 할 수 없는 세이는 아빠를 더 세게 껴안았다.

'아빠.'

"임 선생!"

그때 죽은 아이 엄마에게 달려갔던 장원적이 현진을 부르며 헐레벌떡 뛰어왔다.

"됐습니다. 아이 엄마에게 임 선생 상황을 설명했더니 세이를 살릴

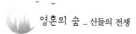
영혼의 숲 _ 신들의 전쟁

수 있다면 그렇게 하겠답니다. 그런데 안기부 직원들은 지금 어디 있습니까?"

장원적의 말에 현진이 안도의 한숨을 내뱉으며 말한다.

"몇 분 후면 이리로 올 겁니다. 그리고 장 선생님 차에 실려 있는 여분의 휘발유 통을 이 차에 옮겨 주세요."

"휘발유는 어디에 쓰려고요? 뭐 어쨌든 서두릅시다."

그때 아이 엄마가 죽은 아이를 업고 현진 쪽으로 걸어오고 있었다.

현진은 아이를 건네받고 엎드려 절이라도 하고 싶었지만 이미 내장이 끊어져 몸이 맘대로 움직이지 않았다.

아이 엄마에게 몇 번이고 고맙다는 인사를 하고는 마지막으로 아들과 악수를 한다.

"임세이! 멋진 남자 대 남자로 악수할까!"

눈물이 멈추지 않는 세이가 손을 내밀어 아빠 손을 잡았다.

그런데 언제나 따뜻하던 아빠 손은 이미 죽은 사람처럼 차가워져 있었다.

그사이 장원적은 죽은 아이의 시신을 조수석에 태워 안전벨트로 고정시켰고 빈 권총에 현진 대신 남은 총알을 장전했다.

하지만 멋진 남자들의 손은 자석처럼 붙어버려 좀처럼 떨어지지 않았다.

더 이상 지체할 수 없던 현진이 아들의 손을 놓고 '휙' 뒤돌아섰다.

"안녕~ 우리 아들!"

뒤돌아선 채 아들에게 작별인사를 한 현진의 눈에서 소리 없는 눈물이 쏟아졌다.

현진의 작별인사에 세이가 아빠를 가지 못하게 하려고 쫓아가자 장원적이 세이를 붙잡았다.

"놔요! 아빠랑 같이 갈 거라고요!"

하지만 장원적은 바동거리는 세이를 놓아주지 않았다.

아들의 울부짖음에 눈물이 폭포수처럼 쏟아져 앞이 보이지 않는 현진이었지만 다시 발걸음을 옮겨 자동차에 오른다.

그리고 장원적에게 마지막 부탁을 한다.

"장 선생님. 죽어서도 이 은혜 잊지 않겠습니다. 세이를 부탁합니다!"

현진은 장원적에게 감사의 인사를 하고는 그대로 자동차를 출발시켰다. 뭐라 말할 새도 없이 멀어져가는 현진에게 장원적이 소리친다.

"임 선생! 꼭 돌아와야 합니다. 기다리겠습니다!"

그러나 현진은 아무 대답 없이 떠나갔고 아빠를 따라가겠다며 세이가 장원적의 손을 뜯어냈다.

그런데 도저히 일곱 살 아이의 힘이라고는 믿기지 않을 만큼 강력한 힘이 여서 장원적도 당황한다.

다시 세이를 붙잡아두려 얼른 팔을 잡았지만 어떻게 된 일인지 이제 장원적이 끌려가고 있었다.

그러나 연약한 아이의 근육은 몸 안에서 뿜어져 나오는 알 수 없는 힘을 감당할 수 없었고 장원적이 당기는 힘도 만만치 않아 세이의 팔에서 '찌지직' 근육 찢어지는 소리가 났다. 놀란 장원적은 더 큰일이 날까봐 얼른 세이의 팔을 놓아버렸다.

그리고는 세이의 앞을 가로막고 아빠를 쫓아가면 안 된다며 타이른다.

"세이야 니가 가면 아빠가 더 위험해. 아빠는 꼭 돌아오실 거야."

"비켜요! 내가 아빠 구해 줄 거예요!"

아빠를 구할 거라며 세이가 장원적을 밀고 앞으로 나아갔다.

그때 세이와 장원적의 실랑이를 지켜보던 죽은 아이의 엄마가 높이 솟아있는 뒷산을 가리키며 예전에 다니던 길이 있으니 거기라면 임현진이 어디로 가고 있는지 볼 수 있을 거라고 말해줬다.

그 말에 장원적이 세이에게 멀리서 아빠를 지켜보자고 했지만 세이는 막무가내였다.

장원적은 더 이상 참지 못하고 세이의 멱살을 움켜잡았다.

"아빠는 너를 살리려고 죽기를 각오하고 달리고 있는데 니가 죽으러 간다고 하면 어떻게 하자는 거야!"

장원적은 세이의 눈을 똑바로 노려보며 제발 진정하기를 바랐다.

하지만 여전히 세이가 고집을 꺾지 않자 세이를 들어 자동차에 태웠고 아이 엄마의 안내를 받아 뒷산길로 내달렸다.

하나를 살리기 위해 하나는 죽어야만 하는 운명

현진이 마을 어귀를 벗어났을 때 최남익과 부하들이 탄 지프차와 마주쳤다.

현진은 지프차 앞 유리에 총알을 박아 넣으며 자신을 따라오라고 유인했고 안기부 직원들은 현진의 바람대로 방향을 틀었다.

최남익은 강변길을 따라 도망치는 임현진 옆에 세이가 고개를 숙인 채 숨어 있는 것을 보고 한마디 한다.

"한 번에 끝낼 수 있으니 시간을 벌었군. 곧 공안이 들이닥칠 거다. 5분 안에 끝내고 철수한다."

"옛!"

최남익의 말에 소총을 든 부하들이 창밖으로 몸을 내밀어 현진이 타고 있는 자동차에 사격을 가했다.

"드르륵~"

대부분의 총알은 현진의 운전석 쪽으로 집중 사격되었고 나머지는 타이어를 터트리기 위해 바퀴에 쏘아졌다.

현진이 총알을 피하기 위해 지그재그로 핸들을 돌려보지만, 능숙한 전문 사냥꾼들은 이동 경로를 예측하고 선도사격으로 현진의 차량에 총알을 박아 넣었다.

"펑!"

날아든 총알에 현진의 차량 왼쪽 뒷바퀴가 터져 나갔다.

겨우 달리고 있었지만 기울어진 차량 때문에 핸들 조작이 쉽지 않아 속도가 느려졌고, 이제 최남익 차량과의 거리는 불과 30여 미터에 불과했다.

잠시 후 구부러진 좁은 강변길로 들어섰을 때 다시 두 발의 총알이

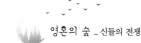

영혼의 숲 _ 신들의 전쟁

운전석을 뚫고 들어와 현진의 왼쪽 허벅지와 어깨에 박혔다.

"퍽! 퍽!"

"윽!"

짧은 신음 소리와 함께 현진의 차가 서서히 멈춰 섰다.

그 모습을 본 최남익이 미소를 지으며 부하들에게 한마디 한다.

"이번에는 너희들도 특진감이야. 하하하~."

한편 총알이 박힌 어깨와 허벅지에서 상당량의 피가 흘러나와 현진의 체력을 더욱 갉아먹고 있었다.

"세이로부터 좀 더 먼 곳으로 유인하려 했는데, 더 이상 내 몸이 견딜 수 없구나."

혼잣말을 하던 현진이 조수석 앞에 놓인 휘발유 통을 열어 바닥에 쓰러트렸다.

"콸콸콸~"

휘발유가 쏟아지며 지독한 냄새가 차 안에 가득 찼고 현진이 나머지 한 통도 넘어트려 이제 조수석과 뒷자리까지 휘발유로 가득했다.

"최남익. 너만큼은 내가 데려가 주마."

임현진이 전진과 후진기어를 번갈아 가며 자동차를 반대 방향으로 돌려놓았다. 그렇게 덜컹거리며 위태롭게 움직이는 현진의 자동차를 본 최남익과 직원들은 마지막 발악을 한다며 비웃고 있었다.

"뭐야. 우리 차를 들이박기라도 하겠다는 건가? 기가 막히는군. 더 이상 시간 끌지 말고 벌집을 만들어 버려!"

최남익의 명령에 차에서 내린 네 명의 직원들이 현진에게 총을 쏘며 걸어간다.

"드륵! 드르륵!"

현진이 탄 차의 헤드라이트와 안개등이 박살나버렸고 본네트(보닛)는 벌집처럼 수십 개의 구멍이 뚫려갔다.

그렇게 직원들의 총알은 본네트를 지나 운전석의 임현진을 조준해 올라오고 있었다.

"드르륵~."

"그래~ 너희도 같이 가자."

현진이 권총을 쥔 손을 힘겹게 들어 올려 핸들 위에 올려놓았다.

그런데 죽음이 다가왔음을 직감하자 고향에 계신 노부모님과 하늘에 있을 아내, 가엾은 아들 세이가 울부짖으며 매달리던 모습이 떠올랐다.

파도처럼 밀려오는 슬픔에 세이와 함께 부르던 노래를 흐느끼기 시작한다.

"동구 밖~ 과수원길~."

"탕!"

"아카시아 꽃이 활짝 폈네~."

"탕!"

현진의 총알이 정확히 직원들의 가슴에 박히며 두 명이 앞으로 고꾸라졌다.

"하아얀 꽃 이파리~"

"탕!"

"눈송이처럼 날리네~"

"탕!"

다시 불을 뿜은 현진의 총알은 숨을 곳이 없을 만큼 가까이 접근한 나머지 두 명의 직원을 쓰러트렸고, 차에서 내려 지원하려던 직원들은 겁을 먹고 내리지 못하고 있었다.

그렇게 잠시 대치 상태가 되자 권총을 내려놓은 현진이 셔츠 주머니에서 담배를 꺼내 물었다.

그리고는 하염없이 쏟아지는 눈물을 훔치며 담배에 불을 붙였다.

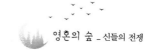

영혼의 숲 _ 신들의 전쟁

"후~"

현진이 내뱉은 뿌연 담배 연기가 바람을 타고 사라지자 반대편의 최남익 얼굴이 드러났다.

최남익을 본 현진이 알 수 없는 미소를 지으며 액셀을 밟아 최남익의 차량으로 돌진한다.

"후진해!"

이성을 잃어버린 현진을 본 최남익이 부하에게 뒤로 물러서라고 명령했고 운전을 하던 부하는 재빨리 후진기어를 넣어 도망치기 시작한다.

하지만 강변의 구부러진 길 때문에 더 이상 속도를 낼 수 없었다.

"쿵! 쿵! 쿵!"

현진의 자동차가 도망치는 최남익의 차량을 연속으로 들어 받으며 본네트를 찌그러트리고 있었다.

"임현진 제대로 미쳤구나. 자식과 함께 죽겠다는 거냐!"

최남익의 고함에도 현진은 눈물을 흘리며 노래를 부르고 있었다.

"향긋한 꽃냄새가 실바람 타고 솔솔~"

"쿵! 쿵!"

눈물과 입에 문 담배 그리고 고향에 돌아가고 싶은 마음이 담긴 노래를 부르는 현진의 모습은 넋이 나가 이미 죽음을 초월한 사람처럼 보였다.

그때 최남익이 권총을 꺼내 들었다. 그리고는 깨진 앞 유리를 발로 차 뜯어내버리고 현진의 얼굴에 총을 겨누었다.

"꽝!"

그 순간 현진이 최남익의 차를 거칠게 들이 받아버려 최남익이 권총을 놓치고 본네트 앞으로 튕겨 나와 버렸다.

그렇게 본네트 위에 엎어진 최남익은 임현진과 눈이 마주쳤다. 하지만 현진의 눈에는 어떠한 분노도 희망도 없어 보였다.

"완전 맛이 갔구나!"

그 말을 들은 현진이 지긋이 최남익을 내려 보더니 조수석에서 휘발유 통을 들어 올렸다.

삼분의 일정도 남은 휘발유 통의 겉면은 "뚝뚝" 휘발유를 떨어트리고 있었다.

"휘익~ 텅!"

현진이 휘발유 통을 최남익 등에 던져버렸고 그와 동시에 악연의 실타래처럼 흘러내린 휘발유는 현진의 팔도 적셔나갔다.

그때 안기부직원들이 본네트 위에서 위태롭게 들썩거리는 최남익을 다리를 끌어당겼다.

"아카시아 꽃~ 하얗게 핀 먼 옛날의 과수원 길~. 세이야!"

현진이 마지막으로 아들의 이름을 부르고는 자신의 팔에 담뱃불을 가져다 댔다.

"화르르!"

불길은 순식간에 현진의 팔을 타고 내려가 최남익 등에서 활활 타오르기 시작했고 현진의 차량에서도 "펑" 소리와 함께 큰 불꽃이 일었다.

어느새 뻘겋게 화염에 휩싸인 현진의 차량은 계속해서 최남익의 차를 밀어대고 있었다.

한편 등에 불이 붙은 최남익은 직원들에 의해 차량 안으로 당겨졌다.

그렇게 완전히 불꽃이 되어버린 현진의 차량은 멈추지 않고 계속해서 최남익의 차량을 밀어붙이고 있었다.

잠시 후 최남익의 차량이 급하게 핸들을 꺾자 밀어붙이고 있던 현진의 차가 같은 방향으로 따라가지 못한 채 앞으로 직진만 할 뿐이었다.

활활 타오르는 현진의 차량 안은 이제 시뻘건 불꽃 이외에는 아무 것도 보이지 않았고 누구의 핸들조작도 없어 결국 강바닥으로 떨어지며 모습을 감추고 말았다.

그사이 얼른 지프차를 멈춰 밖으로 뛰어나온 최남익은 불이 붙은 채 흙바닥을 구르고 있었다.

뒤따라 내린 직원들이 최남익을 진정시키며 모래를 덮어 불을 끄고 있었지만 옷에 붙은 불은 쉽게 꺼지지 않았다.

한편 그 시각 산 중턱에서는 세이와 장원적이 임현진과 최남익 일행의 추격전을 지켜보고 있었다.

손을 맞잡은 장원적과 세이는 임현진이 어떻게든 최남익의 손에서 벗어나기를 간절히 바라고 있었다. 하지만 쉴 세 없이 쏟아지는 안기부 직원들의 총탄이 현진의 차량을 무참히 부숴나갔다.

그렇게 추격전을 지켜보고 있을 때 현진의 차가 갑자기 방향을 틀어 최남익의 차량을 들이박기 시작했다.

무슨 상황이 벌어지고 있는 것인지 세이가 숨죽여 지켜보고 있을 때, 외롭게 도망치던 아빠의 차가 불길에 휩싸였고 더 이상 아빠의 모습은 보이지 않았다.

그렇게 아빠 임현진의 최후를 지켜보던 세이가 소리친다.

"아빠~ 떠나면 안돼요! 날 혼자 두고 하늘나라로 가지 말아요!"

세이가 자동차 밖으로 뛰쳐나가며 아빠를 불러댔다.

하지만 아빠는 아무 대답도 할 수 없었고 화염에 휩싸인 현진의 차량은 어느새 물속으로 가라앉고 있었다.

세이가 아빠를 구하겠다며 정신없이 비탈길로 뛰기 시작한다.

"아빠!"

그때 장원적이 재빨리 세이를 뒤쫓아 들어올렸다.

"세이야! 아빠를 더 이상 만날 수 없어. 이제 아저씨가 너를 돌봐줄게. 그러니……"

장원적이 더 이상 말을 잇지 못하고 뜨거운 눈물을 삼켰다.

하지만 세이는 지금이라도 달려가면 아빠를 살릴 수 있을 거라 믿고 있었다.

"놔주세요. 제발~ 나는 아빠를 구하러 가야만 해요! 제발요~."

장원적도 세이의 맘을 모르는 것은 아니었지만 지금 상황에서는 그 누가 온다고 해도 임현진을 살려낼 방법이 없었다.

"퍽! 뚝."

장원적이 자신의 왼팔을 나무에 내리쳐 부러트려 버렸다.

그리고 덜렁거리는 팔을 세이 앞에 보이며 비통한 표정으로 말한다.

"세이야. 아저씨 팔하고 세이 아빠 목숨하고 바꿀 수 있다면 양팔다 줄 수 있어. 하지만 너무 늦었다. 이제부터는 남은 팔로 너를 지켜줄 거야! 그러니 제발~."

장원적이 멀쩡한 팔로 세이를 끌어안아 진정시킨다.

아빠를 위해 아무것도 할 수 없는 세이는 하염없이 눈물을 흘리며 아빠를 불렀고 장원적 또한 이를 악물고 눈물을 삼키려했지만 뺨으로 흐르는 눈물까지 막을 수는 없었다.

세이가 '놔 달라며' 장원적의 등을 두드리며 울고 있을 때 일순간이었지만 장원적 뒤에서 세이를 보고 미소 짓고 있는 아빠의 모습이 스쳐갔다.

'세이야.'

"아빠! 나 혼자 두고 가지 마세요! 제발요~."

그때 어디선가 세이를 부르는 목소리가 들려왔다.

"보스!"

유정이 부르는 소리에 깜짝 놀란 세이가 깊은 잠에서 깼다.

"얼마나 멋진 꿈을 꾸고 있었기에 몇 번을 불러도 대답이 없는 거예요."

"어~. 그냥 어제 피곤했잖아."

세이가 대충 얼버무리고 차에서 내려 기지개를 폈고 어느새 새벽을 알리는 청소부 아저씨들이 분주하게 도로를 청소하고 있었다.

청소부 아저씨에게 부탁해 어제 밤 꿈을 버릴 수 있다면 좋았겠지만 영원히 지울 수 없는 기억은 가끔씩 세이를 참혹했던 어린 시절 속으로 잡아끌곤 했다.

게다가 그때의 기억을 아무리 마음 깊숙이 숨겨두어도, 어제밤 꿈처럼 선명한 마음의 상처는 악몽과 함께 찾아왔다.

"정~. 집에까지 데려다줄게."

"정말요! 감사합니당~."

"대신 10시까지는 출근해야 돼!"

"넵~."

그렇게 맑은 새벽 공기를 머금은 퀸의 콤비는 다시 평소의 모습으로 돌아와 일상을 시작하고 있었다.

귀부인

모백사 사건이 있고 이틀 후 퀸 사무실.

유정은 화초에 물을 주며, 얼른 자라서 세이의 담배 냄새를 없애 달라고 말을 걸고 있었고 세이는 쓴웃음을 지으며 텔레비전에 보고 있었다.

뉴스에서는 4선 국회의원 최남익의 뇌물수수 재판이 무죄로 판결 났다고 떠들어 대고 있었다.

최남익은 당연한 결과라며 무죄를 끝까지 믿어준 지지자들에게 감 사한다며 고개를 숙이고 있었다.

세이는 더 이상 볼 수 없어 채널을 돌려버렸다. 기분전환을 위해 메 이저리그 중계를 보고 있을 때 노크 소리와 함께 귀티 나는 중년 여 성이 퀸의 사무실을 방문했다.

"저~ 여기가 퀸 탐정사무소인가요?"

문을 열고 들어온 여성은 조심스럽게 세이에게 말을 건네는 듯했다.

하지만 감추고 있는 자신감마저 숨길 수는 없었다.

"네. 퀸입니다. 이쪽으로 앉으세요. 유정 선생, 커피 좀 부탁해요."

세이의 안내에 중년 여성은 사무실 중앙의 소파에 앉았다. 그러나 예리한 눈으로 유심히 주변을 살피며 뭔가를 찾는 듯 했다.

목소리와 여유로운 행동으로 보아 50은 되어 보였지만, 피부와 얼 굴은 30대 후반이라고 해도 믿을 정도였다.

"사모님, 무슨 일로 오셨습니까?"

세이가 평소 스타일대로 길게 시간 끌지 않고 바로 중년 여성에게 용건을 물었다.

"저~ 그게~."

쉽게 말을 꺼내지 못하는 중년의 부인은 퀸 사무실에 온 것 자체가 부끄러운 듯했다.

하지만 자주 있는 일이었다.

게다가 세이는 믿거나말거나식의 비과학적인 홍보로 사무실을 운영하고 있어, 처음 오는 손님들 대부분은 오늘 온 중년 여성처럼 의심의 눈초리로 사무실을 훑어보곤 했다.

"편하게 말씀하세요. 오신 것만으로도 많은 용기를 내셨을 테니까요."

세이의 말에 중년 여성이 커피를 들어 한 모금 마시고는 퀸에 찾아온 이유를 꺼내놓는다.

"사실은 남편 때문에 찾아오게 됐어요. 제 남편은 평소에 도박과 여자를 좋아했습니다. 하지만 가정에도 충실하려고 노력했죠. 그래서 저도 지금까지 참아왔던 거고요. 그런데 갑자기 회사를 팔아버리더니 집을 나가버렸어요."

중년의 부인은 심각한 표정으로 현재 상황을 이야기했다.

"어떤 계기가 있으셨나요?"

"글쎄요. 저와 남편 사이는 그렇게 좋지도 나쁘지도 않았어요. 아마 두 달 전부터일 겁니다. 몸이 안 좋다며 바람도 쏘일 겸 강원도에 갔다 온 다음부터 그런 것 같아요."

비공식 사무담당인 유정은 부인의 이야기를 노트북에 메모하고 있었다.

"그럼 지금 남편은 어디 계시죠?"

"경찰에 실종 신고를 해 알아보니 2주 전에 그 여자와 일본으로 출국했다고 하더군요."

"여자와 일본에요? 지금 남편과 연락은 됩니까?"

세이의 질문에 중년의 부인은 현재 남편과 연락이 되지 않는다고 말했고 그저 경찰에서 출국했다며 보여준 cctv속에서 그 여자와 함께 있는 남편을 본 것이 마지막이라고 했다.

세이가 부인을 뚫어져라 쳐다보며 말한다.

"말씀하실 때마다 그 여자 그 여자 하시는데. 도대체 그 여자가 누굽니까?"

"남편이 얼마 전부터 만나는 젊은 여자예요!"

세이는 남편이 바람피우는 것을 알면서도 멈추려 하지 않은 부인을 이해할 수 없었다.

"남편과 그 여자와의 관계를 알았다면 미리 손을 쓰지 그러셨어요?"

"한두 번도 아니고 금방 끝날 거라고 생각했어요. 그리고 남편은……."

"말씀해보세요. 여기까지 오셔서 시간 끌 것 없잖아요."

세이의 재촉에 중년 부인이 가랑이 사이로 기도하듯 두 손을 모으며 말한다.

"실은 남편과 저는 아이를 가질 수 없는 사람들입니다. 그래서 아이를 입양했습니다. 그런데 그게……."

부인이 계속해서 말을 멈추며 망설이자 유정이 답답해 끼어들었다.

"입양아가 아줌마 아이죠?"

부인은 살짝 당황했고 유정이 다 알겠다는 듯 나머지 말을 해버렸다.

"아이는 커가고 입양아인데 아줌마와 닮아가고, 남편이 의심하는 것 같고 그래서 남편 바람 눈감아주고 뭐 그냥 그런 이야기 맞죠?"

세이가 유정을 막아서며 말한다.

"유정 선생. 잠깐 기다려 봐요. 부인, 계속 이야기해 보세요."

유정의 말이 사실이었는지 당황한 귀부인은 안정을 찾기 위해 커피잔을 들어 한 모금 마셨다.

잠시 정적이 흐른 뒤 부인이 말을 이어갔다.

그녀의 남편은 7년 전부터 발기 불능이었고 그래서 여자를 만나도 크게 신경 쓰지 않았다는 것이다.

부인의 간섭 없이 그녀의 남편은 자신의 치부를 감추기 위해 미친 듯이 더 많은 여자들을 돈으로 샀고 그렇게 남편은 망가져 갔다는 것이다.

세이가 부인에게 묻는다.

"그렇다고 남편이 다른 여자를 만나는 것을 모른 척했다는 겁니까?"

"말씀드렸다시피 남편은 남자 구실을 못하기 때문에 별로 신경 쓰지 않았어요! 그냥 밥이나 먹고 이야기나 하는 수준이라고 생각했어요!"

세이가 부인을 답답하다는 듯 쳐다보며 말한다.

"사모님. 남편이 그 여자를 처음 만난 것이 언제쯤입니까?"

"정확하지는 않지만 세 달 전인 것 같아요! 제가 그 사람 휴대폰에서 처음 그녀의 이름을 본 것이 그 무렵이었으니까요."

그때 유정이 같은 여자 입장에서 화를 내며 말한다.

"아줌마! 그걸 본 순간 남편을 추궁했어야죠! 아~ 진짜!"

하지만 유정의 말에 부인은 그럴 수 없었다고 했다.

평생 일만 한 남편이 불쌍했고 입양한 아이가 자신의 아이인 걸 아는 것 같은데 말하지 않는 것도 무서웠다는 것이다. 게다가 자신이 남편에게 여자 이야길 한다면 남편이 아이를 핑계로 자신을 버릴 것 같아 참을 수밖에 없었다고 했다.

부인의 말을 듣고 있던 유정이 쌀쌀맞게 말한다.

"아줌마, 죄를 지었으면 사죄하고 용서를 구했어야죠! 결혼 전에 애 낳고 처녀 시집간 거부터가 잘못이에요!"

세이가 더 말하려는 유정을 말리며 부인에게 말한다.

"사모님, 그건 그렇고요. 여기 오신 이유가 남편을 찾아 달라는 겁니까?"

"네! 그리고 남편이 왜 미친 사람처럼 갑자기 집을 나가 일본으로 가버렸는지도 밝혀주세요."

세이가 유정에게 한마디 한다.

"정 선생! 뭐 집히는 것 없어?"

"사장님, 일단 이 아줌마 집에 가보죠! 그래야 우리가 개입할 문제 인지 아니면 그저 단순한 바람인지 알 수 있으니까요."

유정의 말에 세이가 알겠다며 부인에게 동의를 구한다.

"사모님. 저희 정 선생, 말이 좀 험해도 이해해주세요. 특별한 이유 가 있어서요. 그리고 지금 댁으로 가볼 수 있을까요?"

부인은 그렇게 하자며 고개를 끄덕였고 유정은 세이의 말에 토를 달았다.

"특별한 이유는 무슨, 그냥 보통사람보다 촉이 좀 좋아요."

유정은 자신의 능력을 대충 둘러대며 크로스백을 멨고 이어서 세이 와 부인도 자리를 털고 일어섰다.

잠시 후 귀부인과 세이, 유정이 사무실 밖으로 나와 낡은 벤츠에 올라탄다.

"사모님 차가 좀 지저분합니다. 이해해주세요! 하하하."

세이가 정리되지 않은 뒷좌석에 부인을 태운 것이 민망해 양해를 구했고 부인은 개의치 말라며 짧은 미소를 보였다.

이제 조수석에 유정까지 올라타자 세이가 부인이 살고 있다는 한남 동 집으로 출발한다.

오후 1시 반 강렬한 태양이 오래된 벤츠를 아스팔트 바닥에 녹여버 릴 것처럼 내리쬐고 있었다.

그때 점점 부인의 집에 가까워질수록 유정이 답답함을 느꼈다.

"유정 선생 괜찮아?"

"괜찮아요! 그냥 좀 가슴이 답답해서~."

그렇게 민감해지며 몸에 이상을 느낀 유정이 부인에게 묻는다.

"아줌마! 최근에 꿈을 꾸거나 헛것 본 적 없어요? 아니면 이상한 사람을 만났다던가?"

부인은 그런 적 없다며 고개를 내저었다. 하지만 유정은 부인이 거짓말을 하고 있단 걸 알 수 있었다. 어떻게 해야 부인이 사실대로 말할까 고민하던 유정은 평소대로 세게 나가기로 한다.

"이 아줌마 정말 안 되겠네! 사실대로 말해요. 내가 느끼는 대로 다 말할까요!"

부인은 유정의 협박에도 어떤 말도 하지 않았고 세이는 이런 상황을 너무 잘 알기 때문에 끼어들지 않는다.

유정이 재차 다그친다.

"좋아! 아줌마 내가 이야기하지! 당신의 마음속에는 몇 명의 남자 있는 거예요? 말해 봐요!"

살짝 놀란 부인이 유정을 쳐다보며 눈을 치켜떴고 그에 맞춰 세이가 몰래 녹음기를 꺼내 녹음 버튼을 눌렀다.

"무슨 소리예요. 전 결혼 이후 평생을 남편만 보고 살아왔다고요!"

"아~. 그러세요~."

"지금 그 태도는 뭐죠?"

유정이 비아냥대자 부인이 정색했고 일순간이었지만 세이는 부인의 표독스러운 눈을 볼 수 있었다. 온화한 부인들에게서는 절대 볼 수 없는 사악한 눈이었다.

"됐고요. 아줌마 집에 가보면 알겠지!"

유정이 더 이상 긴말하고 싶지 않아 부인의 입을 막아버렸다.

둘의 신경전을 지켜보던 세이가 고객을 놓치지 않으려 일단 부인을 진정시킨다.

"사모님 죄송합니다. 정 선생이 열심히 일하다 보니 순간순간 입에서 나오는 대로 여과 없이 말해버렸네요."

"아니 그럼, 저 아가씨 말이 사실이란 말이에요?"

부인은 계속해서 자신은 결백을 주장하며 언성을 높였고, 세이는 룸미러를 통해 부인의 표정 변화를 눈으로 저장하고 있었다.

그렇게 어색한 30여 분의 드라이브가 끝나고 어느새 귀부인의 한 남동 집에 도착했다.

"여기가 저희 집입니다."

높은 담 위에 담보다 높이 솟아오른 소나무들, 여러 대의 보안 카메라가 있는 전형적인 재력가의 집이었다.

주차를 하고 자동차에서 내린 세 사람이 귀부인의 집 앞에 섰다.

"사모님. 아주 멋진 집이군요."

"글쎄요. 그저 가족과 추억을 만들어 가던 집이었죠."

세이의 말에 부인은 대수롭지 않다는 듯 대답하고 대문을 열었다.

"들어오세요. 차 한 잔 대접 하겠습니다."

부인의 안내에 따라 퀸의 직원들은 집안으로 들어섰다.

처음으로 눈에 들어온 것은 정원으로, 소나무와 꽃들로 꾸며져 있었고, 값비싸 보이는 수석으로 만들어진 작은 폭포에서는 쉴 세 없이 맑은 물이 흘러내리고 있었다.

잠시 동안의 구경을 끝낸 세이와 유정이 긴 정원을 지나 집 내부로 들어섰다.

부인의 안내에 따라 넓은 거실에 이르자 고급스러운 소파와 원목 테이블이 놓여 있었고 소파 뒤편에는 이층으로 올라가는 계단이 중앙을 따라 양쪽으로 나 있었다.

부인이 세이와 유정에게 소파에 앉으라고 말하고는 대접할 차를 준비하러간다.

그때 집안을 유심히 둘러본 세이에게 신경 쓰이는 것들이 있었다.

'이 정도 규모의 집에 왜 가정부와 관리인이 안 보이는 걸까? 그리고 보안 카메라의 전원은 왜 다 꺼져 있는 거지? 게다가 이 집에서 여러 명의 인간이 서로 뒤섞인 냄새가 나고 있어.'

옆에 있던 유정이 조용히 세이에게 말한다.

"이봐요, 보스~. 그 특별한 코에 뭐 잡히는 것 없어요?"

세이가 더 작은 소리로 유정에게 대답했다.

"인기척이 없는데 여러 사람의 냄새가 나. 특히 저쪽 방에서 지저분한 냄새가 나고 있어. 확인해 봐야 할 것 같아."

"나도 저 방이 뭔가 의심스러워요."

유정이 의심스러운 방을 손가락으로 가리키고 있을 때 부인이 차를 가지고 나왔다.

접근 제한 선

부인이 꽃차를 가져와 세이와 유정 앞에 내려놓는다.

"꽃차에요. 드세요."

부인의 권유에 유정은 노란 꽃차를 마시고 있었지만 세이는 꽃차를 쳐다보지도 않는다. 미세한 냄새까지 구별할 수 있는 그의 코가 꽃향기에 무뎌지기 때문이었다.

"사모님. 이 집에 몇 명이 살고 있습니까?"

"지금은 저 혼자만 살아요. 3개월 전에 아이는 캐나다에 유학을 갔고 남편은 2주 전에 아까 말씀드린 대로 그 여자와 멀리 가버렸으니까요!"

"그럼 아이는 아들인가요?"

"네!"

세이가 잠시 생각에 잠기더니 말을 이어간다.

"미안한 질문 좀 해도 되겠습니까? 일단 직업이 탐정이다 보니까요!"

"말씀하세요."

부인이 담담한 척 대답했다.

"사모님 최근에 남편분과 성관계를 가지신 적 있으십니까?"

부인이 살짝 어깨를 움찔한다.

"말씀드렸죠! 남편은 남자 구실을 못해요. 몇 번을 말해야 하죠!"

지금까지 점잖 했던 부인이 살짝 흥분하며 말했고 그런 부인을 세이가 다독거린다.

"사모님. 불쾌하시다는 것 압니다. 하지만 직업상 통상적인 질문입니다."

변명을 하고 있는 세이였지만 사실 부인의 집에서 미세한 정액 냄새를 맡을 수 있었다.

"그런데 이 큰집에 왜 일하는 사람들이 한 명도 없습니까?"

세이의 질문에 부인은 그럴 수밖에 없는 이유를 설명했다.

남편이 사라지고 나서 입소문 낼 사람들을 당분간 쉬도록 했고. 그 이유는 사람의 입은 좀처럼 믿을 수 없기 때문이라고 했다.

"그럼 집안일은 사모님이 다 하십니까?"

"네. 머리도 식힐 겸, 제가 다하죠."

하지만 세이는 그 말을 믿지 않았다. 부인의 손은 집안일을 했다고 하기에는 너무 고왔고 청소를 했다고 하지만 곳곳에 뿌옇게 먼지가 쌓여 있었다.

"사모님 청소는 일주일에 몇 번이나 하시죠? 최근에는 언제 했고요?"

부인은 세이의 계속되는 질문에 경찰에게 취조당하는 것 같아 인상을 찌푸렸다.

"미안하지만 전 남편을 찾아달라고 부탁한 것이지 절 취조 하라고 한 게 아니에요!"

세이가 부인의 표정변화를 읽어가며 말을 이어갔다.

"사모님이 우리 사무실에 오신 이유는 경찰이나 다른 흥신소하고는 다르다는 걸 알고 오신 거라고 생각하는데요. 쉽게 말해 치부를 감추고 비과학적인 방법을 이용하고 싶어서요. 아닙니까?"

세이의 거슬리는 말에 감추고 있던 본색이 드러난 부인이 쓴웃음을 지어보였다.

"맞아요. 그쪽 분들은 남들이 해결 못하는 사건들을 해결한다지요! 하지만 제 기분을 상하게 하면서까지 당신들에게 이일을 맡기고 싶지는 않습니다. 그리고 당신의 경찰 흉내는 정말 별로에요!"

부인의 말을 들은 세이가 차가운 웃음을 보인다.

"남편분을 찾고 싶은 것 아닙니까? 보통 의뢰인들은 내가 말하기도 전에 자신들이 알고 있는 모든 정보를 말하죠. 특히 내가 질문하는 것에는 더욱 진중하게 답변해줍니다."

"무슨 뜻이죠? 내가 남편을 찾고 싶지 않아 한다는 건가요. 조금 기분 나빠지려고 하네요! 전 고객이라고요, 비싼 비용을 지불하는 고객이요."

"그러시죠. 그런데 나는 하나뿐인 사모님의 남편을 찾을 사람이고요! 찾고 싶지 않으십니까? 남편을. 그리고 혼자라고 하지만 분명 이 집에 출입하는 남자가 있습니다."

세이의 도전적인 말에 부인은 세이를 노려보며 억지로 화를 참고 있었다.

"이제 됐어요. 더 이상의 무례한 질문은 용납하지 않겠어요."

"세상 사람 모두가 사모님에게 친절할 수 없습니다. 특히 저 같은 직업의 사람들은 더욱 그렇고요."

세이와 더 이상 말을 섞고 싶지 않았던 부인이 돈 봉투를 꺼내며 말한다.

"오늘 보수로는 충분할 겁니다. 그리고 사과하세요!"

"뭘요?"

"거짓말로 절 협박했잖아요!"

"협박요? 부인의 외도 말입니까? 사실을 말한 것뿐입니다."

"아니요, 당신은 거짓말로 날 협박하고 있어요!"

세이는 더 이상 긴 대화를 하고 싶지 않아 돈 봉투를 거절하며 말한다.

"돈은 됐습니다. 프로는 해결하지 않은 일에 돈을 받지 않습니다. 대신 사과는 하죠! 미안합니다."

하지만 부인은 분이 풀리지 않았는지 돈 봉투를 바닥에 던져버렸다.

"이 돈 가지고 빨리 이곳에서 사라져요!"

그때 옆에서 듣고 있던 유정이 참지 못하고 소리친다.

"아~ 정말. 아줌마 말이 심하시네! 우리가 상갓집 개도 아니고 바닥에 뭘 던져주면 주어먹으란 말이야! 그리고 이 집의 주인인 업신을 어떻게 했어? 집을 지켜야 할 업신이 보이지 않잖아~ 왜 말이 없어? 좋아, 이 돈은 내가 가져다가 기부하지. 사장님 가시죠!"

화가 난 유정이 세이의 팔을 잡아당기며 밖으로 나가려 한다.

그러나 세이가 유정에게 돈 봉투는 놓고 가라며 옥신각신했고 유정은 오늘 수고비라며 자신의 가방 속에 돈 봉투를 집어넣어버렸다.

그걸 지켜보던 부인이 세이와 유정에게 나가라고 소리친다.

"정말 저급해. 시끄러우니 당장 나가요!"

부인의 고함을 들은 세이가 돈 봉투가 든 유정의 가방을 쳐다보고 말한다.

"사모님! 받은 만큼의 보수에 맞춰, 조사한 내용은 정리해서 우편으로 보내드리겠습니다. 죄송하지만 화장실을 이용할 수 있을까요?"

부인은 화가 난 얼굴로 말없이 손가락으로 화장실을 가리켰다.

잠시 후 화장실 앞에 도착한 세이가 바로 옆 끔찍하게 더러운 냄새를 풍기는 방을 확인하려 문고리를 잡아당겼다.

"이봐요! 거긴 화장실이 아니라고요!"

놀란 부인이 소리치며 달려와 세이 앞을 막아섰다.

"죄송합니다. 집이 넓어서 헷갈렸습니다."

부인의 방해로 세이가 냄새 풍기는 방 문고리를 놓고 화장실로 들어간다.

그 사이 유정과 귀부인은 소파를 사이에 두고 눈빛으로 기 싸움을 하고 있었고 누구라도 먼저 한마디만 한다면 독설을 퍼부을 준비가 되어있었다.

그때 한순간이었지만 유정은 오싹한 한기를 느꼈다. 어디서부터 오는 기운인지 확인하려 고개를 돌렸을 때, 세이가 들어가려던 방문이 살짝 열리며 일순 사악한 눈빛이 유정을 지켜보고 있는 것이었다.

정체가 무엇인지 확인하려 한 걸음 내디뎠을 때 세이가 유정을 불렀다.

"유정 선생 그만 가지."

화장실에서 나온 세이가 돌아가자고 말했고, 그와 동시에 부인은 수상한 방문을 닫아버렸다.

그렇게 세이의 손에 이끌려 나오면서도 눈빛의 정체가 무엇인지 확인하지 못해 마음이 석연치 않은 유정이었다.

"야! 김유정! 돈 봉투 받으면 내 자존심은 어쩌라고!"

세이는 자신이 멋지게 내뱉은 말을 물거품으로 만들어버린 유정을 나무랐다.

"자존심 세우다가 내 카드까지 정지 먹게 한 게 누구신데요! 그 돈은 언제 줄려나~. 그것보다 그 방에 뭔가 있었어요."

"알고 있어. 화장실에서는 더 강하게 느껴졌으니까. 하지만 의뢰인이 더 이상 원하지 않으니 그만두자. 그게 우리 룰이잖아. 일단 차에 타서 이야기해."

세이가 유정에게 눈짓으로 주변을 보라며 신호를 보냈고 주차된 여러 대의 차 안에서 둘을 감시하고 있는 남자들이 보였다.

감시의 눈을 피해 낡은 벤츠에 올라탄 세이는 달갑지 않은 돈을 가지고 유정과 사무실로 돌아간다.

한남동을 빠져나와 유정이 오늘 저녁에 만날 의뢰인에 대해 이야기하고 있을 때 세이에게 한 통의 전화가 걸려왔다.

"네. 퀸입니다. 안녕하세요! 부인의 상태는 어떻습니까?"

세이의 질문에 수화기 너머로 낯익은 목소리가 들려왔다.

"많이 호전됐습니다. 그리고 잔금을 보냈으니 이젠 더 이상 보지 않았으면 합니다. 그리고 모든 일은 비밀로 해주시고요."

"네. 걱정 마세요. 고객과의 신용이 전부인 퀸이니까요."

유정이 전화를 끊은 세이에게 누구냐며 물어본다.

"이상훈 사장. 잔금 송금했다고. 이제 유정이 밀린 월급 걱정은 없겠다."

세이가 유정의 월급걱정을 해결해 한숨 돌리고 있을 때 유정이 귀부인 이야기를 꺼낸다.

"그런데 이상해요. 그 여자 집에서 왜 모백사의 음흉한 기운이 느껴지는 거죠?"

"유정도 느꼈어? 나도 그게 조금 이상했는데. 아까도 말했지만 의뢰인이 더 이상 원하지 않으니 그만 잊어버려. 그보다 이상훈 사장 의뢰건은 이걸로 잘 마무리 졌고! 다음은~."

"저녁에 재벌집 신줏단지 도난 건 있어요."

"그랬었지. 어디 보자 재벌가 이름이~."

그 시각 귀부인의 집에서는 큰 도자기를 사이에 두고 부인이 누군가와 이야기를 나누고 있었다.

"수진. 조금 전 그 연놈들 때문에 나는 육체를 잃어버려 너와의 뜨거운 밤을 보낼 수 없구나. 그리고 너의 목적을 이루고 싶다면 내가 시키는 대로 해야 한다. 저 녀석은 꼭 사불을 만나야 하고 여자애는 반드시 일본으로 데려가야만 한다는 말이다."

"네, 알겠어요."

"그런데 녀석의 사무실에 다른 패거리는 없었느냐?"

"저 남자와 여자 둘뿐이었습니다. 문은 출입구와 비상구 두 개뿐이었고요."

"그렇군. 내가 말한 거대한 검은 어디에 두었더냐?"

"보이지 않았습니다. 다만 사무실에 특별히 무기가 될 만한 것은 없었습니다."

"잘했다. 저 녀석이 돌아가면 곧 너의 정체를 알아차릴 것이다. 그리고 궁금증으로 덥석 덫을 물겠지."

말을 마친 무언가가 꿈틀거리며 귀부인에게 다가갔고 다정하게 이수진의 머리를 쓰다듬어 주었다.

좁은 세상

세이와 유정은 사무실에 돌아와 오늘 일에 대해 이야기하고 있었다.

"유정! 그 부인 이름이 뭐였지? 어쨌든 돈을 받았으니 남편의 행방 정도는 알아봐야지."

"이름은 이야기하지 않았어요. 이름을 숨기는 것은 그들의 마지막 자존심이잖아요. 그보다 얼마 전에 해결한 사건 있죠! 이상훈 씨 건 말이에요. 이상훈 씨가 준 차민수 씨 집 주소와 오늘 갔다 온 그 아줌마 집이 같은 주소에요!"

"뭐?"

유정의 말에 세이가 벌떡 일어나 캐비닛에서 이상훈의 자료를 꺼내 확인한다.

-이상훈 의뢰 파일 2017.05.26-

이상훈 54세. 직업-기업인. 부인과 2명의 딸. 취미- 골프, 해외여행.

의뢰내용 : 부인이 갑자기 쇠약해져 유명한 병원을 찾아가 봐도 병명을 알 수 없어 치료 불가. 시간이 흐를수록 부인은 헛것을 보고 정신이상 증세와 함께 극심한 스트레스로 현재 모 병원에 입원 중. 마지막이라는 심정으로 지인에게 소개받은 퀸을 방문, 부인의 상태가 위험하니 어떤 수단을 쓰든 원인을 밝혀 해결해줄 것을 의뢰함.

조사내용: 이상훈은 친구 차민수가 대표로 있는 조흥상업에서 오랫동안 상무로 근무하다 최근 차민수의 회사 매각으로 대표 자리에 앉음. 그런데 차민수의 회사매각 3개월 전, 차민수의 집에 방문 도표

(15미터 가량의 붉은 구렁이)를 발견, 정원에 있던 삽으로 때려죽여 자신의 집에 묻었다고 말함. 하지만 밝혀진 사실에 의하면 모백사 중들을 사주해 업신으로 몸을 숨기고 있던 도표를 죽여 중들이 시키는 대로 자신의 집 뒷마당에 묻음.

그 결과 도표의 힘을 없애 조흥상업을 차지하지만 도표의 영체가 부인의 영기를 흡수해 부인의 목숨이 위태로워짐. 그러나 이 모든 것이 내연녀 이수진(차민수 부인)의 계획이었던 것으로 추정.

결국 퀸이 모백사의 중들을 처리하고 이상훈의 부인을 정상으로 회복시킴. 또한 한국의 곳곳을 지켜야 할 이무기와 뱀 신들이 모백사 중들에 의해 영체화되어 죄업을 짓는 일에 이용당하고 있었음.

결론: 인간의 욕심이 만들어낸 사악한 마음을 이용하는 모백사 중들을 소멸시켰고 이상훈과 부인, 이무기, 뱀 신은 자유를 얻음.

조사내용을 읽어가고 있을 때 사무실 전화가 울렸다.

"퀸 탐정 사무소입니다."

전화를 받은 유정의 표정이 좋지 않았다.

"사장님. 아까 그 부인이에요. 바꿔 달라는데요."

세이가 전화를 건네받았다.

"네. 전화 바꿨습니다. 네, 네, 네."

세이가 계속해서 '네.'라고 대답하고는 전화를 끊었고 내용이 궁금한 유정이 무슨 일이냐며 물어본다.

"그 아줌마 다시는 안 볼 것처럼 말하더니 무슨 일이에요."

"지금 만날 수 있냐고. 할 말이 있다는데."

"그래요. 가기 싫은데 어쩔 수 없죠."

유정이 불만스런 표정으로 가방을 메자 세이가 가지 않아도 된다고 한다.

"나만 오래. 유정은 쉬고 있어. 금방 다녀올 테니까. 그리고 그 여자가 이수진이라면 한번은 더 만나볼 가치가 있을 것 같아."

그런데 순간 유정의 살갗에 소름이 돋았다.

"보스, 느낌이 안 좋아요. 나도 같이 가요."

"괜찮아. 우리 유정 선생은 쉬고 있어요~. 다녀와서 바로 밀린 월급 입금 시킬 테니까."

하지만 유정의 심장은 알 수 없는 불안감으로 쉽게 진정되지 않았다.

세이의 실력을 못 믿는 것은 아니었지만 본인의 직감이 세이에게 가면 안 된다고 말하고 있었기 때문이다.

유정의 걱정을 뒤로하고 어느새 세이는 사무실을 나가 자동차에 오르고 있었고 사무실 창문에서 세이를 지켜보는 유정은 세이가 무사히 돌아오기만을 바라고 있다.

등장 카제사이 류(風濟 龍)

30여분 후 세이는 차민수 부인, 이수진을 만나기 위해 다시 그녀의 집 앞에 도착했다.

자동차에서 내려 문 앞에 섰을 때 뭔가 익숙한 기운이 느껴졌다.

집안은 물론 집주변에서까지 악한 영혼들이 내품는 특유의 냄새가 진동했기 때문이다. 사실 이 역겨운 냄새는 분향할 때 쓰는 향내와 비슷한 듯했지만 그보다는 악취에 가까웠다.

보통사람들이 이 냄새에 노출된다 해도 조금 어지럽고 기분만 나쁠 뿐, 영혼들의 악취를 구별할 수 없었다.

'이것 봐라? 이정도 숫자의 악귀를 모았다는 것은 내가 누군지 이미 알고 있다는 이야기인데.'

세이는 분위기가 심상치 않음을 눈치채고 자동차 트렁크를 열었다.

칠불 금강검은 사무실 거문고 속에 두고 와 콜트 파이슨과 아직 수리가 끝나지 않은 파안(破魘) 사신검(四神劍)[10]뿐이었다.

하지만 호혈탄이 없는 지금 콜트 파이슨은 무용지물이어서 파안 사신검만 집어 들고 다시 문 앞에 섰다.

그리고 인터폰을 누른다.

"오셨군요. 퀸의 사장님, 들어오세요."

세이를 확인한 이수진이 기다렸다는 듯 얼른 문을 열어주었다.

하지만 세이는 들어가지 않고 이수진에게 말을 건넸다.

---

10   파안破魘 사신검四神劍 - 어둠을 부르는 악령을 파괴하여 하늘로 돌려보내는 검. 손잡이는 현무의 각인이 새겨져 있고 칼 코등이는 봉황이 날개를 펼친 모습이다. 검날의 각 면에는 청룡과 백호가 사납게 달려드는 모습이 각인되어 있다.

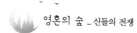

영혼의 숲 _ 신들의 전쟁

"사모님, 제가 들어가는 것은 어렵지 않습니다만 어떤 의도로 이런 일을 벌이고 있는 겁니까?"

"의도라뇨? 남편을 찾기 위해 다시 퀸에 연락한 것뿐이에요."

세이의 질문에 이수진은 태연하게 남편을 핑계 삼아 지금 벌이고 있는 계략을 숨기려 했다.

"다시 물어보죠. 이수진 씨, 당신은 무엇을 위해 이런 것들을 불러 들인 것입니까?"

세이가 자신의 이름을 부르며 숨겨놓은 악귀들에 대해 이야기하자 이수진은 잠시 침묵했다.

이제 그녀의 대답여하에 따라 세이는 집 안으로 들어갈지 아니면 밖으로 그녀와 악귀들을 불러낼지 결정하려 하고 있었다.

"내 이름을 알고 있는 것은 뜻밖이군요. 어차피 알게 될 것이었지만요. 저에게 더 궁금한 것이 있으면 들어오세요."

이수진이 차갑게 말하고는 인터폰을 끊어버렸다.

'나를 시험해 보겠다는 거군. 그래 누가 시험을 드는지 볼까?'

세이가 힘차게 문을 박차고 집안으로 들어섰고 잠시 후 "텅!" 소리와 함께 세이를 가두어 버리듯 대문이 잠겨버렸다.

뒤를 한번 돌아보고 쓴웃음을 지으며 한 걸음 한 걸음 집안으로 향하고 있을 때, 정원 곳곳에 숨은 악귀들이 꿈틀대며 거리를 좁혀오고 있었다.

"그래 더 가까이 와라. 이 사신검으로 단숨에 소멸시켜 줄 테니까."

혼잣말을 마친 세이가 사신검 손잡이에 오른손을 올려놓자 검집 안에서 백호의 포효소리가 흘러나왔다.

그 모습에 정원에 숨어 포위망을 좁혀오던 악귀들의 움직임이 잠시 주춤하는 듯하더니 세이의 발걸음에 맞추어 다시 거리를 좁혀오기 시작했다.

이에 세이는 일부러 자신의 뒤를 공격하기 쉽도록 노출시켜 악귀들을 유인했지만 어찌 된 일인지 악귀들은 달려들지 않고 적당히 거리만 유지하고 있었다.

잠시 후 현관 앞에 도착한 세이가 "획'하고 뒤돌아보자 악취를 풍기는 악귀들이 일순 정원수 뒤로 모습을 감추어 버렸다.

'흠~ 뭘 기다리고 있는 거냐? 빨리 덤벼들지 않고.'

세이가 정원을 응시했지만 움직임이 없자, 뜸들이며 달려들지 않는 악귀들을 뒤로하고 현관문을 열어 안으로 들어간다.

그렇게 안으로 들어선 세이의 미간이 갑자기 험상궂게 찌그러지기 시작했다.

"어서 와라. 별로 놀라지 않는 눈치군 그래."

세이가 현관문을 열고 들어갔을 때 거실에서 세이를 반겨주는 사람은 이수진이 아니라 모백사의 주지 비현이었다. 그리고 비현 옆에는 이수진이 하얀 한복을 정갈하게 차례입고 앉아 있었다.

"이런, 이런~. 영혼이 되어버린 땡중 아니신가! 어째서 아직도 인간계에 있는 거지? 어차피 49일 후에는 강제소환 되겠지만, 그곳이 천국이 아닌 것만은 너도 잘 알고 있겠지."

세이는 사악한 기운을 뿜어대고 있는 비현을 비꼬았다.

그런데 육체를 잃어버린 비현의 영체가 점점 힘을 잃어가고 있어야 했지만 마지막으로 모백사에서 봤을 때보다 더 강해져 있었다.

세이가 '훗' 하고 쓴웃음을 지어 보이며 어찌 된 일인지 알 것 같다는 표정을 지었다.

"땡중 일말의 양심도 없구나. 너의 영체를 보전하기 위해 살아있는 인간의 영기를 뽑아내고 있다니!"

비현을 꾸짖으며 세이가 앞으로 걸어 나간다.

"반은 너도 공범이라고 할 수 있지. 니가 내 육체를 불태워버렸으

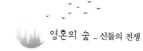

영혼의 숲 _ 신들의 전쟁

니까."

가당치도 않는 비현의 말에 세이가 대꾸할 가치도 없다며 성큼성큼 앞으로 걸어간다.

그런데 이수진과 비현은 꿈쩍도 하지 않고 세이가 더 가까이 다가오기를 기다리고 있었다.

세이가 넓은 거실로 들어서 바닥에 파안 사신 검을 내려쳤을 때 비현이 기다렸다는 듯 이수진의 육체를 빌어 주문을 외우기 시작했다.

"어둠의 주인이여 저 깊은 어둠 속에서 손을 뻗어 어둠을 거부하는 거만한 생명에 족쇄를 채워주소서!"

비현이 주문을 외우자 세이가 서 있던 바닥에 나망진과 비슷한 모양의 주박진이 펼쳐져 세이를 꼼짝 못하게 했고, 검은 손들이 바닥을 뚫고 나와 순식간에 세이의 다리를 감아 올라타고 있었다.

잠시 당황한 세이가 재빨리 악령의 움직임을 멈추는 주담(跓魘) 부적[11]을 꺼내 허리춤에 붙였다.

하지만 어둠을 뚫고 나온 검은 손들의 사악한 기운이 요동치며 주담부적을 검게 태워버리고 있었다.

"이미 어둠의 존재 일부가 된 나에게 너는 상대가 되지 않는다. 지난번 니가 나에게 한 것처럼 이번에는 내가 너의 육신을 거두어 주마!"

비현은 모백사에서 세이에게 당해 육신을 빼앗긴 것에 분개했고 옆에서는 이수진이 계속해서 어떤 주문을 외우고 있었다.

그런데 이수진의 주문에 맞추어 허공에 모인 산 사람들의 생기가 계속해서 비현에게 빨려 들어가고 있었다.

한편 세이의 다리를 타고 올라오던 검은 손의 열기는 부적뿐만 아니라 세이의 바지와 살갖까지 녹여버릴 듯 열기를 뿜어내고 있었다.

---

11   주담跓魘 부적 - 어두운 기운을 멈춰 세우는 부적

더 이상 검은손의 열기를 받았다가는 정말 살이 타들어 갈 수 있어 세이가 빙화장(氷花掌) 수인을 맺어 열기를 밑으로 끌어내린다.

그렇게 세이가 검은손의 열기를 꺾어 다시 원래 있던 곳으로 돌려보내려 하자 당황한 비현이 "주군, 모습을 드러내소서."라며 소리쳤고 잠시 후 바닥에서 붉게 이글거리며 거인의 얼굴이 드러났다.

'비현, 저 녀석. 어떻게 아수라계의 염왕(炎王) 단(丹)을 소환한 거지?'

세이는 비현이 염왕 단을 소환한 것에 놀라고 있었다.

"어때, 부적이 다 재가 돼버려 이젠 너의 육체가 타들어 가는 것 같지? 하하하. 너도 나와 똑같은 고통을 맛보게 해주마. 어리석은 인간이여~."

염왕 단이 등장하며 내뿜는 화염은 빙화장 수인도, 주담 부적도 무용지물로 만들어버렸다.

"무슨 이유로 너 같은 녀석에게 염왕이 소환됐는지 모르겠지만 네 뜻대로 되진 않는다."

말을 마친 세이가 파안 사신검을 꺼내 자신의 다리를 붙잡고 있던 염왕의 손을 베어나간다.

"휘익~ 파파박!"

순식간에 대여섯 개의 검은 손이 사신검에 잘려나갔고 그 틈에 세이가 옆으로 뛰어 화장실 쪽으로 몸을 피했다.

비현이 가소롭다는 듯 더 크게 주문을 외우자 주박진 안에서 불꽃을 휘감은 염왕 단이 거대한 몸을 일으키며 솟아올랐다.

"쿠궁~ 쩌억!"

4미터가 훌쩍 넘는 염왕 단이 거실에 우뚝 서자 이수진의 이층집 중앙은 모래성이 부서지듯 우수수 떨어져 나가버렸다.

"나를~ 부른 것이 누구냐~."

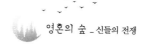

본모습을 드러낸 단이 주위를 둘러본 뒤 불꽃이 이글거리는 바위만 한 손으로 앞을 가로막고 있는 거실 창문을 밀쳐버렸다.

그러자 창문과 창문을 지지하던 벽이 순식간에 녹아내렸고 이어서 세이가 서 있던 화장실 옆방 문까지 녹여가고 있었다.

"이런 짓을 하고 있었던 거냐! 비현~."

염왕의 화염에 문이 녹아내리며 드러난 참혹한 광경에 세이가 소리쳤다.

방안에는 비현의 주술에 육체와 영혼이 분리된 젊은 남녀 세 쌍이 태아처럼 웅크린 자세로 묶인 채 영기를 빼앗기고 있었다. 그렇게 반쯤 감겨 풀린 눈은 이미 죽음이 임박했음을 알리고 있었고 말라버린 피부는 80대 노인처럼 거죽만 남아버렸다.

세이는 구해주기에 이미 늦어 버린 것을 알고 무너져 내리는 천장을 피해 정원으로 몸을 날린다.

그런데 정원에는 이미 비현과 이수진이 나와 있었고 그 뒤로 20여 개의 일본 도깨비 형상을 한 야차들이 서 있었다.

"비현, 야차들 또한 네가 부른 것이냐?"

"아니, 더 높은 분의 부름에 나를 도우려 이곳에 온 것이다. 너 같은 놈은 감히 비교할 수도 없는."

그때 염왕 단이 활활 타오르는 불꽃을 두르고 정원으로 걸어 나와 완벽한 모습을 드러냈다.

"네가 나를 부른 것이냐?"

단이 지긋이 비현을 내려다보며 묻자 비현이 예를 갖추어 염왕 단에게 말한다.

"그렇습니다. 염왕이시여. 어둠을 숭배하는 보잘것없는 제가 부탁이 있어 부른 것입니다. 한때 염왕의 천적이었던 저기 있는 부동명왕 야천의 현신이 저와 사제들을 죽여 버렸습니다. 저의 원한을 갚아 주신다면 여기 20의 야차를 바치겠습니다."

비현이 세이를 가리키며 단에게 머리를 조아렸다.

염왕 단은 부동명왕 야천이라는 말을 듣자마자 사방에 불꽃을 튀기며 세이를 향해 불타는 장(掌)을 날렸다.

"야~천!"

순식간에 벽도 녹여버리는 염왕의 장이 화염에 쌓인 채 곧장 세이에게 날아들었고, 이대로 세이가 염왕의 장을 맞는다면 순식간에 재가 돼버릴 것이 분명했다.

세이가 곧바로 파안 사신검을 꺼내 염왕의 손바닥을 향해 내리치며 주문을 외운다.

"하늘의 천둥과 땅의 울음을 먹이로 삼는 청룡과 백호는 모습을 드러내 청정한 천지를 더럽히는 어둠을 먹어치우거라!"

"크아앙!"

곧바로 세이가 휘두른 사신 검에서 거대한 백호와 청룡의 형상이 뛰쳐나와, 백호는 염왕의 손바닥을 튕겨냈고 청룡은 '휘리릭' 팔을 타고 들어가 염왕의 가슴을 물어뜯었다.

그러나 완벽하게 고치지 못한 파안 사신검 때문에 청룡이 제힘을 발휘하지 못해 염왕의 화염에 밀리고 있었다.

그때 백호가 몸을 날려 염왕의 어깨를 물고 이리저리 날뛰기 시작했다.

순식간에 염왕, 청룡, 백호가 화염에 휩싸인 채 요동치기 시작했고 정원의 나무와 돌들이 '화르르' 타들어가 재가 돼버리고 있었다.

그렇게 불꽃은 주변의 모든 것들을 집어삼킬 듯 커져갔고 공기마저 뜨겁게 달궈져 숨을 쉴 수 없게 만들었다.

계속해서 염왕 단과 청룡, 백호가 뒤엉켜 정원을 불태워가고 있을

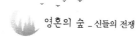

때, 30 초반의 범상치 않은 인상의 남자가 나타나 염왕 앞에 섰다.

"이제 됐다. 염왕 단, 나에게 돌아와라!"

남자의 명령에 멈출 줄 모르고 폭주하던 염왕이 백호와 청룡을 집어 던져버리고 순순히 화염을 거두어들였다. 그리고는 검은 연기로 변해 남자의 몸속으로 사라져버렸다.

"카제사이 님, 오셨습니까."

비현과 이수진이 카제사이라는 남자에게 엎드려 절을 하자 카제사이라는 남자가 비현과 이수진을 잠시 내려다보고는 세이를 향해 몸을 돌렸다.

"임세이. 나는 카제사이 류라고 한다. 너에게 부탁이 있는데 조용히 들어줄 것인가? 아니면 협박을 해야 할까?"

그사이 세이도 청룡과 백호를 거두어들여 파안 사인검을 칼집에 넣었다.

"그래. 이름으로 보아하니 일본인인 것 같은데, 나에게 무슨 볼일이지?"

"이미 너의 실력을 확인했으니 본론부터 말하지. 백제의 수도 부여에 가서 이 구대당(捄大堂)에 사불을 잡아넣어 내게 데려와라."

카제사이가 말하는 구대당은 가로세로가 30센티 정도 되는 동그란 원통 모양이었고 표면에는 알 수 없는 주문들이 가득 새겨져 있었다.

"사불이라고! 네가 사불을 어떻게 알고 있지?"

세이는 카제사이가 어떻게 사불의 존재를 알고 있는지 의아했다.

"궁금하다면 알려주지 나는 백제의 후손이며 또한 지금은 일본의 피가 흐르는 일본의 후손이다. 그리고 사불이 우리에게 해줘야만 할 일이 있다. 너는 너의 실력으로 사불을 여기 구대당에 담아 내가 알려주는 곳으로 데려오기만 하면 된다. 그러면 김유정은 무사할 것이다."

"뭐라고! 유정이 지금 네 손에 있다는 거냐?"

놀란 세이가 한발 앞으로 나아가며 유정에 대해 물었다.

"그렇다. 너의 결정이 김유정의 생사를 좌우한다."

그때 엎드려있던 비현이 고개를 들며 말한다.

"그년은 이미 일본으로 가고 있을 것이다. 아주 중요한 재료가 될 테니까. 흐흐흐."

비현의 말을 들은 카제사이 류가 갑자기 검을 꺼내 들었고 그것을 본 비현이 감탄하며 말한다.

"아~ 그것은, 오니마루 쿠니츠나(鬼丸国綱)! 실물로 보다니 영광입니다. 카제사이 님."

하지만 카제사이 류는 날카롭게 번쩍이는 검을 비현에게 휘둘렀다.

"파삭!"

"카제사이 님~ 왜 저에게?"

"너는 쓸데없는 말을 했다. 그리고 너의 역할은 여기까지다."

오니마루가 한번 춤을 추자 비현의 영체는 사르륵 녹아내리며 사라져 버렸고 옆에 있던 이수진은 겁에 질려 벌벌 떨고 있었다.

"이수진. 두려워 마라. 너는 아직 할 일이 남았다. 해저 터널의 성사 말이다. 그리고 비현이 약속한 영원한 젊음, 내가 그 약속을 지킬 것이다."

그때 세이가 휴대폰을 꺼내 카제사이의 말이 사실인지 확인하기 위해 유정에게 전화를 걸어본다.

'받아~ 김유정.'

하지만 유정은 전화를 받지 않았고 카제사이의 손에서 낯익은 휴대폰 벨소리가 울려 퍼졌다.

카제사이가 휴대폰을 들어 수신버튼을 건드린다. 그리고 전화에 대고 한마디 한다.

"임세이. 왜 내말을 믿지 못하는 거지. 김유정은 지금쯤 쓰시마 상

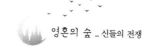

공에 있을 것이다."

세이는 유정의 휴대폰이 카제사이의 손에 들려있는 것을 보고 유정이 납치된 것이 사실이란걸 인정할 수밖에 없었다.

"우리 직원을 어쩔 셈이냐?"

"너의 역할이 끝나면 돌려주지."

세이가 비웃으며 말을 잇는다.

"역할이 끝나면 비현처럼 되는 건 아니고?"

"지금 나에게 거래를 제안할 입장이 아닐 텐데. 시간이 없다. 사불을 일본의 고야산(高野山) 천몽사(千夢寺)까지 데려와라. 그곳에 김유정이 있다."

"아니. 당장 그 절에 쳐들어가야겠는데. 카제사이 류라고 했나? 너의 제안을 거절한다."

세이의 말에 카제사이가 손을 들어 야차들에게 이수진을 가리켰고 야차들은 망설임 없이 이수진의 목과 팔다리를 물어뜯기 시작했다.

야차를 막으려 세이가 파안 사신검을 뽑아 이수진에게 달려간다.

그때 공중에 몸을 날린 카제사이가 오니마루 쿠니츠나를 뽑아 세이를 내리쳤고, "카강!" 소리와 함께 세이가 한 발 물러나며 사신검을 역으로 올려쳐 오니마루를 막아냈다.

"슈캉~ 캉!"

계속해서 세이와 카제사이의 검 날이 부딪히며 공방을 벌이고 있을 때 야차들은 멈추지 않고 이수진을 피를 빨아먹고 있었다.

"카가강~"

두 검 날이 날카로운 소리를 내며 미끄러져 내려오자 카제사이가 얼굴을 들이밀며 말을 건넨다.

"이렇게 시간을 끌면 이수진은 죽는다. 나의 제안을 받아들이지 않는다면 김유정도 이수진처럼 지금 당장이라도 비행기에서 던져질 것이고 나는 다른 대체 인물을 찾으면 그만이다."

지금 행동으로 보아 카제사이의 말은 허언이 아니었다. 이용가치가 없어지면 자신의 편조차 가차 없이 죽일 수 있는 악신 그 자체였다.

"시끄러! 무명참살 제3 귀참대도(鬼斬大刀)!"

세이가 카제사이의 검을 밀치고 귀참대도 검술을 내리치자 파안 사신검에서 거대한 검기가 튀어나와 카제사이의 몸을 반으로 가르려 무서운 기세로 베어 내려갔다.

카제사이 역시 세이의 검기가 보통이 아님을 알고 수인을 맺어 염왕 단을 불러낸다.

"나의 영혼을 먹이로 삼는 염왕 단이여~ 부름에 응해 이 몸을 지켜 내라!"

카제사이의 명령에 곧바로 염왕 단이 카제사이의 윗옷을 불태우며 소환됐고 아슬아슬하게 세이의 검기를 막아냈다. 그러나 염왕이 튕겨낸 검기는 이수진 쪽으로 날아가 이수진과 야차 모두 날려버렸다.

사신검의 검기와 염왕의 화염이 부딪혀 거리가 벌어지자 세이가 다시 공격을 준비한다.

그런데 소환된 염왕이 세이를 공격하는 것이 아니라 이수진을 향해 화염에 싸인 손을 뻗었고 벌써 이수진의 겉옷에 불이 붙고 있었다.

열기를 참을 수 없었던 이수진이 살려달라며 소리친다.

"카제사이님, 살려 주세요! 제발~."

하지만 카제사이와 염왕은 멈출 생각이 없었다,

"아악! 너무 뜨겁습니다!"

"그만해!"

세이가 이수진을 살리기 위해 멈추라고 소리쳤고 염왕과 카제사이가 몸을 돌려 세이를 내려다본다.

"카제사이 류! 이수진을 죽이지 마라. 그리고 유정을 구할 수 있다

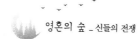

영혼의 숲 _ 신들의 전쟁

면 내가 사불을 잡아오지."

세이의 말을 들은 카제사이가 만족스런 웃음을 보이며 염왕을 거두어들였다.

"올바른 판단이다. 지금의 너에게 최선의 선택이니까."

"그렇다고 해두지. 그런데 왜 사불이 필요한 거지? 이유를 말해줄 수 있나?"

카제사이가 이번 일을 궁금해하는 세이를 지긋이 쳐다보고는 두 권의 낡은 고서를 꺼내 보여준다.

"이쯤에서 너도 알아야겠지. 이백 년 전, 고야산의 천몽사에서 발견된 백제 왕자 풍에 관련된 기록이다. 다른 한 권은 고승의 예언서이고. 이백 년 후 너의 등장도 기록되어 있었지."

"뭐라고! 내 이름이 그 낡은 책에 적혀 있다고?"

"정확하게 말하면 '붉은 뱀을 무찌른 임(林) 씨 성의 조선 사내가 사불을 굴복시켜 천몽에 이르러 평화를 이루리라.'라고 적혀 있었다. 도뵤가 오래전 조선에 온 것을 우연이라고 생각하는 건 아니겠지?"

카제사이의 말에 세이가 요즘 일어난 일들의 연관성을 맞추어본다.

'이상훈과 붉은 뱀 도뵤를 만난 것이 우연이 아니라면 모백사의 흑금이룡과 뱀 신들과의 전투는 무엇이란 말인가? 게다가 도뵤는 이미 죽어 있었는데. 어쨌든 저 녀석이 가지고 있는 예언서의 내용이 전부 사실이라면 앞으로 어떻게 되어가는 거지? 사불을 이용해 무엇을 하려는 거냐.'

세이가 지난 일들을 되짚어 앞으로 일어날 일들을 유추해보고 있을 때 카제사이가 말을 건넸다.

"임세이. 사불을 어디에 이용할지 궁금한 것이겠지? 하나만 알려주지. 사불은 많은 사람들의 목숨을 구할 것이다."

하지만 세이는 카제사이의 말에 의문을 품었다. 사람들을 구하겠다고 말하는 카제사이 류의 눈빛에서 전혀 사람의 감정이 느껴지지 않았기 때문이다.

"네가 구하겠다고 하는 사람들은 일본인들인가?"

"부정하지는 않는다. 하지만 결국 세계의 모든 사람들을 구하게 될 것이다. 자~ 임세이 시간이 없다. 일주일 안에 사불을 구대당에 봉인해 나에게 데려와라. 그리고 사불이 너에게 굴복했을 때 구대당을 열어 이렇게 말해라. 천몽이 사불을 부르니 인도자를 따라나서 꿈을 이루거라."

말을 마친 카제사이가 세이에게 구대당을 던졌고 손을 뻗어 구대당을 받아든 세이가 번쩍거리는 눈으로 카제사이에게 경고한다.

"내 말 똑똑히 들어. 만약 유정의 털끝이라도 건드리면 내 영혼을 불태워서라도 너와 그 일당들을 소멸시켜 버리겠다. 그러니 오랫동안 숨을 쉬고 싶다면 나의 유정을 무사히 지켜내라!"

"김유정이 너에게도 그렇게 소중한 존재였나? 걱정하지 마라. 사실 우리에게 더 소중한 무녀니까."

말을 마친 카제사이가 야차들에게 이수진을 들게 하고는 '획' 하고 담장을 뛰어넘어 사라졌다. 그 뒤를 야차들이 정신을 잃은 이수진을 안아 뒤따른다.

그렇게 적들이 사라진 후 이수진 집을 둘러 봤을 때 정원은 아직까지 불씨가 남아 타들어 가고 있었고 집의 중앙은 전차가 지나간 것처럼 커다랗게 뚫려있었다.

잠시 후 주민의 신고가 있었는지 세이의 귀에 소방차 소리가 점점 가까이 들려왔다.

"나도 빨리 도망쳐야겠다. 회장님을 또 귀찮게 할 수는 없잖아."

말을 마친 세이가 낡은 벤츠에 올라타 이수진의 집을 빠져나간다.

그리고는 곧바로 외곽순환도로를 따라 김포로 향했다.

'이 차와도 이별을 해야 할 것 같군.'

혼잣말을 하며 낡은 벤츠와의 이별을 아쉬워하고 있었지만 사실 유정을 걱정하는 마음으로 가득했다.

왜 갑자기 이런 일에 휘말리게 되었는지, 유정은 정말 무사한 건지, 지금 당장 유정을 위해 아무것도 할 수 없는 세이는 답답하기만 했다.

얼마 후 세이가 김포의 한 폐차장에 도착했다.

자동차에서 내려 안으로 들어가자 중앙아시아 인으로 보이는 주인이 나와 세이가 내미는 두툼한 돈 봉투를 받아들었다.

"오늘밤에 선적해 내일이면 필리핀 해에 가있을 겁니다."

"고맙습니다."

폐차장 주인의 말에 고맙다는 인사를 하고 도로 밖으로 나온 세이가 아무 버스나 잡아탔다.

한참을 가다 택시들이 서있는 정류장을 발견하고는 버스에서 내려 다시 택시를 올랐다. 그리고 가장 가까운 지하철역으로 가자고 한다.

사실 이렇게 김포까지 와 자동차를 처리하는 것은 불필요한 잡음을 없애기 위해 어쩔 수 없는 선택이었다.

한 시간 30여 분 후 사무실에 도착해 문을 열었을 때, 쓰러진 의자들과 깨진 유리 테이블이 유정의 반항 흔적을 보여 주고 있었다.

특히 유정이 소중하게 가꾸던 화초들이 바닥에 내팽겨진 채 주인의 손길을 기다리는 듯했다.

하지만 화초의 주인은 당분간 올 수 없어 세이가 쓰러진 화분을 일으켜 세워 흙을 주어 담는다.

그때 깨진 유리 조각 사이에서 유정의 메시지로 보이는 쪽지가 보이자 세이가 구둣발로 유리 조각을 걷어내 쪽지를 집어 들었다.

'일본 밀교 천진종(天眞宗). 옷깃에 작은 천진이라고 쓰인 금장식 배지.'

"후~ 그 급박한 상황에서도 침착하게 이런 걸 남겼네. 김유정, 조금만 기다려라."

세이가 쪽지를 접어 안주머니에 넣고는 어디론가 전화를 건다.

"원적 아저씨 안녕하세요. 세이입니다. 호혈탄은 보내셨어요?"

세이가 전화를 건 사람은 현재 호혈탄과 각종 주술적 무기를 만들고 있는 장원적이었다. 또한 유년 시절 아버지 임현진을 대신에 보살펴 준 은인이기도 했다.

"그래 자넨가. 호혈탄은 벌써 보냈지. 그리고 덤으로 빙각옥(水塙玉)도 보냈네. 자네의 명왕 불꽃이 걷잡을 수 없이 타오를 때 써보게. 효과가 있을 거야."

"감사합니다. 그런데 아저씨, 파안 사신검에 균열이 생겼어요. 지금 보내 드릴 테니까 5일 안에 돌려받을 수 있을까요?"

"글쎄. 수리야 하루 반나절이면 가능하지만 여기서 가려면 일주일은 걸릴 텐데. 어쩌누."

그때 젊은 목소리의 여자가 장원적의 전화를 빼앗았다.

"임세이~. 한동안 전화도 없고 정말 이럴 거야? 사신검은 내가 가져다줄 테니까. 빨리 보내기나 해."

"오랜만이다. 영기야."

그녀는 일곱 살 때 상하이에서 친구가 된 사영기였다.

갑자기 헤어져 한동안 만날 수 없었지만 세이가 열여덟 살이 되면서 영기와 다시 만날 수 있었다.

사실 영기가 세이를 다시 만날 수 있었던 것은 장원적의 도움도 있었지만 영기가 포기하지 않고 계속해서 세이를 찾은 결과이기도 했다.

"임세이, 어린 여자애랑 일하더니 첫사랑은 잊어버린 거야?"

"야~ 사영기, 왜 니가 내 첫사랑이야. 네 맘대로 그렇게 말하고 다니니까 사람들이 오해하잖아."

세이가 영기의 말에 발끈했다.

"옆에 그 아가씨도 같이 있나 보지? 성질내는 것 보니까. 어쨌든 내 첫 뽀뽀는 너야. 무슨 말인 줄 알지? 얼른 김유정인지 뭔지랑 끝내고 홍콩으로 돌아와."

사영기의 말에 세이가 잠시 한숨을 쉰다.

"하~. 영기야. 지금 그런 말 할 때가 아니야. 유정이가 납치됐다."

세이의 심각해진 말투에 사영기가 조금 놀란 듯 짧은 신음소리를 냈고 다시 말을 잇는다.

"무슨 소리야. 임세이가 옆에 있는데 누가 그 꼬마를 납치할 수 있다는 거야?"

사영기가 믿을 수 없다며 되물었다.

"일본 밀교, 천진종이 유정이를 데려갔어."

"천진종이라면 일본 정부의 국사(國師) 역할을 하는 곳이잖아."

"맞아."

"뭐 짚이는 거라도 있어?"

사영기의 질문에 세이는 아무 말도 할 수 없었다. 아직까지 천진종과 유정의 어떤 연관성도 알지 못한 데다가, 불필요하게 유정의 비밀을 남들에게 이야기할 수 없었기 때문이었다.

"자기야~ 말해 봐. 응~. 우리 자기~."

영기는 세이가 자신의 질문에 망설이며 대답하지 않자 세이가 제일 듣기 싫어하는 말을 해댔다.

"그만해라. 사영기. 나 진짜 기분 나빠지려고 한다."

하지만 세이의 머리 꼭대기에 앉아 있는 사영기와의 싸움은 시작부터 세이의 패배였다.

"그럼 여보라고 할까?"

영기의 장난에 세이가 깊은 한숨만 내쉰다.

"어휴~."

사실 사영기가 짓궂게 장난을 치는 것은 유정이 납치된 지금, 심각한 상황에 놓인 세이의 긴장을 풀어주려는 것이었다.

"그랬어요~. 기분이 나빴구나. 그런데 사신검을 제시간에 가져다줄 사람은 나뿐인 것 같은데~. 세이가 기분이 나쁘다고 하니 나는 못 가겠어."

사영기의 고단수 협박에 세이가 어쩔 수 없이 사영기를 달래기 시작한다.

"왜 이러실까? 나의 소중한 첫사랑께서."

세이가 어금니를 꽉 깨물며 영기의 비위를 맞추고 있다.

"그렇지, 나의 첫사랑님께서 삐칠 리가 없지."

"그럼~ 당연하지. 그런데 영기야, 지금 인편(人便)으로 사신검 보낼 테니까 5일 안에 가져다줄 수 있어?"

사영기는 화를 꾹 참고 자신의 비위를 맞춰가는 세이가 귀엽기만 했다. 하지만 유정이 납치된 지금 더 이상의 농담은 자칫 세이를 진짜 화나게 할 수 있어 이쯤에서 멈추기로 한다.

"알았어. 빨리 보내기나 해. 대신 공항에 마중 나와야 해."

"그건 장담할 수 없겠는데. 서둘러 사불을 만나러 가야 하거든."

사영기는 사불이 누구길래 유정이 납치된 마당에 급히 만나러 가는지 궁금했다.

"사불이 누구야? 스님이야?"

"아니 이무기야. 유정을 구하려면 사불을 일본 고야산의 천몽사에 데려가야만 해."

"이무기라고? 나도 본적은 없지만 그런 위험한 녀석을 만나러 지금 혼자 가겠다는 거야? 며칠만 기다렸다가 나랑 같이 가."

사영기는 세이가 말로만 듣던 이무기를 혼자 만나러 간다는 말에 걱정이되 며칠 후 같이 가자고 했다.

하지만 세이는 시간이 없다며 전화를 끊으려했고 사영기는 혹시 모르니 사불을 만나러 가는 곳이 어디인지만 말해달라고 한다.

이에 세이가 '네가 올 때쯤이면 이미 결판이 나 있을 거'라고 말하자 사영기는 '알겠으니' 장소만 말해달라며 수화기를 놓지 않고 있었다.

사영기의 고집을 아는 세이가 어쩔 수 없이 사불이 있는 장소를 이야기해 준다.

"부여라는 곳, 수북정 밑, 깊은 강 속에 있어. 시간이 없으니 이만 끊자."

"그래. 알겠어."

전화를 끊은 세이가 칠불 금강검과 요기를 막아줄 전법륜, 몇 장의 부적과 마지막으로 카제사이 류에게 받은 구대당을 챙겨 사무실을 나섰다. 그리고는 엘리베이터에 올라타 왕유에게 전화를 건다.

"왕유, 나야. 원적 아저씨한테 호혈탄 받았지. 그럼 내가 불러주는 주소로 당장 보내줘. 수취인은 임세이."

그리고는 왕유에게 충남 부여 시내에 있는 편의점 주소 하나를 알려주었다.

전화기 너머의 왕유는 갑자기 무슨 일이냐며 지금은 늦어서 보낼 수 없다고 말했고, 세이는 핑계대지 말고 버스 편이든 퀵서비스든 어떻게든 보내라며 전화를 끊어버렸다.

잠시 후 세이가 다시 어디론가 전화를 건다.

"회장님, 지금 만나러 가겠습니다."

수화기 너머 상대방은 반가운 목소리로 알았다며 기다리겠다고 했다.

짧은 통화를 끝낸 세이가 택시를 잡으려 큰 도로 쪽으로 걸어간다.

사실 세이는 직접 왕유를 찾아가 호혈탄을 받고 싶었지만 자동차도 없는 지금 칠불 금강검을 들고 왕유에게 가는 것은 너무 눈에 띄었고, 또한 사불을 만나러 가기 전에 손 회장을 만나야만 했다.

괴수 사불

택시를 잡은 세이가 개조한 거문고에 넣은 칠불 금강검을 억지로 트렁크에 밀어 넣었다. 그리고 손 회장을 만나러 가기 위해 택시기사에게 주소를 알려준다.

택시는 미터기를 켜고 빠른 속도로 서울 시내 중심가의 빌딩 밀집 지역으로 달려갔고 그사이 세이는 유정이 왜 천진종에 잡혀갔는지 곰곰이 생각해본다.

'천진종? 고야산? 태민 아저씨가 계신 제세사? 고야산? 제세사? 그래!'

순간 유정의 아버지 김태민이 있는 곳과 천진종의 위치가 겹치는 것을 알아차렸다.

그곳은 바로 고야산이었다.

세이가 말한 고야산은 유정의 아버지 김태민이 과거 세이와 아버지 임현진의 탈출을 도와줬다는 이유로 제거 대상이 되었을 때, 안기부 직원들을 피해 도망쳤던 제세(濟世-세상을 구함)사가 있는 곳이었다.

나중에 안 사실이지만 김태민이 제세사로 몸을 숨겼을 때 그곳에서 무녀를 하고 있던 3살 어린 후미에를 알게 됐고, 첫 만남부터 서로에게 호감을 느낀 두 사람은 승려들의 눈을 피해 빠르게 가까워졌다고 한다.

그러다 결국 후미에는 유정까지 임신하게 되었는데, 무녀 신분으로 임신을 한 후미에에게 제세사의 주지는 아이를 지우라고 명령했지만 후미에는 거부했다고 한다. 결국 제세사의 주지는 아이를 낳는 대신 김태민에게 후미에가 출산하는 동안 후미에가 맡아 하던 영혼들의 폭주를 잠재우는 일을 하게 했다고 한다. 그렇게 김태민은 후미에를 대신해 법사가 되었고 유정이 세상에 나온 후에도 법력이 회복되지 않는 후미에를 도와 법사 일을 계속하게 되었다고 한다.

그렇게 어느덧 유정이 초등학교에 다닐 나이가 되자 외가가 있는 오사카에 보내졌다고 했다. 그 후 유정은 고등학교 2학년까지 별 탈 없이 평범한 학생으로 지냈으나 제세사 주지는 출산을 한 후미에의 법력이 갈수록 약해져 유정이 만 18세가 되면 후미에를 대신할 무녀로 점찍어 두었다고 한다.

그 사실을 알게 된 김태민과 후미에는 딸에게 생명을 갉아먹는 무녀의 일을 시킬 수 없다고 판단, 유정을 탈출 계획을 세우고 있었다고 했다. 때마침 한국에서 과거 김태민에게 도움을 받은 세이가 감사 인사를 하러 일본에 방문하자 세이에게 딸의 탈출을 부탁했다고 한다.

30년 전 김태민에게 갚지 못할 신세를 진 세이는 흔쾌히 부탁을 들어주었고 유정은 그렇게 한국으로 몸을 피하게 되었던 것이다.

그 후로 세이를 가족 삼아 지금까지 아무 탈 없이 서울에서 살고 있던 유정이었다.

대충 여기까지가 세이가 알고 있는 유정과 가족들의 사정이었고 그때 문득 머릿속에 스치는 영상 하나가 떠올랐다.

열여덟 유정을 데리고 오사카에서 도쿄로 도망치던 때를 더듬어보니 추격해오던 중들의 옷깃에 황금색의 '천진'이라고 적힌 배지가 생각났다.

'그래, 그거였어. 제세사도 천진종 산하에 있었던 거야. 그럼 유정을 무녀로 만들기 위해 납치한 건가? 아니야. 그렇다면 사불은 필요 없잖아.'

"손님 도착했습니다."

어느새 택시기사가 큰 빌딩 앞에 차를 세워 목적지에 도착했음을 알렸다.

세이가 택시비를 지불하고 칠불 금강검이 들어있는 거문고를 꺼내 건물 안으로 들어갔다.

언제부터 기다고 있었는지 건물 입구의 회전문 앞에 검은 정장을 입은 낯익은 얼굴의 남자가 세이를 기다리고 있었다.

"어서 오세요. 퀸의 임세이 사장님."

남자는 세이에게 깍듯이 인사를 했다.

"안녕하세요. 이 비서님."

간단하게 인사를 나눈 두 사람은 건물 안으로 들어서 회사 간부들만 타는 엘리베이터에 올랐다.

"회장님을 뵈러 오랜만에 오셨습니다. 임 사장님."

"네. 그러네요. 항상 부탁드리러만 오게 됩니다."

"아닙니다. 회장님은 그렇게라도 임 사장님 보는 것을 좋아하십니다."

"말씀만이라도 고맙습니다."

잠시 후 엘리베이터 문이 열렸고 문 앞에는 칠십 가까이 되어 보이는 노인이 반갑게 세이를 맞아 주었다.

"어서 오게. 자네 보기가 대통령 보기보다 어려워. 허허허~."

"오랜만에 뵙습니다. 회장님."

세이가 고개를 숙여 공손히 손 회장에게 인사를 한다.

"그렇게 딱딱하게 굴지 말고 어서 안으로 들어가지. 오랜만에 차 한 잔하세."

손 회장은 세이의 손을 잡아 자신의 집무실로 데려갔다.

그 모습을 지켜보는 이 비서는 손 회장이 세이 앞에서 어린애처럼 변해버리는 것이 못마땅해 불편한 미소를 지었다.

회장실에 들어선 손 회장은 세이에게 회장이 앉는 상석에 앉으라며 장난을 쳤다.

"임 사장. 여기 앉으시게 나는 차를 따르겠네. 허허~."

"아닙니다. 회장님, 그 자리는 불편합니다."

세이가 자리를 거절하며 눈짓으로 이 비서에게 손 회장을 말려보라고 하지만 이 비서는 자신도 어떻게 할 수 없다며 양손을 들어보였다.

결국 회장석에 앉은 세이가 손 회장이 직접 따라주는 차를 받고 있다.

"그래. 이번에는 어떤 신기한 일로 나를 찾아왔나? 말해줄 수 있겠나?"

"물론입니다. 부탁하러 온 입장이니까요. 이번에는 이무기입니다. 이름은 사불, 얼마를 살았는지 알 수 없을 정도로 오래된 이무기입니다."

이무기란 말에 손 회장은 어린아이처럼 눈을 반짝거렸다.

"그럼 이번에는 어디로 그 이무기를 만나러 가나. 중국, 아니면 더 먼 곳으로?"

"아닙니다. 사불은 부여에 있습니다."

"그래. 국내군. 나도 따라 가볼까?"

손 회장이 농담 삼아 따라가겠다고 하자 뒤에 서 있던 이 비서가 고개를 가로저었다.

"안 됩니다. 사실 제가 살아 돌아올 수 있을지 알 수 없는 상황에서 회장님과 같이 가는 것은 저에게 방해만 될 뿐입니다."

"역시 자네는 거짓말을 못하는군. 농담이었네. 허허."

민망한 손 회장은 너털웃음을 지어 보였다.

"시간이 없어 다 말씀드리지는 못하지만 사불을 붙잡아 일본으로 가야만 합니다. 유정이를 구하기 위해서요. 그런데 일반 여객기에 사불을 가지고 타면 혹시 있을지 모를 불상사에 다른 승객까지 위험해질 겁니다."

"알겠네. 그러니 내 전용기를 빌려 달라는 거로군. 이 비서. 우리 퀸의 사장님이 부탁하는 날짜에 비행기가 뜰 수 있도록 조치해놓게."

"네. 알겠습니다."

손 회장의 호탕한 배려에 세이가 감사하다며 인사를 했고, 얼마 전 모백사 전투에서 칠불 금강검의 진언에 흠이 가 손 회장의 작업실을 몇 시간만 사용하고 싶다고 했다.

세이의 말에 손 회장은 몇 번을 말해야 하나며 역정을 냈다.

"내가 계속 말했잖은가. 필요하면 언제든지 쓰라고. 이미 그곳은 자네를 위한 공간이야. 이 비서! 금강검에 쓸 금괴(金塊) 남아있지?"

"네. 회장님의 말씀대로 항상 여유분을 두고 있습니다."

"잘했네. 그리고 우리 임세이 사장이 더 필요로 하는 게 있는지 확인해 도와주게."

이 비서는 그렇게 하겠다며 수첩에 회장의 말을 꼼꼼히 메모하고 있었다. 시간이 없는 세이가 손 회장이 따라준 차를 단숨에 마시고 일어선다.

"회장님. 저는 바로 지하 작업실로 가겠습니다. 자세한 이야기는 나중에 다녀와서 말씀드리겠습니다."

"그래. 아쉽지만 자넬 방해할 수 없지. 아참~. 이 비서, 임 사장에게 멋진 차를 한 대 내주게."

이 비서는 알겠다며 말하고는 세이와 함께 회장실을 나와 지하 5층 비밀 작업실로 내려갔다.

잠시 후 작업실 앞에 도착한 이 비서가 세이에게 말한다.

"비밀번호는 그대로입니다."

"그렇군요."

세이가 유정의 생일인 비밀번호를 누르자 '덜컹' 하고 문이 열렸다.

"자동차는 지하 4층 VIP 주차장 2번 자리에 준비하겠습니다. 그럼 이만."

짧게 말을 마친 이 비서는 세이를 남겨두고 자리를 떠났다.

이 비서가 떠나고 이제 작업실에 혼자 남겨진 세이가 벽장을 열어 익숙하게 장비들을 꺼낸다. 그리고 한쪽에 놓여있는 금괴를 녹일 작은 거푸집에 열을 가한 뒤 대형 환풍기를 틀었고 이어서 칠불 금강검을 거문고에서 꺼내 작업 선반위에 올려놓았다.

선반에 올려진 칠불 금강검의 금색 진언 곳곳에는 모백사 전투의 흔적이 남겨져 있었다.

반짝이며 빛을 반사해야 할 칠불 검날은 이무기 흑금이룡, 뱀신들과의 전투로 인해 금으로 만든 진언 대부분이 쪼개져 떨어져 나가 있었다.

사실 칠불 검날은 검날에 일곱 부처의 핵심진언을 음각해 그곳에 녹인 황금을 넣어 만든 불력(佛力)이 깃든 검날이었다.

"하긴 3년 전 수리를 하고 지금까지 많은 전투에서 고생했으니 이렇게 된 것이 당연하지."

세이가 칠불 검날을 금강검에서 떼어내 달궈진 거푸집에 집어넣었다.

잠시 후 황금 진언이 떼어내기 좋게 물러졌을 때 세이가 집게를 이용해 칠불 검날을 꺼냈다. 그리고 단단한 끌을 이용해 다시 선반에 올려진 칠불 검날에서 금빛 진언을 떼어낸다.

"터덕, 턱!"

둔탁한 소리와 함께 진언을 떼어낸 뒤 검날의 음각을 하얀 천으로 깨끗이 닦아내자 어떻게 스며들었는지 그동안 싸워온 괴수들의 피가 조금씩 묻어 나왔다.

그렇게 달궈진 피 냄새가 공중에 피어올라서인지 여러 일들이 떠올랐다.

그중 가장 기억에 남는 사건 중 하나는 인도네시아 서부의 수마트라섬에서 만난 인육을 먹는 300백 살 정도의 오랑우탄이었다.

인간의 지혜를 넘어설 정도로 영물이었지만, 사람들에 의해 가족 모두가 몰살당하자 분노를 이기지 못하고 악신이 되어버린 오랑우탄 이었다.

그런 오랑우탄을 사람들은 귀신의 입맛을 가진 악마라며 '자하'라고 불렀다.

주민들의 요청에 수마트라섬에 도착한 세이는 온몸의 털이 쇠처럼 단단한 자하를 잡기 위해 몇 번의 싸움을 이어갔었다.

그러다가 유독 심장 쪽에만 털이 적은 것을 발견하고, 그곳에 칠불 금강검을 찔러 넣어 자하의 긴 생명력을 유지시키는, 악신이 된 자하 의 의식을 파괴시켜버렸다.

그러자 자하의 육체는 순식간에 노쇠해버렸고 하염없이 눈물을 흘 리며 사라져갔다.

그때 자하가 눈물을 흘리며 한 말이 아직도 세이의 머릿속에 맴돌 고 있었다.

'멈춰줘서 고마워.'

옆에서 세이와 함께 싸우던 사영기도 똑똑히 자하가 인간의 말로 자신을 소멸시켜줘서 고맙다고 하는 말을 들었고, 자하가 인간을 잡 아먹기 시작한 것에 뭔가 이유가 있을 거라고 생각했다.

사건을 해결하고 알게 된 사실로는, 자하는 오래전부터 마을을 오 가며 인간과 동물 간의 경계를 조절하는 역할을 했다고 한다. 그러 다 마을에 전염병이 퍼졌고 마을의 주술사가 자하 때문에 병이 돌았 다며 병을 치료하기 위해서는 자하와 자하 가족들의 고기를 먹어야 만 나을 수 있을 거라고 말했다고 한다.

그렇게 자하와 자하의 가족들에 대한 인간들의 무차별적인 사냥이 시작되었고, 결국 인간들의 손에서 자하 혼자 살아남게 되었는데 그

사건 이후 자하는 인간을 잡아먹기 시작했고 불가사의하게도 지금까지 살아남아 사람들에게 공포의 대상이 되었다고 한다.

하지만 자하의 눈물과 감사 인사를 받은 세이와 영기는 일방적으로 자하만을 비난할 수 없었다.

친구였던 인간에게 가족을 빼앗긴 순수한 영혼의 분노를 조금은 이해할 수 있었기 때문이었다.

그때 거푸집 센서가 '삐' 소리를 내며 금을 녹일 준비가 됐음을 알려왔다.

세이가 금고에서 손 회장이 준비해둔 금괴를 꺼내 거푸집에 넣고 기다리는 동안, 호랑이 가죽을 이용해 다시 한 번 칠불 검날을 깨끗하게 닦아냈다.

그리고 금강검 손잡이에 감아두었던 너덜거리는 물소 가죽끈도 새 것으로 바꾸었다.

한편 빌딩 꼭대기 층의 손 회장 집무실에서는 이 비서가 손 회장의 지시내용을 메모하고 있었다.

"자~ 그럼 다 된 건가? 임세이 사장이 불편하지 않도록 우리도 퇴근할까."

"네, 알겠습니다. 그런데 회장님, 질문 하나만 해도 되겠습니까?"

"말해보게. 자네는 나의 수족이나 다름없는데. 궁금한 것이 있어서는 안 되지. 허허~"

손 회장의 호탕한 대답에 이 비서가 조심스럽게 말을 꺼냈다.

"회장님. 구멍가게나 다름없는 퀸의 임세이 씨에게 어째서 과하실 정도로 잘해주시는 겁니까? 저로서는 도저히 이해가 되지 않습니다."

이 비서의 질문에 손 회장이 왼손을 턱으로 가져가 쓰다듬며 서울 야경을 내려다본다.

"자네의 그런 반응은 어쩌면 당연한 것이겠지. 그러나 나는 그의 부친과 그에게 큰 신세를 진 사람이네. 두 번이나 나를 구해준 생명의 은인에게 무엇인들 아깝겠나. 내가 자세한 이야기는 할 수 없으나 임세이와 그의 부친에게 큰 빚이 있다고만 해두지."

손 회장의 말에 이 비서는 더욱 궁금증이 커져갔지만 속사정을 숨기는 손 회장에게 더 이상 물어볼 수 없었다.

"그만 퇴근하지."

손 회장은 자리를 털고 있어났고 이 비서가 뒤를 따른다.

그 시각 빌딩 지하 작업실에서는 세이가 거푸집에 녹인 금을 그릇에 담아, 부처의 진언이 음각되어 있는 칠불 검날에 조심스럽게 붓고 있었다.

사실 이 작업은 녹인 금을 수평을 맞추어 고르게 펴주는 것이 가장 중요했다. 그 이유는 수평이 틀어져 조금이라도 높낮이의 차이가 난다면 칠불 진언의 위력이 반감되기 때문이었다.

이제 금물 붓기가 완전히 끝나고 세이가 레이저 수평기를 꺼내 한 치의 오차도 없이 고르게 수평을 잡아가고 있다.

잠시 후 레이저 수평기의 오케이 사인과 함께 완벽하게 칠불 검 날에 황금 진언이 자리를 잡자 준비된 냉각수에 칠불 검날을 넣어 열을 식혔다.

3초 후 세이가 냉각수에서 칠불 검날을 꺼내 선반 위에 올려놓고는 부드러운 비단으로 감싼 뒤 벼락 맞은 참나무 망치를 이용해 금빛 진언을 천천히 두드리기 시작했다.

이 작업은 금이 굳으면서 칠불 검날에 빈틈없이 자리 잡을 수 있도록 도와주는 역할을 하는 것과 동시에, 참나무에 배어 있는 벼락의 기운을 진언에 실어 힘을 보태는 작업이었다.

만 번을 두드려야 하는 작업이었기에 세이는 윗옷을 벗어던지고 본격적으로 망치질을 시작한다.

섬세하게 갈라진 세이의 팔 근육과 탄탄한 가슴근육이 망치질로 꿈틀거렸고 선명한 복근은 진동에 흔들리는 상체의 중심을 잡으려 팽팽하게 당겨지고 있었다.

얼마나 칠불 검날을 두드렸을까, 세이의 목에 맺힌 땀방울이 가슴골을 타고 흘러내렸다.

수건을 집어 가슴에 흐르는 땀을 닦고 시간을 확인했을 때 벌써 자정을 넘어 새벽을 가리키고 있었다.

"이제 겨우 2천 번 망치질이 끝났을 뿐인데. 서둘러야겠다."

세이가 물병을 잡아 단숨에 들이키고는 다시 참나무 망치를 잡아 들었다.

"탁. 탁. 탁~"

계속해서 칠불 검 날을 담금질하는 망치 소리가 조용한 작업실에 울려 퍼졌고, 망치질로 달궈진 세이의 근육질 몸에서 배어 나온 땀이 사방으로 튀며 바닥에 뿌려지고 있었다.

백마강의 눈물

진즉에 자정을 넘긴 세이의 작업은 새벽 다섯 시까지 계속되었다.

칠불 검날만 수리했다면 좀 더 일찍 끝났겠지만 전법륜의 테두리에 금으로 금강경 찬을 새겨 넣느라 생각보다 작업시간이 오래 걸렸다.

그렇게 전법륜 작업의 마무리를 알리며 소파에 벌렁 드러누운 세이 옆으로, 밤새 흘린 땀을 보충하기 위해 마신 물병들이 널브러져 있었다.

더 이상 손가락 하나도 움직일 힘이 없던 세이가 소파에 쓰러진 채두 시간 후로 알람을 맞추어놓고 눈을 감았다.

밤새 쌓인 피곤으로 거칠게 쉬던 숨소리는 금세 조용해졌고 세이는 깊은 잠에 빠져들었다.

잠시 후 세이가 잠들어 작업실에 아무 움직임도 없자 자동조명 센서가 꺼지며 작업실은 칠흑같이 어두워졌다.

그런데 한참 잠이든 세이의 입에서 작은 신음소리가 흘러나오더니 유정을 부르기 시작했다.

'유정아~ 거기로 가면 안 돼. 거긴~'

세이는 꿈속에서 유정을 만난 듯했고 뭔가 위험으로부터 유정을 구하려는 것 같았다.

'이제 너 없이 나는~'

"띠링띠링~"

그때 휴대폰 알람이 아침 7시를 알리며 울리고 있었다.

시끄러운 알람을 끄고 일어나 머릿속에 남은 유정의 꿈속 잔상을 되새겨본다.

'유정이 어디로 가고 있었던 거지?'

조금 전 꿈을 기억해내려 애를 써보지만 유정의 얼굴 말고는 아무 것도 떠오르지 않았다.

더 생각해봐야 헛수고일 것 같아 소파에서 일어나 곧장 욕실로 향한다. 그리고 정신을 차리려 찬물로 샤워를 한 뒤 어제의 작업 선반 앞에 다시 섰다.

선반 위에 수리를 끝내 가지런히 놓여있는 칠불 금강검을 거문고에 넣고 나머지 장비를 챙겨 떠날 채비를 끝냈다. 그리고 이 비서가 준비해둔 자동차가 있는 지하 4층 VIP 주차장으로 향한다.

사실 피곤을 풀기 위해 좀 더 자고 싶었지만, 회사 직원들에게 얼굴이 알려지면 자신이나 손 회장이 귀찮은 소문에 휘말릴 것 같아 직원들이 출근하기 전에 회사를 떠나려는 것이었다.

잠시 후 지하 4층 VIP주차장 2번 자리 앞에 도착하자 노란색 허머가 세이를 기다리고 있었다.

서둘러 뒷자리에 장비를 싣고 허머에 올라탄 세이가 시동을 건다.

"쿠르릉!"

조용한 지하 주차장에 짐승이 포효하듯 묵직한 엔진소리가 울려퍼졌다.

"이 비서 센스 있어. 괴물을 잡으러 가니까 괴물을 내주니 말이야."

"쿠우웅~."

세이가 탄 허머가 굉음을 울리며 VIP 전용 통로로 빠져나간다.

지하 주차장을 빠져나와 빌딩 뒤편으로 허머를 몰고 나왔을 때 날은 이미 밝아있었다.

세이가 오늘 목적지인 수북정을 내비게이션에 입력하자 부드러운 여자 목소리의 음성이 수북정을 가리키며 안내를 시작한다.

'유정이는 내가 오기만을 기다리고 있겠지.'

세이는 유정을 지키지 못한 자신이 한심했고 유정의 아버지 김태민과의 약속을 깨버린 것 같아 더욱 마음이 아팠다.

'아저씨 죄송합니다. 유정이를 다시 그곳으로 보내버렸어요. 하지만 제가 반드시 한국으로 데려오겠습니다.'

혼잣말로 유정을 구하겠다고 다짐한 후 고속도로를 향해 내달린다.

2시간 후 세이가 부여 시내에 도착해 내비게이션을 확인하니 수북정까지 앞으로 남은 거리는 4.2㎞였다.

하지만 그전에 왕유에게 부탁한 호혈탄 택배가 도착했는지 확인하기 위해 어제 알아봤던 주소의 편의점으로 향했다.

잠시 후 편의점에 도착해 길가에 허머를 세우자 택시를 주차하고 손님을 기다리던 5~60십대 택시 기사들이 세이에게 주목하며 뭐라고 수근거리기 시작했다.

"차가 멋지구만. 그런디 여기에다 주차하면 안 되지. 우리 영업 방해여~."

"그렇게 말여~. 어디 차여. 서울 찬가?"

그 말을 들은 세이가 1분이면 된다며 금방 나오겠다고 하자 택시 기사가 다시 한마디 한다.

"1분이면 손님 세 명은 눈 깜짝 할세 지나간규~. 빨리 나와유~."

세이가 알았다며 대답하고는 편의점에 들어가 자신에게 온 택배를 확인한다.

"임세이에게 온 택배 없습니까?"

편의점 알바생은 귀찮다는 듯 대답도 없이 밑에서 택배 하나를 꺼내 올려놓았고 세이가 확인해 보니 왕유가 보낸 호혈탄이 맞았다.

곧바로 편의점을 나오려던 세이가 영업방해라며 투덜거리던 택시기사들에게 줄 음료 몇 개를 샀다.

잠시 후 음료를 들고 밖으로 나왔을 때 주차단속 요원들이 세이의 차에 주차단속 딱지를 붙이려 하고 있었다. 이에 단속요원들과 안면이 있는 택시기사들이 너무 야박하게 굴면 동네 이미지에 안 좋다며 말리고 있다.

"바로 출발하겠습니다."

세이가 주차단속 요원들이게 미안하다며 지금 출발한다고 하니 단속 요원들은 다음부터 이러면 바로 과태료가 부과된다며 주의를 주고 자리를 떠났다.

세이는 과태료 부과를 막아준 택시 기사들에게 고맙다며 준비한 음료수를 나누어 주었다.

"별 건 아닙니다. 이것 좀 드세요. 제가 영업방해 한 것 같아 사과하는 의미에서 드리는 겁니다."

"아뉴! 농담이었슈~. 뭘 이런 걸 주고 그류~."

음료수 한 개로 금세 친밀감을 느낀 택시 기사가 세이에게 부여에는 무슨 일로 왔냐며 물어본다.

"젊은 양반이 혼자 관광하러 온 규? 일단 부소산에 가서 고란사 약수 먹어유~ 한번 먹을 때마다 세 살 젊어진다니께. 그리고 궁남지라고 있슈. 거기도 가보고유. 솔직히 뭐 대단한 건 없슈. 사람 사는 대가 다 거기서 거기지."

오지랖 넓은 택시기사는 세이가 묻지도 않았는데 이것저것 설명해 주었다.

그때 다른 기사가 끼어들어 한마디 한다.

"나는 그 약수 백 번은 마셨는디 잘 모르것드라구유~. 이 주름 봐봐유."

택시기사의 말에 세이가 피식 웃고는 대답한다.

"예. 머리도 식힐 겸 관광하러 왔습니다. 그런데 수북정 아세요?"

"거기야, 저기 강 건너에 있슈. 왜유?"

"네. 사실 글을 쓰는 사람인데 혹시 수복정에 얽힌 전설 같은 것이 있나 해서요?"

"이~ 글 쓰는 분이셨구만. 자네들 뭐 주워들은 거 있어?"

세이의 질문에 택시기사들이 서로 알고 있는 게 있냐며 물어봤고, 그때 머리가 희끗희끗한 택시기사가 그냥 귀동냥으로 들은 이야기라며 말을 꺼냈다.

"잘은 모르것는디, 할머니한티 들은 거유. 우리 할아버지가 일제시대 때 잠수부였슈. 근디 일본 놈들이 돈을 주면서 수복정 바로 아래 자온대라는 바위 밑, 강 속으로 들어가 보라고 했데유. 그래서 할아버지가 들어 갔는디, 얼마나 깊은지 바닥이 보이지 않았다고 하더라구유."

세이는 뭔가 중요한 이야기가 나올 것 같아 택시기사의 말을 주의 깊게 듣기 시작했다.

"기사님! 그래서요?"

"그래서는 뭐, 한참 들어가다가 보니께 옆으로 동굴이 하나 보이더래유. 그래서 그곳을 확인하려고 동굴 앞으로 헤엄쳐 갔는디 갑자기 동굴 안에서 번쩍하고 뭔가가 눈을 떴데유. 너무 무시무시한 눈빛에 놀란 할아버지가 미친 듯이 물 밖으로 나왔데유."

세이는 역시 동네의 정보통인 택시기사에게 물어보길 잘했다며 다음 이야기를 기다렸다.

하지만 느긋한 기사 아저씨는 음료수를 한 모금 마시더니 딴소리를 한다.

"근디. 올해 연꽃 축제는 언제부터 한다?"

"기사님! 그래서 기사님 할아버지는 어떻게 되셨어요?"

"기다려 봐유. 음료수 아직 목구멍도 안 넘어갔슈~~."

그렇게 음료수를 다 먹은 기사가 다시 이야기를 이어갔다.

"그래서 물 밖으로 나온 할아버지가 물속에 뭐가 있다고 헛소리를 해대니께. 일본 놈들이 총을 겨누면서 다시 들어가 제대로 확인하라고 했대유. 할아버지는 총에 맞아 죽는 것이 더 편할 것 같아 차라리 쏘라고 하니께 그놈들이 일본말로 이렇게 말했대유. '까불이다.'라고유."

택시 기사가 '까불'이라고 했지만 세이는 일본인들이 말한 것이 '사불'이라는 것을 알 수 있었다.

또한 그 '까불'이라고 말한 일본인들은 예언서를 발견하고 사불을 확인하기 위해 조선에 온 천진종과 일본 정부 사람들이었을 것이라고 추측했다.

"그래서 할아버지가 '까부는 게 아니라 뭐가 있다고' 했더니 일본 놈들이 할아버지를 물 밖으로 꺼내놓고 다른 일본 놈들을 물속으로 들여 보냈대유. 그런디 좀 있다가 물속에서 뭐가 떠올랐는디, 일본 놈들 옷하고 사람 가죽만 물어 둥둥 떴다고 하더라고유. 내가 들은 건 거기까지유~."

택시기사가 말을 끝내자 옆에 있던 친구로 보이는 기사가 다 전설이라며 믿지 말라고 한다.

"다 이야기꾼이 지어낸 거유~. 강 위쪽에 큰 지네도 산다고 허지 그려냐. 그놈이 이무기를 막아서 못 간다고. 젊은 양반, 믿지 말아유~. 어디 전설 없는 동네 봤슈? 내가 맛집 알려줄 테니까 거기 가서 점심이나 먹어유~."

하지만 택시 기사들의 말을 들은 세이는 내심 놀라고 있었다.

왜냐하면 이무기 흑금이룡에게 들은 이야기와 거의 유사했기 때문이다.

게다가 모백사에서 목숨 건 전투 끝에 얻은 소중한 정보를 이곳 사람들은 지나가는 우스갯소리로 치부하고 있었고, 별것 아닌 지어낸 전설이라며 대단하게 생각하지도 않았다.

"기사님. 그래서 일본인들은 물속이 있는 걸 확인했답니까?"

"확인허긴 뭘 혀유. 그 당시 수풀 림(林) 씨 성을 가진 사람들을 찾으러 다녔다나 뭐라나. 그나저나 올해는 관광객이 많이 와야 할 텐디."

택시기사는 자기 할 말을 마치고 곧 다가올 연꽃 축제기간 동안 관광객이 많이 오길 바라고 있었다.

'이 이상 더 특별한 이야기는 없겠지, 서둘러 그곳에 가 확인해 봐야겠다.'

세이는 뜻밖의 정보를 제공해준 택시기사들에게 인사를 하고 곧바로 수북정으로 향한다. 허머를 몰고 시내를 벗어나자 잠시 후 두 개의 백마강 다리가 나왔다.

내비게이션은 오래된 다리 쪽으로 세이를 안내했고 다리 끝을 통과할 때쯤 왼쪽으로 작은 바위산 정상에 수북정으로 추정되는 누각이 보였다.

"저곳이 수북정이로군."

수북정을 확인한 세이가 재빨리 다리를 통과해 유턴을 한다.

그렇게 점점 수북정과 가까워질수록 뭔가 알 수 없는 슬픔이 가슴을 조여 오며 세이를 부르는 것 같았다. 유정을 걱정하는 마음에서 나오는 감정이 아닌 것만은 확실했다.

잠시 후 주차장에 허머를 세워두고 칠불 금강 검과 전법륜을 챙겨 계단을 따라 수북정으로 향한다.

수분 후 수북정에 도착한 세이가 한 바퀴 돌아보며 기운을 느껴본다.

"여기가 수북정이군. 그런데 별 느낌이 없는데, 나를 끌어당기는 이 슬픔은 어디에서 오고 있는 거지?"

세이가 발걸음을 옮겨 아래로 향하자 세이를 끌어당기던 슬픈 감정이 점점 강해지고 있었다.

"여기가 택시기사가 말한 자온대로구나. 좀 더 내려가봐야겠다."

세이는 관광객의 안전을 위해 만들어 놓은 철재 펜스를 넘어 백마강 쪽으로 나아갔다.

그렇게 강이 보일 만큼 바위 끝으로 나아갔을 때 바로 밑 물속에서 무거운 슬픈 감정들이 하류로 퍼져나가고 있었다.

"분명, 이런 감정을 내보내는 무엇인가가 있구나. 역시 사불인가?"

세이가 몇 걸음 뒤로 물러난 뒤 가부좌를 틀고 자온대에 앉아 깊은 강 속에서 흘러나오는 감정을 느껴보기로 한다.

만약 이 감정이 정말 사불이라면, 사불의 마음을 헤아려 일을 쉽게 끝낼 가능성을 높이기 위해서였다.

세이가 눈을 감고 집중을 시작한 지 10여 분, 감정의 조각들이 조금씩 세이에게 구체적인 느낌을 전해주기 시작했다.

'단순한 슬픔이 아니구나. 긴 시간 스스로 약속을 지키지 못한 한이 서려 있어. 게다가 강 속 생물들의 수많은 죽음을 자신의 탓이라고 생각하는구나. 잠깐, 이건 뭐지?'

세이가 더욱 집중해 흩어지려는 감정에 집중한다.

'사람들에 대한 깊은 원망으로 가득 차 있어. 배신을 당한 거야.'

그때 세이의 머릿속을 파고들며 거친 목소리가 울려 퍼졌다.

'너는 누구인가? 어떻게 나의 마음을 읽을 수가 있지? 신인가? 아니면 도력이 높은 수도승인가?'

그런데 목소리의 진동이 뇌까지 영향을 미쳐 세이의 몸이 마비 되어갔고 위험을 눈치챈 세이가 재빨리 가부좌를 풀었다.

'그렇게 쉽게 나의 몸으로 들어올 수 없지. 내 정신을 파고들 정도의 도력이라면 너는 분명 사불이 맞아.'

세이가 시간을 확인하고 주위를 살펴본다.

시간은 오후 3시를 조금 넘어가고 있었고 다행히 수북정 주변에는 아무도 없었다.

"슬슬 준비해 볼까."

이제부터 사불과 어떤 일이 벌어질지 모르니 세이는 사람들이 휘말리지 않도록 공간을 분리해야만 했다.

잠시 후 적당한 위치를 정한 뒤 준비해둔 무문방위(無門方位) 부적[12]을 꺼내 자온대 주변의 나무와 수북정의 기둥에 붙였고, 나머지 두 개의 부적은 쇠 추에 묶어 백마강의 상류와 하류에 던져 넣었다. 그리고 수인을 맺어 주문을 외우기 시작한다.

"하늘과 땅 대지 육방위의 문이 닫히니, 나 이외에 빛조차 나가지도 들어오지도 못하리라."

세이의 주문이 끝나자 부적으로 만들어진 공간 밖은 갑자기 뿌연 안개로 뒤덮여 한치 앞도 볼 수 없었다. 하지만 부적이 만들어낸 공간은 좀 전과 다들 것 없이 밝고 평온하기만 했다.

이제 부적으로 결계를 쳐 일반인들이 휘말릴 걱정이 없어졌으니 구대당을 꺼내 사불과 만날 준비를 한다.

잠시 깊은 심호흡으로 숨을 고른 뒤 카제사이 류가 알려준 대로 주문을 외우기 시작한다.

"천몽이 사불을 부르니 인도자를 따라나서 꿈을 이루거라!"

그런데 예상과는 달리 강 주변에는 어떤 변화도 일어나지 않았다.

"천몽이 사불을 부르니 인도자를 따라나서 꿈을 이루거라!"

다시 주문을 외우고 몇 분을 기다려도 아무 반응이 없어 세이가

---

12   무문방위 부적 - 주변 300미터 안을 시공간을 외부와 단절시키는 부적.

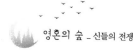

고개를 내밀고 강 물속을 바라본다. 역시 작은 물고기가 일으키는 물거품 말고는 아무것도 보이지 않았다.

"뭐야. 주문이 잘못된 건가? 그냥 내 방식대로 불러볼까."

급한 마음에 세이가 자기방식대로 주문을 외우기 시작한다.

"나는 부동명왕 야천의 현신, 사불에게 볼 일이~."

그런데 세이의 주문이 끝나기도 전에 강 속에서 "우웅" 소리와 함께 수많은 기포가 올라오기 시작했고, 이내 큰 소용돌이를 만들며 거칠게 회전하기 시작했다.

"카제사이가 알려준 주문이 효과가 있었던 건가?"

세이가 물속을 지켜봤을 때 소용돌이는 더욱 커져 물기둥이 되었고, 물기둥 주변에서는 번쩍번쩍 번개가 치기 시작했다.

얼마 후 거센 소용돌이 물기둥이 자온대 위까지 솟아올랐다. 그리고 번쩍이던 번개가 수십 개로 갈라지며 순식간에 소용돌이 안으로 빨려 들어갔다.

그와 함께 조금 전까지 요란하게 휘몰아치던 소용돌이도 점점 수위를 낮추며 자온대 밑으로 가라앉고 있었다.

"쿠구꿍~"

잠시 후 바위까지 흔들어 버리는 진동과 함께 무언가 거대한 물체가 소용돌이를 뚫고 튀어 올랐다. 그것은 번개를 몸에 두른 황금색 이무기 사불이 회전하며 하늘로 솟구쳐 오르는 것이었다.

세이 앞에 등장한 이무기는 30미터가 넘는 길이에 몸통의 지름도 2미터 이상이었다. 또한 머리의 생김새는 용의 모습과 거의 흡사했으나 일반용과 달리 뿔은 머리 중앙에 하나밖에 보이지 않았다.

역시 흑금이룡의 말대로 온몸에서는 살기와 함께 주변을 짓누르는 강한 기운이 뿜어져 나오고 있었다. 그렇게 이무기 최강의 위용과 온

몸에 번쩍거리는 번개를 두르고 허공에 떠있는 모습은 웅장하기까지 했다.

　그때 압도적인 모습을 드러낸 이무기가 주위를 둘러보다 자온대 위에 서 있는 세이를 발견했다.

　"네가 나를 부른 것이냐?"

　목소리만으로도 살갗에 진동을 일으키는 이무기의 압력에 세이가 정신을 가다듬고 대답한다.

　"그렇다. 내가 너를 불러냈다. 너의 이름이 사불이냐?"

　자신의 이름을 알고 있는 것이 놀라웠는지 이무기는 안광을 번쩍이며 세이 앞으로 다가왔다.

　"내가 사불이다."

　"그래. 사불이 맞군. 사실 부탁이 있어서 왔다. 나를 도와줄 수 있겠나?"

　사불을 눈을 내리깔며 갑자기 자신을 불러내 다짜고짜 부탁을 하는 건방진 인간에게 말한다.

　"어리석은 인간이여 물러가라. 나는 그를 기다리고 있다. 그와 약속을 지키기 위해 이곳을 지켜야만 한다."

　사불의 말을 듣고 흑금이룡이 해준 이야기가 생각났다.

　"혹시 기다리는 사람이 왕자 풍인가?"

　처음으로 사불의 표정이 바뀌었다.

　"풍을 아느냐? 풍은 어디 있느냐?"

　"그 사람은 아주 오래전에 죽었다. 이젠 올 수 없어."

　"아니다. 그는 약속을 지키기 위해 올 것이다. 내가 등각용을 이기지 못해 그 사람을 기다리게 하고 있을 뿐이다."

　세이는 흑금이룡의 말이 모두 사실이었음을 알고 흑금이룡이 말해준 정보를 이용해 사불과 대화를 이어갔다.

"장백산에서 왔다는 붉은 거대지네 말이냐?"

세이의 말에 사불은 어떻게 그런 사실을 알고 있냐며 놀라고 있었다.

"너는 누구기에 그런 것까지 알고 있는 것이냐?"

세이가 흑금이룡을 꺼내려다 말을 바꾼다.

"혹시 도뵤를 알고 있나?"

사불이 도뵤라는 말을 듣자 괴성을 지르며 온몸에 휘감고 있는 번개를 모아 세이에게 쏘려 한다.

"그 도뵤 놈은 지금 어디 있느냐?"

사불이 분개하며 도뵤를 찾았다.

"도뵤는 죽었어."

"뭐라고? 도뵤가 죽었다고! 난 그놈과 같이 온 인간의 말에 속아 넘어가 백 년 넘게 이 자온대 밑 동굴 속에 갇혀 있었다. 그 때문에 지금까지 등각룡과 결전을 치르지 못해 그를 기다리게 했단 말이다."

사불은 도뵤가 죽었다는 말에 흥분하며 번개 불꽃으로 세이를 위협했다.

"네놈도 도뵤와 같은 패거리로구나."

사불이 점점 공격적으로 변하자 세이가 사불을 멈춰 세운다.

"잠깐. 내가 외운 주문으로 결계를 푼 것 같은데 이러면 곤란하지. 고마움을 모른다면 인간하고 다른 게 뭐냐."

세이가 은혜도 모른다며 나무라자 사불이 공격의 기세를 멈추었다.

"그래. 너와 이럴 시간이 없지. 그가 나를 기다리고 있으니."

사불이 번개를 거두어들이고 그가 기다린다는 강 상류 쪽으로 고개를 돌린다. 그리고 세이를 무시한 채 강 상류로 날아간다.

"사불. 어디 가는 거냐?"

세이의 부름에도 사불은 아무대꾸도 하지 않고 날아가 버렸고 잠시 후 결계와 부딪혀 더 이상 밖으로 나갈 수 없게 됐다.

하지만 사불은 가소롭다는 듯 번개를 이용해 결계에 구멍을 내 빠져나가고 있었다.

'등각룡과 결판을 내러가는구나. 하지만 나에게도 시간이 없어.'

세이는 흑금이룡이 말해준, 사불이 왕자 풍에게 여의주를 건네주며 했던 말을 떠올렸다.

"사불, 하나를 버려 용이 되거라!"

결계의 빠져나가던 사불이 세이의 말을 듣고 놀라 다시 결계 안으로 들어왔다. 그리고는 어느새 세이 앞에 날아와 눈을 번쩍였다.

"네 이놈! 그 말은 왕자 풍 이외에는 아무도 모르는 것이다. 네놈이 왕자 풍을 죽인 것이냐!"

사불은 세이가 말할 사이도 없이 커다란 번개를 만들어 세이에게 날려버렸다.

'역시 흑금이룡의 말대로 성질이 급하군.'

세이가 재빨리 옆에 놓여있던 거문고를 세워 튀어나와 있는 작은 거북이 머리를 내리쳤다.

그러자 "펑" 하고 거문고가 반으로 갈라지며 튕겨 나갔고, 전보다 더욱 진한 빛을 발하는 칠불 금강검이 모습을 드러냈다.

그 순간 세이의 머리 쪽으로 사불의 번개가 도끼질처럼 내려찍고 있었다.

"파지직!"

세이가 재빨리 칠불 금강검을 머리 위로 들어 번개를 사방으로 튕겨냈다. 다행이 금강검 손잡이에 감아둔 물소 가죽 덕분에 번개는 손까지 전달되지 않았다.

"가소롭구나. 감히 그런 검 하나로 나를 막을 수 있을 것 같으냐!"

사불이 다시 여러 개의 번개를 허공에 만들어 세이에게 쏘아댔다.

사방에서 동시에 날아오는 번개를 피해 세이가 수북정 쪽으로 몸을 날린다. 하지만 피하지 못한 번개 하나가 세이의 가슴으로 날아들었다.

세이가 재빨리 전법륜을 꺼내 막아냈고 그 모습에 화가 난 사불은 계속해서 번개를 쏘아대며 주변의 나무들을 재로 만들고 있었다.

점점 심각해지는 사태를 막기 위해 세이가 자초지종을 설명하려 했지만 막무가내로 덤벼드는 사불 때문에 말을 꺼낼 기회조차 없었다.

그렇게 쉬지 않고 날아드는 번개를 피해 수북정의 나무 기둥에 몸을 숨겼을 때, 사불은 세이가 숨은 나무 기둥뿐만 아니라 수북정 전체에 수많은 번개를 쏘아댔고, 잠시 후 수북정까지 활활 불타오르고 있었다.

'이런, 불꽃이 결계 밖으로 뻗쳐나가려 하고 있어. 더 이상 밀리면 사람들이 보고 말 텐데.'

수북정까지 화염에 휩싸여 숨을 곳이 없어진 세이는 이제 사불과 정면승부를 보아야만 했다. 게다가 몇 발작만 더 밀려나면 사불과 함께 결계 밖으로 벗어나 버려 일대에 큰 혼란이 일기 때문에 더 이상 물러설 수 없었다.

불타는 수북정에서 빠져나온 세이가 칠불 금강검을 고쳐 잡아 사불 앞에 섰고 사불은 기다렸다는 듯 번개로 큰 고리를 만들어 세이에게 쏘아 올렸다. 그리고는 세이가 어디로도 도망칠 수 없도록 곧바로 여러 개의 번개를 네 방위로 날렸다.

이제 큰 번개 고리가 번쩍거리며 하늘로부터 세이 머리 위로 떨어져 내려오고 있었고, 동서남북 네 방위에서 공격해 들어오는 번개 또한 세이를 어느 방향으로도 도망칠 수 없게 만들었다.

"무명참살! 천수갑(千手鉀)!"

세이가 칠불 금강검을 들어 천수갑을 펼친다. 그러자 천 개의 손이 공중에 수인을 맺으며 세이에게 모여들었다.

그렇게 모여든 수인은 네모난 모양의 집을 만들어 사불의 번개를 튕겨내 세이를 보호했다.

천수갑의 방해로 사불의 번개 공격은 공중에서 흩어지며 무용지물이 되었고 이에 사불이 더 많은 번개를 날려 천수갑의 방어벽을 요란하게 두드렸다.

하지만 천수갑의 견고한 방어벽은 사불의 번개에 조금도 뚫리지 않았고 더욱 단단하게 방어벽 틈을 메워가고 있었다.

연속된 공격에도 천수갑이 꿈적도 하지 않자 화가 난 사불이 직접 세이에게 달려든다.

"크앙~"

"뚜둑!"

사불이 거대한 몸으로 천수갑을 감싸 날카로운 이빨과 발톱으로 찍어 누리기 시작한다. 그리고는 몸통으로 천수갑을 휘감아 조이며 균열이 생기는 수인을 하나둘씩 뜯어냈다.

하지만 뜯겨진 천수갑수인은 곧바로 제자리로 돌아가 버려 사불은 헛수고만 하고 있었다.

천수갑이 생각보다 쉽게 뚫리지 않자 사불은 몸에 붙어있던 비늘을 세웠고 칼날보다 예리해 보이는 비늘로 천수갑을 휘감아 회전하기 시작했다.

"파파박~"

회전하며 조여 오는 사불의 칼날 비늘에 천수갑 수인이 사정없이 베어져 나간다. 그렇게 조각나버린 수인은 힘을 잃고 더 이상 제자리로 돌아가지 못했다.

이제 빠르게 줄어드는 수인의 공간을 사불의 날카로운 비늘이 타고 들어왔고 원형 톱날이 회전하듯 세이의 몸을 조각내려 했다.

사불의 칼 비늘을 막기 위해 무명참살 검법을 쓰려했지만 너무 좁

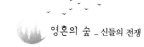

영혼의 숲 _ 신들의 전쟁

아진 공간 탓에 칠불 금강검을 휘두를 수가 없었다.

더 이상 무명참살 검법을 쓸 수 없게 된 세이가 콜트 파이슨을 꺼내들었다. 그러나 편의점에서 급하게 수북정에 오느라 호혈탄 장전하는 것을 깜박했다.

"이런 젠장!"

그때 사불의 칼날 비늘 공격에 균형을 잃어버린 천수갑 여기저기서 빈틈이 보이기 시작했고 이제 세이 머리 위의 방어벽마저 무너져 가고 있었다.

"텁! 텁!"

사불이 엉성해진 천수갑의 지붕을 뜯어내 얼굴을 들이밀었고 큰 입을 벌려 세이를 집어삼키려 한다.

"이런!"

세이가 칼 비늘을 방어하던 칠불 금강검을 치켜들어 가까스로 사불의 거대한 입을 막았다. 하지만 칼 비늘이 몸통을 파고들며 살을 찢어가고 있어 점점 손에서 힘이 빠져나가고 있었다.

이제 몇 초 후면 세이의 머리는 사불의 이빨에 뜯겨 나가고 몸통은 갈기갈기 찢겨나가 버릴 것이었다.

'젠장! 천수갑을 너무 믿었어. 이 녀석 비늘이 이렇게 강할 줄이야.'

세이가 겨우 사불의 공격을 막아내고 있을 때 머릿속에 나지막한 음성이 울려 퍼졌다.

'나를 부르라. 임세이.'

하지만 그의 부름에 세이는 침묵했다.

'이렇게 소멸되고 싶은 것이냐~'

다시 한 번 머릿속에 강렬한 울림이 퍼져나갔다.

'안 돼. 너를 부르면 너와 결판을 내고 싶어 하는 신들이 몰려들 거야. 잠자코 있어.'

세이가 음성의 주인에게 가만이 있으라고 명령했다.

'지금은 그런 걸 계산할 때가 아니다. 나는 너의 가장 위대한 힘이고 너는 나의 가장 완성된 모습이다. 그러니 내가 너를 지켜줄 것이다.'

'시끄러. 네가 소환된다면 이곳은 너를 찾는 신들로 전쟁터가 될 거야.'

'10분이다. 그 안에 사불을 굴복 시키겠다.'

찰나의 순간 세이의 머릿속에 두 개의 의식이 다투고 있었고, 사불의 입은 이제 세이의 머리를 집어 삼키고 있었다.

"너의 피가 나의 분노를 씻어 주리라!"

사불이 세이에게 끝을 알리며 날카로운 이빨로 "턱" 세이의 목을 물어뜯었다.

"모든 번뇌의 끝, 금강의 힘으로 소멸시키리라. 모습을 드러내라. 부동명왕 야천!"

그때 세이가 주문을 외웠고 순식간에 세이의 몸에서 푸른빛과 황금빛이 회오리치며 거대한 형체를 이루었다.

"쿠구궁!"

꽝음과 함께 주변의 돌과 나무를 모두 날려버리며 부동명왕 야천이 엄청난 기백으로 등장했다.

키가 5미터는 돼 보였고 황금갑옷을 입은 채 전신에는 푸른빛의 기운이 넘쳐흘렀다.

야천이 "흐읍. 후~." 깊은 숨을 내쉬고는 지그시 자신의 팔을 물고 있는 사불을 내려다본다. 그렇게 사불은 부동명왕 야천과 눈이 마주쳤고 순간 몸이 경직되는 것을 느꼈다.

하지만 이미 시작한 싸움을 부동명왕의 명성만으로 멈추기에는 스스로의 자존심이 용납지 않았다.

그때 야천이 자신의 팔을 물고 있던 사불을 들어 올리며 물어본다.

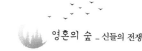

"네가 나의 현신을 먹어 치우려 했느냐?"

야천의 물음에 사불은 대답 없이 더 세게 야천의 팔을 물어뜯으며 번개를 일으키고 있었다.

"사불, 가소롭구나."

말을 마친 야천이 사불의 입을 벌려 비틀어 버렸다.

사불이 고통스러워하며 야천을 올려다보자 야천은 일부러 천천히 사불을 땅바닥에 메다꽂고 있었다.

"꿍!"

야천의 힘에 사불의 거대한 몸이 자온대 위에 널브러졌고 이에 치욕을 느낀 사불의 몸에서는 더욱 요란하게 번개가 치기 시작했다.

"야천. 시간이 없어. 빨리 사불을 굴복시켜."

세이는 사불의 턱을 움켜쥐고 여유를 부리는 부동명왕 야천에게 소리쳤다.

그러자 세이의 성화가 듣기 싫었던 야천이 뒤돌아보며 한마디 한다.

"아직 시간이 남았을 텐데. 오랜만에 세상에 나온 나다. 너무 심각하게 굴지 마라."

그때 사불이 큰 꼬리를 휘둘러 야천을 몸통을 후려갈겼다.

"콰광!"

그러나 야천이 한 팔을 들어 날아오는 사불의 꼬리를 내리쳐 바닥에 눌러버렸고, 그렇게 부딪힌 두 힘은 주변의 땅을 "쩍쩍" 갈라 버렸다.

그 틈에 야천의 손에서 벗어난 사불이 재빨리 야천의 몸을 휘감아 강 물속으로 뛰어들었다.

잠시 후, 물속에서 사불과 야천의 기가 쉴 세 없이 부딪히며 백마강을 뒤엎기 시작했다. 그렇게 둘이 부딪히는 충격파는 이제 자온대까지 전달돼 지진이 난 것처럼 사정없이 바위를 흔들어 댔다.

진동의 여세를 쫓아 세이가 강을 내려다봤을 때 강물은 태풍 속 파도처럼 정신없이 출렁거렸고, 사불이 내뿜는 번개와 야천의 푸른 기운이 부딪히며 강물은 부글부글 끓고 있었다.

물속 움직임에 민첩한 사불은 계속해서 야천을 맴돌며 쉴 세 없이 공격해갔고, 야천은 사불의 공격을 막느라 제대로 공격하지 못하고 있었다.

하지만 그렇게 야천이 밀리는가 싶더니 어느새 사불의 몸통을 붙잡아 자온대 벽에 밀어붙이고는 사불에게 주먹을 날렸다.

"콰광!"

"와르르~"

야천이 날린 주먹을 사불이 재빨리 피해, 주먹은 그대로 자온대 바위벽을 부숴버렸다.

그렇게 몇 번의 공방이 오갔고 이제 시간이 얼마 남지 않았음을 안 야천이 끝을 보기 위해 부동 금강검을 꺼내 들었다.

푸른 검기를 이글거리는 부동 금강검 열기에 강물이 갈라졌고 증발한 수증기는 짙은 연무를 만들며 시야를 가리고 있었다.

잠시 후 진동이 멈추는가 싶더니 거대한 물기둥이 자온대까지 솟아올랐다.

바닥까지 드러난 백마강에 부동명왕 야천이 투명하게 빛나는 부동 금강검을 사불에게 겨누고 있었고, 사불 또한 강력한 번개와 날카로운 앞발을 드러내며 야천의 빈틈을 노리고 있었다.

그렇게 서로를 겨누던 야천의 푸른 기와 사불의 황금색 기가 부딪히며 주변을 진공 상태로 만들었다. 그 때문에 강물은 바닥을 드러낸 채 야천과 사불을 맴돌며 회오리치고 있었다.

하지만 힘의 균형은 그리 오래가지 않았다. 야천의 푸른 기가 점점 사불의 기를 잡아먹으며 덮쳐가고 있었기 때문이었다.

이에 기 싸움에서 밀린 사불이 여섯 개의 번개 창을 만들어 야천에게 쏘았다.

"파지직! 퍼벅~."

야천이 왼손을 뻗어 세 개의 번개를 움켜잡았다.

그런데 사불의 번개가 생각보다 셌는지 황금 장갑을 두르고 있던 야천의 손에서 검은 연기가 피어올랐고 뒤이어 남은 번개가 야천의 갑옷에 꽂히며 전신에 퍼져나갔다.

번개를 맞은 야천이 인상을 찌푸렸고 그것을 본 사불은 더 많은 번개 창을 준비했다.

"사불. 감히 나를 우습게 보는구나."

부동명왕 야천이 눈을 부릅뜨며 사불에게 경고했지만 사불은 아랑곳하지 않고 지체 없이 번개를 쏘아버렸다.

십여 개의 번개창이 '파지직' 소리를 내며 사방에서 야천에게 달려든다. 하지만 야천은 더 이상 사불의 번개를 맞아줄 생각이 없었다.

곧바로 야천이 부동 금강검을 강바닥에 찔러 넣어 빠르게 회전시켰고 부동 금강검은 빛의 속도로 회전하기 시작했다.

그러자 순식간에 강바닥의 흙과 돌들이 빨려 들어가 검과 같이 회전하기 시작했고, 부동 금강검이 만들어낸 강력한 풍압은 사불이 쏘아낸 번개까지 빨아들여 버렸다.

"이젠 내 차례인가! 태선풍(太漩風)!"

야천이 강력하게 회오리치는 부동 금강검을 단숨에 하늘로 올려 쳤다.

"쿠카가강!"

사불의 번개와 주변의 모든 것을 집어삼킨 태선풍이 부동 금강검에서 빠져나와 곧장 사불에게 달려들었다.

놀란 사불이 하늘로 날아 피해보려 했지만 눈 깜짝할 사이에 사불의 코앞까지 날아온 태선풍은 사불마저 빨아들였고, 그대로 강을 가르며 반대쪽 강변 둑까지 밀고 나가버렸다.

"촤아악~ 쿵!"

둑에 부딪힌 태선풍은 모래를 집어삼키고 하늘 높이 솟구쳐 '파삭' 소리와 함께 사라졌다.

그렇게 야천의 태선풍이 지나간 백마강은 아직까지 넘실대며 출렁이고 있었다. 그때 강 반대편 하늘에서 사불이 빠른 속도로 떨어지며 모래 바닥에 추락했다.

"콰앙~!"

엄청난 굉음과 함께 추락한 사불의 몸은 한 번 더 옆으로 튕겨나갔고, 그 틈을 놓치지 않은 야천이 수면 위를 날아가 사불 앞에 섰다.

재빨리 정신을 차린 사불이 야천을 피해 날아가려 했지만 야천이 부동 금강검으로 사불의 몸통을 찔러 바닥에 고정시켜 움직임을 막아버렸다.

"크아악~"

사불이 비명을 지르며 꿈틀거리자 야천은 부동 금강검을 더 깊이 찔러 넣었다.

"사불, 이제 그만 포기해라! 그리고 나의 뜻을 따르라!"

하지만 사불을 계속해서 야천에게 번개를 쏘아대며 반항했고 큰 입과 발톱으로 야천의 황금 갑옷을 물어뜯고 있었다.

그때 세이가 시간을 확인해보니 야천이 소환되고 나서 이미 9분이 흘렀다.

'야천, 시간이 없어!'

세이는 의식이 연결되어있는 부동명왕에게 시간이 다 됐음을 알렸다.

'젠장, 알았다고.'

야천은 수분 후면 사불을 완전히 제압할 수 있었다. 하지만 10분의

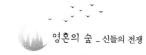

시간을 넘기면 이곳은 신들을 전쟁터가 돼버리는 것을 알고 아쉬움을 남긴 채 세이 몸속으로 돌아간다.

"사불. 오늘은 이쯤 하지."

부동명왕 야천이 사불에게 다음 전투를 기약하고 푸른빛으로 변해 사라졌다.

하지만 몸과 자존심에 큰 상처를 입은 사불은 세이와 야천에게 단단히 화가 나 있었다. 그때 강 건너 자온대에서 싸움을 지켜보고 있던 세이를 발견하고 거대한 물 회오리를 일으켜 세이에게 날아간다.

어느새 집채만 한 물 회오리를 앞세운 사불이 순식간에 자온대 앞까지 날아왔다.

"사불! 그만해!"

세이가 그만하라며 사불에게 소리쳤지만 야천에게 당한 굴욕적인 상처 때문에 사불은 멈출 생각이 없었다.

"붉은 뱀을 무찌른 임(林) 씨 성의 조선 사내가 사불을 굴복시켜 천몽에 이르러 평화를 이루리라. 그리고 나는 그 임씨 성을 가진 사람이다."

그때 세이가 카제사이 류에게 들었던 말을 외쳤고 이에 세이 코앞까지 덮쳐왔던 사불이 공중에 멈추어 섰다.

그리고 조금은 이성을 찾았는지 공격의 기세를 늦추며 이리저리 세이를 쳐다보기 시작했다.

"당신이 정말 천몽에 이를 임 씨 성은 가진 사람이요?"

조금 전까지 난폭하던 사불이 갑자기 점잖게 태도를 바꾸어 세이에게 물어봤다.

"그래 내가 임 씨 성을 가진 사람이야. 그리고 어찌됐든 붉은 뱀 도보의 죽음을 지켜본 사람이고."

세이의 대답에 사불이 물 회오리를 거두어들이고 거대한 몸을 자온대 위에 올려놓았다. 그리고 예의를 갖추어 세이에게 말한다.

"그렇군요. 저는 어리석게도 당신이 전장의 신 야천의 화신인걸 알면서도 싸웠습니다. 게다가 제가 부동명왕 야천 님을 이길 수 없다는 것도 잘 압니다. 죄송합니다."

사불이 자신의 잘못을 인정하며 세이에게 사과했다.

"그래? 그런데 그걸 알면서 왜 야천과 싸웠지?"

"전장의 화신인 당신이 도뵤를 죽여 버린 줄 알고 그 녀석에게 복수할 기회를 잃어버려 화가 났습니다."

"복수라고? 그런데 내가 도뵤를 봤을 때, 녀석은 이미 죽에서 영체가 되어 있었어. 엄밀히 말하면 내가 죽인 게 아냐."

"그렇군요. 죄송합니다. 저의 급한 성격 때문입니다."

사불은 세이의 말을 듣지 않고 성급히 공격한 자신을 탓하며 말을 이어갔다.

사불의 말에 의하면 도뵤와 도뵤가 데려온 인간들이 사불에게 왕자 풍의 예언서를 보여주며 '왕자 풍의 환생이 임 씨 성의 남자로 태어나 붉은 뱀을 무찌르고 고성을 수복하리라.'라고 말했다고 한다. 그리고 사불에게 동굴 속으로 들어가 모든 기운을 감추고 왕자 풍의 환생을 방해하지 말라고 했다고 한다.

세이는 사불의 말이 이해가 되질 않았다. 어차피 태어날 사람이라면 태어나게 되어있는데 사불의 기운이 왕자 풍의 환생을 방해한다고 하니 무슨 뜻인지 궁금했다.

"사불. 너의 기운과 왕자 풍의 환생이 무슨 연관이 있다는 거야? 태어날 운명이라면 어떤 방해 속에서도 태어나게 되어 있다고."

"전장의 화신이시여. 그들이 말하길 저 또한 오래전 왕자 풍과 함께 이무기로써의 생을 마감했어야 했다고 합니다. 하지만 제가 살아남아 왕자 풍을 기다리는 염원이 풍의 영혼을 붙잡아 환생할 수 없게 한다고 말했습니다."

"그래서 모든 기운을 감추고 죽은 것처럼 동굴에 있었던 거야?"

"그렇습니다. 그렇게 왕자 풍의 영혼이 사람의 몸에 들어가 세상에 나올 때까지 일 년을 기다렸지만 그들이 데려온 아이는 왕자 풍의 환생이 아니었습니다."

그렇게 몇 년의 흐르고 결국 그들은 사불을 동굴에 가두어 결계를 치고 사라져 버렸다고 했다.

사불의 말에 세이가 왜 일본인들이 사불을 가두어 두고 사라졌는지 생각해 본다. 그리고는 그들이 예언서의 해석을 잘못한 것을 알아차리고 사불을 가두어 때를 기다린 것이라 결론을 냈다.

"사불. 그들이 가지고 있던 예언서의 해석이 잘못됐던 것 같아. 그런데 내가 임 씨 성은 맞는데 왕자 풍의 환생인 거야?"

"아닙니다. 하지만 전장의 신 야천 님의 화신이시니 저는 그 힘에 반응했고 동굴의 결계를 깨는 주문을 외워주신 덕분에 자유를 얻게 됐습니다."

사불의 말대로 카제사이 류가 말해준 주문이 결계를 풀었다면 100여 년 전 사불을 가두어 둔 사람들은 천진종 중들임이 거의 확실해졌다.

"그럼, '붉은 뱀을 무찌른 임(林)씨 성의 조선 사내가 사불을 굴복시켜 천몽에 이르러 평화를 이루리라.'라는 것은 무슨 뜻인 거지? 붉은 뱀은 도뵤를 뜻하는 건가? 그리고 천몽은 일본 고야산의 천몽사를 가리키는 건가?"

세이의 물음에 사불은 의아한 표정을 지으며 대답했다.

사불의 말에 의하면 붉은 뱀은 한낮 도뵤가 아니라 등각룡을 가리키는 것이었고, 또한 천몽도 장백산 천지를 가리키며 그곳에서 사불은 완벽한 용이 되어 하늘로 올라가게 되어있었다는 것이다.

사불의 말을 듣던 세이가 '음~.' 하고 짧게 탄식했다.

'카제사이 류라는 녀석이 나를 속였군. 붉은 뱀은 도뵤가 아니라 등각룡이었던 거야. 천몽도 천몽사가 아니라 백두산 천지였다니, 도대체 천진종 녀석들은 유정을 납치해 무슨 일을 꾸미고 있는 거지?'

세이는 점점 복잡해져 가는 이번 사건에 어떤 음모가 숨겨져 있는지, 도무지 갈피를 잡을 수 없었다.

"그렇다면 사불. 너는 반드시 천지로 가서 용이 되어야 하는 거야?"

세이의 말에 사불은 천지에 가야만 하는 이유를 설명했다.

사불은 본래 장백산에서 태어났고 천지 용의 명령에 따라 용이 되기 위해 여행을 떠나 아주 오래전 남쪽으로 내려왔다고 했다.

사불의 말에 따르면 용이 되기 위해서는 두 개의 여의주를 만들어 나중에 용이 될 때 하나를 선택하고 하나를 버려야만 했다고 한다.

그런데 여의주의 재료가 되는 것은 다름 아닌 인간의 선한 마음이었고, 그렇게 보통 인간의 한계를 뛰어넘은 신과 같은 자비로운 마음을 가진 사람을 만나 그의 일생을 보살피고 선한 마음을 배워 물질로 구체화한 것이 여의주라고 말했다.

그렇게 만들어진 여의주는 이무기에게 마음의 평화를 주며 신의 경지에 이르도록 도와주었고, 여의주의 완성이 끝나면 태어난 곳으로 돌아가 용이 되었다고 한다.

그리고 용이 되기 위해서는 두 개의 여의주 중 하나를 세상에 내주어 보답해야 했고 남은 하나를 가지고 하늘로 올라가야 했는데, 세상에 내어주는 여의주는 두 개 중에서 더 소중한 것을 내어주어야 했다고 한다. 그렇지 않으면 여의주의 마지막 단계인 무심(無心)이 완성되지 않아 여의주는 소멸해버리고 다시 이무기로 남아야 했다고 한다.

그렇게 사불을 이야기를 듣고 있던 세이가 여의주의 힘이 궁금하다며 물어봤다. 이에 사불은 여의주의 힘은 이무기나 용마다 다른데 가장 강력한 것은 무극진주(無極珍珠)로 세상을 파괴해 혼돈을 없애고 태고의 시간으로 돌린다고 했으며, 무극진주의 힘을 막을 수 있는 것은 여의보주(如意寶珠)뿐이라고 했다.

또한 사불 역시 1,300여 년 전 여의주의 완성을 이루었으나 백제의 부흥을 위해 여의주 하나를 왕자 풍에게 주었다고 한다. 그리고 지금껏 왕자 풍과 여의주를 기다리며 이곳 백마강에 머물러 용이 될 수 없었다고 한다.

어찌 됐든 사불은 그렇게 여의주 하나를 잃어버렸지만 임 씨 성을 가진 사람과 천지(천못)에 가면 용이 되어 하늘로 승천할 수 있다고 했다.

그 이유는 천지 아래 깊은 숲에 만년목(萬年木) 진(眞)이 숨어 살고 있는데, 진은 잃어버린 여의주를 대신할 힘을 가지고 있으며 그 모습은 한자의 수풀 림(林)과 완벽하게 닮았다고 했다.

그리고 두 개의 여의주 없이 만년목이 살고 있는 숲의 문을 열 수 있는 방법은 선택받은 임 씨 성을 가진 사람뿐이라고 했다.

만년목 아래서 태어난 사불은 반드시 만년목 숲으로 돌아가야만 했는데, 하나의 여의주를 잃어버렸고, 용이 되기 위해 선택받은 수풀 임(林) 씨 성의 사람이 필요했다고 한다.

사불의 말에 궁금증이 풀린 세이가 사불에게 제안을 한다.

"사불, 내가 임 씨 성을 가진 사람이니까. 같이 천지에 가줄게. 그러면 너는 용이 될 수 있잖아."

"저도 그렇고 싶지만 안 됩니다. 왕자 풍의 환생을 기다려, 오래전 약속을 지켜야만 합니다."

"이미 시간이 너무 지났어. 백제가 멸망한지도 1,300여 년이 넘었고, 이곳은 이제 백제, 신라, 고구려, 당나라 사람들까지 뒤섞여 살고 있다고. 그리고 왕자 풍이 환생한다고 해도 다시 많은 피를 흘리며 사람들이 죽어 나가는 전투를 바라지 않을 거야."

세이의 말에 사불은 아무 말 없이 왕자 풍이 기다렸을 백마강 상류를 묵묵히 바라보았다.

정말 세이의 말대로 세상은 너무 많은 것들이 변해 있었다. 강과 강 사이를 잇는 두 개의 큰 다리와 이상한 형태로 지어진 많은 건물들, 반짝이며 빛나는 수많은 여의주 같은 전등불. 그리고 이제는 흔적조차 남아있지 않은 1,300년 전의 친구들, 어쩌면 백제의 부흥을 위해 왕자 풍을 기다린다는 말은 스스로의 약속에 대한 속박에 묶여 있었던 건 아닌지 문득 의구심이 들었다.

그리고 진지하게 세이의 제안에 대해 생각한다.

'정말 이 임 씨 성을 가진 사람이 나를 천지에 데려가 용으로 만들어줄 사람일지도 모른다. 그리고 나는, 풍 아니 나조차 미련의 감옥에 오랜 시간 가두어 두고 있었던 것이다.'

그렇게 풍과 자신의 미련의 끈을 놓아주고 있을 때 사불의 하나 남은 여의주가 더욱 빛나기 시작했고 그제서야 사불을 깨달았다. 세이의 등장이 자신의 번뇌를 끊어주고 있다는 것을.

"전장의 신이시여. 당신의 말대로 세상은 저를 기다리고 있지 않았던 것 같군요. 천지로 가서 용이 되겠습니다. 도와주시겠습니까?"

사불의 부탁에 세이가 잠시 한숨을 쉬더니 대답한다.

"후~. 그래 같이 가줄게. 그런데 나도 한 가지 부탁이 있어."

"말씀하십시오."

"나의 소중한 사람이 너를 속인 놈들의 후손에게 잡혀갔어. 그리고 너를 그놈들에게 데려가야만 그녀를 구할 수 있고. 네가 위험할 수도 있는데 같이 가줄 수 있겠어?"

사불이 부드럽게 웃으면 말한다.

"같이 가 드리죠. 저도 그놈들에게 진 빚이 있으니까요."

사불이 흔쾌히 대답하자 세이는 이제 한시름 놓았고 고맙다는 인사를 한다. 그리고는 시간이 없으니 사불에게 구대당으로 들어가 자신과 함께 일본 고야산으로 가자고 했다. 하지만 세이의 말에 사불이 그렇지 않겠다고 말한다.

"전장의 신이시여. 저는 그것에 들어가지 않을 것입니다. 아마도 그놈들이 또 속임수를 쓰는 것 같습니다. 그리고 저는 반나절이면 고야산에 갈 수 있습니다."

사불의 말을 들은 세이는 유정을 구하겠다는 마음만 앞서 왜 한 번도 이 구대당을 의심하지 않았는지 스스로가 부끄러웠다.

"그래 네 말이 맞는 것 같다. 그럼 나도 준비를 마치는 대로 출발할 테니 같이 고야산으로 가는 거야?"

"알겠습니다."

그때 "쿠르릉" 소리와 함께 백마강이 뒤집혔고 물속에서 거대한 지네가 튀어올라 수많을 발로 사불의 몸을 억세게 움켜쥐었다.

붉은 지네, 등각룡이었다.

등각룡의 길이는 사불과 비슷했지만 몸통은 옆으로 3미터는 되어 보였다.

그렇게 사불의 뒤를 잡은 등각룡은 넓은 몸통과 날카롭게 날이 선 수많은 발로 사불을 감싸 조여가고 있었다.

"전장의 신이시여~ 물러나십시오!"

다급해진 사불의 말에 세이가 얼른 뒤로 물러섰고 사불은 그대로 번개를 일으켜 등각룡을 공격했다.

하지만 야천에게 찔려 약해져 버린 사불의 번개를 등각룡의 두꺼운 껍질이 손쉽게 튕겨내 버렸다.

붉은 뱀이라 불린 등각룡의 등장

갑자기 나타난 거대한 지네 등각룡의 크기와 위세 또한 대단했다.

보통 지네의 생김새와 다르게 머리에는 뿔이 나 있었고 얼굴은 사람의 모습처럼 변해 있었다.

또한 온몸은 붉은색으로 뒤덮여 있었는데 유일하게 발만 검은색을 띠었다.

"사불~ 백 년만이구나! 너를 찾아 오랫동안 이 강을 샅샅이 뒤지고 다녔는데. 오늘에서야 만나는구나."

말을 마친 등각룡은 긴 발을 사불의 상처 난 몸통에 쑤셔 넣고 보라색 독을 품어댔다.

"크아악!"

등각룡의 독이 빠르게 사불 몸속으로 퍼져나갔고, 이에 사불이 빠져나오려 몸부림치는 바람에 주변의 나무와 바위가 산산 조각나기 시작했다.

"사불 조금만 기다려!"

세이가 사불에게 기다리라고 말하고는 허머가 있는 주차장으로 뛰었다.

잠시 후 주차장에 도착해 자동차 문을 열어 택배 박스에서 호혈탄을 꺼냈다. 그리고는 콜트 파이슨에 호혈탄을 장전했다.

단숨에 계단을 뛰어올라 사불과 등각룡이 싸우고 있는 수북정에 도착했을 때, 등각룡의 독 때문에 사불의 상처 주위는 점점 보라색으로 변해가고 있었다. 게다가 독에 중독된 사불의 저항도 조금씩 약해지기 시작했다.

"등각룡! 이쪽이다!"

세이가 사불을 옥죄고 있는 등각룡에게 소리쳤다.

하지만 등각룡은 보잘것없는 인간을 무시하고 사불의 몸에 더욱 많은 독을 집어넣었다.

'등~각~룡!'

그때 누군가 등각룡을 불렀고 등각룡의 뒷목에 싸늘한 기운이 맴돌았다.

놀란 등각룡이 재빨리 뒤를 돌아봐 확인했지만 조금 전 소리 지르던 작은 인간뿐이었다.

'뭐지? 순간 야천의 기운이 느껴졌는데. 아니겠지. 야천은 오래전에 사라졌어.'

자신의 착각이라 생각한 등각룡이 계속해서 사불의 뒷목을 물어뜯어 있을 때 다시 한 번 목을 베어버릴 듯한 냉기가 스쳐 지나갔다.

움찔한 등각룡이 재차 세이를 쳐다보자 일순간이었지만 세이의 얼굴에 부동명왕 야천의 얼굴이 겹쳐 지나갔다.

"네~ 네놈은 누구냐? 왜 야천의 형상이!"

야천의 모습에 놀란 등각룡이 크게 입을 벌려 보라색 독을 세이에게 쏘아버렸고, 지독한 냄새를 풍기며 덮쳐오는 등각룡의 독을 향해 세이가 칠불 금강검을 꺼내 들었다.

"무명참살 수월공(手鉞攻)!"

빠른 속도로 펼쳐진 칠불 금강검의 수월공에서 일곱 개의 각기 다른 모양을 한 부처의 수인이 뻗쳐 나왔고, 아름답게 펼쳐진 수인은 보라색 독을 날려 버리며 그대로 등각룡의 향해 날아갔다.

"퍽, 퍽, 퍽, 퍽!"

수인이 등각룡의 몸 곳곳에 박혀 들어가자 등각룡이 비명을 지르며 뒤로 물러났다. 그사이 느슨해진 등각룡의 발에서 사불이 재빨리 빠져나왔다.

"사불. 움직일 수 있겠어?"

"가능합니다. 하지만 지금 몸으로는 등각룡을 이기는 것이 쉽지 않을 것 같습니다."

"그럼 어떻게 하지. 도망쳐야 하나?"

"이 몸으로는 등각룡에게서 빠져나갈 수 없습니다. 먼저 피하십시오."

하지만 세이는 부상당한 사불을 혼자 내버려 둘 수 없었다.

"그래? 그럼 나를 머리에 태우고 등각룡에게 달려들 수 있겠어? 내가 해치울 테니까!"

"가능하시겠습니까?"

사불이 걱정스런 표정으로 세이를 쳐다봤다.

"해보면 알겠지."

잠시 고민하던 사불이 알겠다며 대답했고 재빨리 남은 힘을 끌어모아 세이를 태우고 아직 정신을 차리지 못한 등각룡에게 달려들었다.

한편 부처의 수인을 맞은 등각룡은 몸에서 불에 탄 것처럼 시커먼 연기가 피어올라 고통스러워하고 있었다.

"네 이놈! 감히 나와 사불의 싸움에 끼어들다니~"

재빨리 정신을 차린 등각룡이 달려드는 사불과 세이에게 소리치고는 땅을 파 순식간에 사라져 버렸다.

다음 순간 땅 여기저기가 들썩거리며 요동치기 시작했고, 사불과 세이는 어디에서 등각룡이 튀어나올지 몰라 긴장하며 땅을 움직임을 주시하고 있었다.

"퍼버벅!"

그때 사불의 뒤를 노린 등각룡이 땅을 뚫고 튀어 올라 순식간에 사불 꼬리를 붙잡았고 그대로 사불의 몸을 끌어당겨 땅속으로 들어가

버렸다. 당황한 사불이 네 개의 발을 땅에 박아 버텨보지만, 백 개가 넘는 발로 끌어당기는 등각룡의 힘을 당해낼 수 없었다.

그렇게 사불의 몸은 등각룡이 파놓은 땅굴 속으로 끌려들어 갔고 이제 몸의 삼분의 일만이 지상에 남은 채 저항하고 있을 뿐이었다.

"파파박!"

등각룡의 끌어당기는 힘에 완강히 버티던 사불의 앞발이 땅을 가르며 계속해서 끌려가고 있다.

"사불 조금만 버티고 있어!"

세이가 위험에 처한 사불 위로 뛰어올랐고, 콜트 파이슨을 꺼내 사불의 등을 타고 아래로 달려 그대로 땅속으로 사라져 버렸다.

잠시 후 여러 번의 총성이 울리며 주변의 땅이 물결치듯 들썩거렸고 사불을 잡고 있던 등각용의 힘이 약해지며 사불이 빠져나왔다.

"탕!"

사불이 세이에게 힘을 보태기 위해 땅속을 주시하고 있을 때 다시 한 번 세이의 콜트 파이슨 총성이 들려왔다. 호혈탄에 맞은 등각룡이 정신없이 땅을 헤집고 다니는 탓에 주변 땅은 두더지가 헤집어 놓은 것처럼 '푹푹' 꺼져갔다.

"크악~"

그때 얼굴에 호혈탄을 맞은 등각룡이 비명을 지르며 미친 듯이 땅을 뚫고 나와 몸부림쳤다.

하지만 세이 역시도 등각룡의 발에 몸통을 찔린 채 딸려 나왔다.

세이가 등각룡에게서 빠져나오려 다시 콜트 파이슨을 들어 등각룡의 얼굴에 호혈탄을 날렸고, 호혈탄의 위력을 맛본 등각룡은 얼른 세이의 몸통에 박았던 발을 빼 다시 땅속으로 사라져버렸다.

"사불 지금이야. 땅속으로 번개를 날려!"

세이의 말에 사불이 이마의 뿔에 번개를 모으기 시작했다.

점점 커지는 번개의 구체가 '파지직' 소리를 내기 시작했고 사불은 곧바로 등각룡이 도망친 땅속동굴로 번개를 쏘아버렸다.

"찌지직! 부웅~."

그렇게 땅속으로 날아 들어간 번개가 터지면서 지상 곳곳에 번개가 솟구쳐 올랐다.

세이의 수월공 공격으로 껍질에 상처를 입은 등각룡은 더 이상 번개를 방어할 수 없어 비명을 지르며 자온대 바위를 뚫고 나왔다.

하지만 어느 틈에 등각룡은 세이와 사불이 서 있던 땅속에 함정을 파두고 독주머니 하나를 토해 놓았다.

한편 등각룡이 바위를 부시고 나오는 충격으로 세이와 사불이 있던 땅이 '푹' 꺼지며 둘은 땅속 함정 속으로 떨어지고 말았다.

그렇게 독주머니가 터지며 세이와 사불은 온몸에 등각룡의 맹독을 뒤집어 썼다.

"크아악!"

등각룡의 독은 세이의 피부를 통해 곧바로 혈관으로 스며들었고 얼굴과 팔에 보라색으로 변한 혈관이 피부 밖으로 튀어나올 것처럼 부풀어 오르기 시작했다.

다행이 사불은 두꺼운 비늘로 방어할 수 있어, 얼른 맹독을 뒤집어 쓴 세이를 물고 백마강으로 뛰어들었다. 그리고 등각룡의 독을 떼어내기 위해 빠른 속도로 물속을 회전하기 시작한다.

그와 함께 강은 점점 보라색 독으로 물들어 갔고 여기저기서 독을 견디지 못한 물고기와 자라가 수면 위로 '둥둥' 떠올랐다.

"파지직~ 쩌적!"

잠시 후 번개를 몸에 두른 사불이 번쩍거리며 세이를 머리에 태우고 물 밖으로 솟아올랐다. 자온대 위에서 그 모습을 지켜보던 등각룡은 다음 공격을 준비하고 있었다.

"역시 보통 인간은 아니구나. 나의 독을 맞고도 움직일 수 있다니."

하지만 세이의 얼굴은 말이 아니었다. 화상을 입은 사람처럼 얼굴은 붉게 그을려 있었고 독에 녹아내린 옷 또한 누더기처럼 너덜너덜했다.

"사불 다시 번개 구체를 만들 수 있나?"

"죄송합니다. 조금 전 마지막 남은 힘을 다 써버렸습니다."

"그럼 몇 초 동안만 등각룡을 붙잡아 둘 수 있겠어?"

"가능합니다."

"자! 그럼 등각룡에게 가자!"

세이의 말이 끝나자 사불이 쏜살같이 날아올라 등각룡에게 달려들었고 날카로운 앞발로 등각룡의 몸통을 움켜잡았다.

그렇게 사불과 등각룡이 서로의 뿔을 맞대며 힘겨루기를 시작했을 때 등각룡이 입을 벌려 사불의 얼굴에 독을 쏘아내려 하고 있었다.

"지금입니다. 전장의 신이여!"

사불의 말에 세이가 사불의 머리를 밟고 뛰어올라 등각룡을 머리를 향해 칠불 금강검을 내리쳤다. 하지만 싸움에 능숙한 등각룡이 사불을 밀쳐내고 자신의 뿔로 칠불 금강검을 받아쳤다.

"카강!"

등각룡의 강력한 뿔의 힘에 세이가 공중으로 튕겨 나오자 사불이 날아올라 머리로 세이를 받아냈다.

"사불! 지체하지 말고 빨리 등각룡에게 가!"

"알겠습니다!"

사불은 세이의 다음 공격을 위해 다시 뿔을 앞세워 등각룡에게 달려들었다.

그러나 이미 세이의 공격을 예상하고 있던 등각룡이 세이에게 독을 뽑았고 이번 독까지 맞으면 세이의 목숨이 위험한걸 아는 사불이 자신의 얼굴로 독을 막아냈다.

"크악~."

하지만 약해질 대로 약해진 사불의 기운은 더 이상 등각룡의 맹독을 방어하지 못해 비명을 지르며 천천히 쓰러져갔다. 그렇게 쓰러져가는 사불의 뿔을 밟고 뛰어오른 세이가 등각룡의 이마에 칠불 금강검을 찔러 넣었다.

"퍽!"

"크윽~ 네 이놈! 한낱 인간주제에 감히 나의 얼굴을~."

칠불 금강검에 찔린 등각룡은 고통스러워하며 이리저리 머리를 흔들어 세이를 떨어트리려 했고, 절호의 기회를 놓치지 않으려는 세이가 마지막 일격을 가하기 위해 콜트 파이슨을 꺼내 들었다.

하지만 등각룡이 세이를 떼어놓으려 요동치는 바람에 제대로 조준할 수 없었다.

"전장의 신이시여, 저에게 뛰어내리십시오!"

등각룡의 맹독에 얼굴에서 연기를 뿜어대는 사불이 세이를 향해 날아올랐다.

사불의 말에 칠불 금강검을 놓아버린 세이가 사불의 머리 위로 뛰어내렸고 사불은 뿔을 세워 등각룡의 목에 찔러 넣고는 움직이지 못하게 했다.

"크억~ 사불 뭐하는 짓이냐? 우리의 싸움에 인간을 내세우다니! 당장 이 뿔을 뽑아내라!"

등각룡이 사불을 나무라며 도망치려 했지만 사불의 뿔은 등각룡의 목을 뚫고 나와 쉽사리 빼낼 수가 없었다.

"잘 가라~ 등각룡!"

세이가 마지막 일격을 알리며 등각룡의 오른쪽 눈에 호혈탄을 퍼부

영혼의 숲 _신들의 전쟁

었다.

"탕탕탕탕!"

눈과 얼굴에서 호혈탄이 터지며 등각룡을 부숴나갔고 점점 힘을 일어가는 등각룡은 서서히 주저앉기 시작했다.

그사이 세이가 다 쏜 탄피를 꺼내고 다시 호혈탄을 장전했다.

"철컥."

탄창을 채워 준비를 끝난 세이가 끝을 내기위해 등각룡의 얼굴에 콜트 파이슨을 겨누었다. 그리고 방아쇠를 당긴다.

하지만 그때 사불이 소리쳤다.

"전장의 신이시여! 지금 등각룡을 죽이면 안 됩니다. 등각룡이 죽을 때 뿜어내는 독으로 20리 안에 있는 사람들은 모두 맹독에 죽게 됩니다."

사불의 말에 세이가 당기고 있던 방아쇠를 천천히 놓아주며 서서히 쓰러져가는 등각룡에게 말한다.

"우리의 승리다! 등각룡."

그렇게 세이가 결판이 났음을 알릴 때, 등각룡의 꼬리가 껍질을 벗더니 뾰족한 창끝으로 변해 순식간에 세이의 몸통을 찔러들어 왔다.

"쉐엑!"

세이가 재빨리 뒤로 물러서 아슬아슬하게 등각룡의 공격을 피해본다. 하지만 등각룡의 날카로운 꼬리공격은 눈에 보이지 않을 만큼 빨라 세이 몸 이곳저곳에 구멍을 내고 있었다.

이제 자온대 절벽까지 밀린 세이를 향해 등각룡의 날카로운 꼬리가 찔러 들어왔고 더 이상 피할 곳이 없어진 세이가 백마강으로 몸을 날렸다.

"푸슉!"

그러나 등각룡의 꼬리가 한발 먼저 찔러 들어와 세이의 몸통을 꿰뚫었고 꼬치에 찔린 것처럼 세이가 공중에 매달려 있다.

"쿨럭!"

세이가 입에서 붉은 선혈을 토해냈고, 승기를 잡은 등각룡이 꼬리에 매달린 세이를 자신의 얼굴 앞으로 끌어당겼다.

그리고는 멀쩡한 왼쪽 눈으로 세이의 눈을 뚫어지게 응시한다.

"잘도 내 소중한 얼굴과 몸을 엉망으로 만들었구나. 하찮은 인간이여."

등각룡에 말에 세이가 떨리는 손으로 콜트 파이슨의 들어 올렸다.

"나머지 눈도 부숴주마!"

"탕탕!"

하지만 총이 발사되는 순간 등각룡이 꼬리를 흔들어버려 호혈탄은 등각룡의 얼굴만 스쳐 갔다.

"네 이놈!"

다시 호혈탄으로 공격해 오는 세이에게 화가 난 등각룡이 고함을 치며 세이를 집어삼키려 달려들었다.

이제 등각룡의 거대한 입이 세이의 코앞까지 와 있었고 칼날 같은 날카로운 이빨들이 번쩍거리며 세이 몸을 반 토막 내려했다.

"쩍!"

등각룡이 크게 입을 벌려 세이를 집어삼킨다. 그때 세이가 콜트 파이슨을 들어 방아쇠를 당기려하자 등각룡의 수많은 발들이 세이의 팔에 찔러 들어왔다.

"크억!"

짧은 비명소리와 함께 세이는 완전히 무방비 상태가 되어버렸다.

"나락으로 보내주마!"

등각룡이 마지막을 알리며 끔찍한 이빨로 세이를 물어뜯는다.

"쿠쿵!"

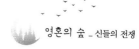

영혼의 숲 – 신들의 전쟁

그때 완전한 모습은 아니었지만 부동명왕 야천이 모습을 드러냈고 세이를 공격하던 등각룡의 입에 바위 같은 주먹을 찔러 넣었다.

"커억~"

야천의 주먹에 등각룡의 저 멀리 날아가 버리며 세이를 놓쳐버렸다.

하지만 야천은 더 이상 머물 수 없었고 이내 잔상만 남기고 연기처럼 사라져 버렸다.

그렇게 바닥에 내동댕이쳐진 세이가 복부를 움켜쥐며 다른 손으로 칠불 금강검을 주워들었다. 심각한 부상을 당해 정신이 아찔했지만 등각룡이 정신을 차리기 전에 끝을 봐야만 했다.

한편 야천의 주먹에 턱이 빠져버린 등각룡은 자신의 얼굴을 좌우로 정신없이 흔들어 댔고 잠시 후 "뚝" 소리와 함께 빠진 턱이 제자리로 맞아 들어갔다.

그리고는 배에 구멍이 난 채 칠불 금강검을 들어 자신에게 공격해오는 세이를 확인했다.

"역시 보통 인간은 아니구나. 게다가 야천을 소환하다니. 하지만 이제 죽어야 할 때다."

등각룡이 꼬리를 들어 들소 같은 힘으로 세이에게 찔러 들어갔고, 지금 몸으로 온전히 피할 수 없는 세이가 금강검을 치켜들었다.

그와 동시에 등각룡의 꼬리는 "쉭쉭" 소리를 내며 이제 세이의 심장을 향했다.

하지만 세이는 등각룡의 꼬리가 불과 1미터 앞까지 오기를 냉정하게 기다렸다. 그렇게 날카로운 꼬리가 코앞까지 오자 세이가 금강검을 내리친다.

"퍽!"

그러나 세이의 공격을 예상한 등각룡이 얼른 꼬리를 빼내 칠불 금강검은 허공을 가르고 바닥에 박혀버렸다.

"죽어라!"

등각룡이 세이에게 맹독을 뱉어 공격하자 보라색 독이 넓게 펼쳐지며 세이를 덮쳐왔다.

"파지직~"

그때 뒤에 있던 사불이 번개를 쏘아 맹독을 날려버렸고 곧바로 등각룡에게 달려들었다.

두 마리의 이무기와 거대 지네는 바닥을 뒹굴며 모래폭풍을 일으킨다.

그렇게 뒤엉켜 5분여, 어느새 승기를 잡은 사불이 앞발로 등각룡의 머리를 짓누르고 뿔 끝에 이글거리는 번개 구체를 만들어간다.

하지만 밑에 깔려 있던 등각룡이 몸을 비틀어 날카로운 꼬리를 사불의 상처 난 배에 찔러 넣었다.

"크아악!"

등각룡의 꼬리가 사불의 배를 헤집고 다녀 사불은 비명을 질러댔다.

"흐흐흐. 이제야 너를 붙잡았구나. 사불."

점점 힘이 빠져나가자는 사불이었지만 어떻게든 등각룡에게 번개를 쏘아대려 이를 악물었다. 그러자 등각룡이 마지막 일격을 가하기 위해 사불의 몸에서 얼른 꼬리를 빼내 뒤로 잡아당겼다.

"1,300여 년의 기나긴 싸움이 끝나는구나. 사불. 너의 여의주를 가지고 난 천몽에 갈 것이다!"

등각룡은 긴 세월 싸움의 종지부를 찍으려 최후의 일격을 가했고 사불은 몇 초 후면 완성되는 번개 구체를 쏘아보지 못한 채 등각룡의 공격을 받고 있었다.

"쉐엑!"

등각룡의 꼬리가 빠른 속도로 사불의 몸통을 찔러 들어간다.

"무명참살 귀참대도! 제 일, 열전(颲電)!"

"슈컹!"

그때 세이의 칠불 금강검이 이글이글 번개를 일으키며 등각룡의 꼬리를 단숨에 베어버렸다.

"크악!"

등각룡이 고통에 비명을 질렀고 꼬리는 피 한 방울 없이 깨끗이 잘려나가 꿈틀거리고 있었다. 그렇게 등각룡과 거리가 벌어진 사불이 번개구체를 등각룡에게 쏘아 버렸다.

"슈웅~ 파지직!"

하지만 만만치 않은 등각룡이 수많은 발들을 모아 사불의 공격을 막아내고 있었다.

'찌지직' 소리를 내며 등각룡의 발 앞에 번개 구체가 더 이상 나아가지 못하고 회전하고 있을 때 다시 한 번 세이가 뛰어오른다.

"무명참살! 천공파(千攻破)!"

칠불 금강검에서 빠져나온 천 개의 검기가 순식간에 등각룡의 발들을 잘라나갔다.

그렇게 '후두둑' 거대 지네의 발들이 자온대 위로 떨어져 나갔고 사불이 쏘아낸 번개 구체는 등각룡의 가슴으로 파고들어 터져나갔다.

"크아악!"

등각룡의 껍질이 타들어 가며 검은 연기가 피어올랐고 등각룡은 벽이 허물어지듯 바닥으로 무너져 내렸다.

한편 스물스물 피가 배어 나오는 배를 움켜진 세이와 사불이, 쓰러져 가는 등각룡을 지켜본다. 그런데 바닥에 쓰러진 등각룡은 억울해하며 피눈물을 흘리고 있었다.

"너는 왜 우리의 싸움을 방해하는 것이냐? 나는 그저 사불이나 천지용처럼 용이 되고 싶었을 뿐인데 말이다~. 내가 사불과 싸우는 것도 당나라인들이 사불을 죽이면 천지 용을 물리쳐 용이 되는 법을 알려준다고 약속해서 그런 것이다.”

등각룡의 말에 세이는 이미 결판이 났음을 말한다.

“어찌 됐든, 너의 패배로 사불과의 싸움은 여기서 끝난 거야.”

“나는 패하지 않았다. 너의 방해만 아니었다면~. 분하구나.”

등각룡은 분노에 찬 얼굴로 패배를 인정하지 않았다.

“등각룡! 나는 사불이 필요하다. 그러니 그만 사불에게서 물러나라. 그러면 너를 죽이지 않겠다.”

세이의 말을 들은 등각룡은 코웃음을 쳤다.

“아니. 내 힘이 남아있는 한 나는 사불을 쫓을 것이다. 그리고 만년목 진(眞)을 만날 것이다.”

“너도 진을 알고 있는 거냐? 도대체 진은 무슨 힘을 가지고 있는 거지?”

하지만 등각룡은 세이의 말을 무시하고 크게 입을 벌려 헛구역질을 하기 시작했다.

“내가 용이 될 수 없다면 사불 너도 용이 될 수 없다. 같이 가자!”

말을 끝낸 등각룡은 입안에서 거대한 독주머니를 뱉어내고 있었다.

“전장의 신이시여. 등각룡이 같이 죽을 생각입니다. 구대당을 꺼내 등각룡을 잡으십시오!”

사불의 말에 세이가 구대당을 찾았고 구대당은 저 앞 불타는 수북정에 내팽겨져 있었다.

사불의 도움을 받아 몸을 날린 세이가 얼른 구대당을 낚아챘다.

그리고 거대한 독주머니를 토해내는 등각룡에게 달려가 구대당을 열었다.

“휘이잉~ 흐흐흐~.”

그러자 깊이를 알 수 없는 구대당 속에서 거친 바람소리와 비명소리가 들리더니 등각룡을 빨아들이기 시작했다.

등각룡이 몸을 돌려 도망치러 했지만 태풍의 눈처럼 빨아들이는 구대당의 힘에 저항할 수 없었다.

어느새 구대당 입구까지 끌려온 등각룡의 몸은 아주 작게 줄어들어 있었고, 안에서 빨아들이는 엄청난 풍압에 의해 제대로 저항 한번 못한 채 구대당 속으로 사라져가고 있었다.

"사불! 반드시 너를 찾을 것이다~. 그리고 네놈도~."

그렇게 등각룡의 한 서린 통곡의 메아리가 구대당 안에 울려 퍼졌고 세이는 더 이상 듣고 싶지 않아 입구를 닫아버렸다.

그러자 "펑" 소리와 함께 구대당이 등각룡을 봉인해버리며 싸움의 끝을 알렸다.

이제 지칠 대로 지쳐버린 세이가 칠불 금강검을 땅에 꽂고 한쪽 무릎이 꺾인 채 주저앉았다. 그리고 사불을 쳐다보며 한마디 한다.

"이봐 사불~. 괜찮아?"

"그럭저럭 버틸 만합니다."

"그래. 다행이야. 네가 등각룡에게 죽지 않아서."

말을 마친 세이가 "털썩" 바닥에 대자로 쓰려졌다.

사불이 다가가 세이를 살펴보자 등각룡에게 찔린 복구와 옆구리에서 보라색 피가 배어나오고 있었다.

"전장의 신이시여. 이미 등각룡의 독에 중독되었습니다."

"그래~. 이제 죽는 건가?"

세이의 숨이 점점 가빠지고 있었다.

"보통 인간이라면 절대 살릴 수 없겠지만 야천 님의 기운이 잠들어 있는 몸이시니 저의 여의주로 치료할 수 있을 겁니다."

"그래? 그럼 빨리 치료해줘. 온몸이 불타는 것 같아."

"알겠습니다."

하지만 사불이 여의주를 꺼내 세이 앞에 놓았을 때 주차장 쪽에서 10여 명의 경찰들이 웅성거리며 수북정으로 올라오고 있었다.

"사불. 사람들에게 들키면 안 되니까. 앞이 보이지 않을 정도로 연무를 만들어줘."

세이의 말에 사불이 강물을 끌어모아 순식간에 수북정 주변을 짙은 안개로 가득 채웠다. 갑자기 앞이 보이지 않게 된 경찰들이 랜턴을 꺼내 비춰보지만 한치 앞도 보이지 않았다.

"사불, 나를 저 밑 주차장까지 데려다줘. 일단 여기서 벗어나야겠어."

사불이 알겠다며 세이를 감싸 안아 안개 위로 올라서 경찰들을 피해 주차장으로 날아갔다. 그때 오싹한 기운을 느낀 신입 경찰 한 명이 하늘을 올려다봤고 어렴풋이 사불이 날아가는 모습을 보게 됐다.

"저~ 저기~."

놀란 경찰이 동료들에게 하늘을 보라며 손가락을 치켜세우자 경찰들은 일제히 손가락이 가리키는 곳을 쳐다봤다.

"뭐여~~. 야! 김 순경. 뭘 보라는 겨!"

하늘에 안개 이외에 아무것도 보이지 않아 선배 경찰이 짜증 나는 말투로 김 순경에게 물었다.

"저기~ 용이 지나갔어요!"

"뭐라고? 내가 환장혀. 저번에는 귀신 봤다고 같이 화장실을 가자고 하질 않나. 숙직실에서 처녀귀신 땜에 가위눌렸다고 십자가를 가져오질 않나. 야! 너 경찰이 적성에 안 맞는 거 아녀?"

"아니에요. 진짜로 엄청나게 큰 용이 날아갔어요!"

김 순경의 말에 다른 경찰들이 웃어대기 시작했고 어떤 경찰은 용의 기운을 받아 차라리 '용한 점집'을 차리라며 놀려댔다.

그사이 주차장에 도착한 사불이 세이를 허머 앞에 내려 주었다.

"사불 나는 이 자동차로 여길 벗어날 거야. 그러니 사람들이 없는 곳으로 날 안내해. 그리고 아무 소리도 들을 수 없게 큰비를 내려줘. 그래야 경찰들이 내가 빠져나가는 것을 눈치채지 못할 테니까. 할 수 있겠어?"

"그 정도는 어린 이무기들도 가능합니다."

대답을 마친 사불이 하늘 높이 솟구쳐 올라 사려져 버렸다. 잠시 후 시커먼 먹구름 떼가 수북정과 백마강 주변을 뒤덮으며 폭우가 쏟아지기 시작했다.

"역시. 이무기는 이무기구나."

세이가 허머에 올라 시동을 걸었고 짐승처럼 울리는 엔진소리는 폭우에 묻혀 경찰들이 들을 수 없었다.

어느새 하늘에서 내려온 사불이 세이에게 쫓아오라며 북쪽으로 높이 올라 날아갔다. 핸들을 잡은 세이가 사불이 안내하는 방향으로 자동차를 운전해 간다.

그러나 룸 미러에 비친 세이의 얼굴은 죽은 사람처럼 시퍼렇게 변해있었고 눈동자의 흰자위는 보라색 핏발로 물들어가고 있었다.

"헉헉~"

등각룡의 독이 전신에 퍼지며 이제 심장과 폐의 움직임까지 막아가고 있어 백마강 다리(백제교 百濟橋)를 건넜을 때쯤에는 오른손이 올라가질 않았다.

"사불, 어디까지 가는 거야."

그렇게 십여 분 후 겨우 시내를 빠져나온 세이를 사불이 백마강 상류의 들판으로 안내했다. 그곳은 사방 몇백 미터 안에 길게 자란 풀 이외에 아무것도 없는 백사장이었다.

이제 목적지에 도착했는지 사불이 모래 언덕에 둘러싸인 곳으로 들어가 내려앉았고, 세이도 마지막 힘을 모아 허머의 액셀을 밟으며 모래구릉 사이로 사라졌다.

잠시 후 자동차를 멈춰 세운 세이가 문을 열고 한발 내딛었지만 이미 의식이 없어 모래바닥에 털썩 고꾸라졌다.

사불이 얼른 앞으로 다가가 쓰러진 세이를 일으켜 세운 뒤 자동차에 기대 앉혔다.

"이런. 한시가 급하군!"

세이의 상태가 생각보다 심각하자 사불이 여의주를 꺼내 세이 앞에 띄웠다.

그리고는 여의주의 빛이 세이 몸에 스며들도록 주문을 외우자 곧바로 영롱한 여의주 빛이 사르륵 세이 몸 안으로 들어가 독과 부딪히며 싸우기 시작했다.

그렇게 빗속에서 시작된 치료는 30여 분간 이어졌고 세이의 몸 곳곳에서는 여의주의 빛이 등각룡의 독을 뱉어내고 있었다.

그때 세이의 왼쪽 어깨에서 붉은 씨앗 모양의 구슬이 떨어져 모래 속으로 사라졌다.

하지만 세이의 치료에 집중해야 하는 사불은 정신을 흐트러뜨릴 수 없어 신경 쓰지 않았다.

다시 20여 분이 흐른 뒤, 여의주의 힘으로 이제 복부와 옆구리 상처에서는 보라색 피 대신 빨간 피가 흘러나왔고 얼굴과 눈까지 퍼졌던 독은 피부를 통해 거의 빠져나와 있었다.

어느 정도 등각룡의 독에서 벗어난 세이가 정신을 차려 주위를 둘러보니 사불이 여의주를 띄워놓고 자신을 치료하는 것을 볼 수 있었다.

그런 사불에게 세이는 자신을 치료하느라 더 기력이 빠진 것 같아 미안한 마음이 들었다.

"사불, 고마워. 내가 신세 졌어."

"아닙니다. 전장의 신이 아니셨다면 저는 등각룡에게 당했을지도 모릅니다."

"그럼 서로 주고받은 건가. 하하"

여유를 찾은 세이가 웃음을 보이자 사불은 여의주를 밑으로 내려 세이의 복부 상처까지 치료해주고 있었다.

그렇게 세이의 몸은 거의 원상태로 회복되었지만, 사불의 상처에서는 아직까지 등각룡의 독이 꿈틀대고 있었다.

자리를 털고 일어선 세이가 사불에게 말한다.

"사불 너의 상처도 빨리 치료해야겠는데. 등각룡의 독이 아직도 그대로야."

"지금부터 시작할 것입니다."

말을 마친 사불은 뱀처럼 똬리를 틀어 여의주를 품었다.

그러자 여의주가 더욱 빛을 발하며 사불이 몸을 덮어갔고 사불의 몸은 금빛으로 빛나기 시작했다.

사불의 방해하지 않으려 세이가 차 안으로 들어간다. 그리고 담배를 꺼내 물고 불을 붙인다.

"후~. 끊으려고 했는데 살아서 피우니까 좋네. 당분간 못 끊겠다."

세이는 그렇게 비속으로 담배 연기를 내뿜으며 사불의 치료를 지켜보고 있었다.

어쩌면 자신과 야천이 만든 상처 때문에 등각룡의 맹독이 온몸으로 퍼져나간 것 같아 마음이 편치 않았다.

"후두둑, 후두둑."

사불의 치료를 위해 둘은 아무 말이 없었고 장대비만이 허머 위에 떨어지며 시간이 흐르고 있음을 알려주었다.

그렇게 20여 분, 하늘에서 쏟아지는 폭우가 사불 몸 밖으로 흘러나

오는 독을 씻어 주변에 뿌렸고, 독에 맞은 풀들은 '사르르' 주저앉으며
다시 한 번 등각룡의 맹독 위력을 확인시켜 주고 있었다.

준비

치료를 시작한지 두 시간 후 비가 그쳤고 다친 몸을 회복한 세이와 사불이 백사장 위에서 마주보며 서 있다.

"전장의 신이시여. 저의 몸이 완전히 회복하는 데는 수일이 걸릴 것입니다. 그때 고야산으로 출발해도 되겠습니까?"

유정을 구하기 위해 한시가 급한 세이였지만 사불의 말대로 자신과 사불의 몸이 완전히 회복하는 데는 최소 삼일의 시간이 필요해 보였다.

"그래. 그럼 삼일 후에 고야산으로 출발하자. 그런데 삼일 후에 어디서 만나지?"

세이의 물음에 사불은 한국이 아닌 일본의 고야산에서 직접 만나자고 말했다.

"제가 3일 후 고야산으로 직접 가겠습니다. 그곳에서 저를 이렇게 부르십시오. '사불. 천몽의 만년목 후손이 너를 부르니 부름을 받들어라.'라고 말입니다."

"알았어. 그런데 천몽사에 구대당을 가져가야하는데 어떻게 하지. 구대당을 수북정에 놓고 와버려서 이미 경찰들이 수거해 갔을 텐데."

구대당을 잃어버린 세이가 한숨을 쉬고 있을 때 사불이 입속에서 구대당을 토해냈다.

"혹시 인간들이 구대당을 열었을 때 위험해 처할 것 같아 제가 가지고 왔습니다."

잃어버린 줄 알았던 구대당을 사불이 가져온 것은 세이에게 뜻밖의 선물이었다.

"사불 고마워. 내가 꼭 너를 장백산 천몽에 데려가 만년목 진을 만나게 해줄게."

구대당을 챙긴 세이가 사불에게 고맙다며 인사를 했다.

그러자 사불은 별것 아니라며 몸을 회복한 뒤 삼일 후 고야산에서 볼 것을 약속하고 하늘 높이 사라졌다. 구름 위로 사라지는 사불을 보며 세이도 허머에 올라 서울로 출발했다.

세 시간 후 서울의 손 회장 빌딩 지하 주차장에 도착한 세이를 손 회장과 이 비서가 반갑게 맞아주었다.

아마도 허머에 부착되어 있던 GPS 추적기로 세이가 서울로 돌아오고 있는 것을 확인할 수 있었던 모양이었다.

"퀸의 영웅께서 오셨군. 이번 일은 어찌 됐는가? 그 사불이라는 이 무기는 잡았고?"

손 회장은 세이가 자동차에서 내리기도 전에 질문을 해댔고, 이 비서는 언제나처럼 옆에서 조용히 세이와 자동차의 상태를 체크하고 있었다.

그런데 차에서 내린 세이의 모습은 가관이었다. 옷 여기저기가 구멍나 있는 것도 모자라 몸에 새로 생긴 여러 개의 상처가 이번 일이 얼마나 위험했는지 말해주고 있었다.

세이의 몰골에 손 회장은 더 이상 묻지 않고 얼른 세이를 데리고 지하 작업실로 향했다.

잠시 후 문을 열고 작업실에 들어선 세이 앞에 손 회장이 정성스럽게 준비해 놓은 음식이 놓여 있었다.

사실 손 회장이 항상 이곳에 식사를 준비해두는 것은 세이가 부담 없이 상처를 치료하고 식사를 하게 하려는 것도 있었지만, 사건을 끝내고 온 세이에게서 시간을 뺏지 않고 실감 나는 전투를 들을 수 있었기 때문이었다.

그렇게 손 회장의 눈은 세이의 이야기를 기다리며 어린아이처럼 벌써부터 반짝반짝 빛나고 있었다.

"우선 씻고 옷부터 갈아입지."

"네. 알겠습니다."

손 회장의 말에 세이가 샤워실로 들어가 옷을 벗었다.

알몸으로 샤워실 거울 앞에 선 세이의 눈에 복부와 양 옆구리에 새로 생긴 여러 개의 상처가보였다.

"여의주가 독을 치료할 수 있지만 상처까지 지우진 못하는구나."

지친 몸의 피로를 풀기 위해 따뜻한 물로 몸을 적시자 오늘 쌓였던 피로가 사르르 녹아 물과 함께 배수구로 빠져나가는 것 같았다.

한동안 온수로 몸을 마사지하고 있을 때 밖에서 기다리고 있을 손 회장이 생각나 얼른 물을 잠갔다. 그렇게 간단한 샤워를 마치고 새 옷으로 갈아입은 세이는 두 사람이 기다리는 식탁으로 가 자리를 잡았다.

그리고 손 회장이 손꼽아 기다리는 오늘 전투에 대해 이야기하기 시작한다.

세이의 실감 나는 이야기에 손 회장의 입에서는 연신 감탄사가 쏟아져 나왔고, 현장에 있는 것처럼 자신의 주먹을 불끈 쥐며 이야기 속의 등각룡을 내리치는 시늉을 했다.

한편 옆에서 듣고 있던 이 비서는 감정을 숨기며 무표정을 유지하려 했지만 세이가 등각룡의 얼굴에 칠불 금강검을 박아 넣고 매달려 있을 때를 설명하자 침을 "꿀꺽" 삼키며 다음 이야기를 기다리고 있었다.

이제 세이의 이야기는 끝을 알리려 했고 손 회장과 이 비서의 얼굴을 어느새 세이 코앞까지 다가와 있었다.

그렇게 영화 같은 이야기는 30여 분의 저녁 식사와 함께 금세 끝나버렸다.

　　"회장님. 삼일 후에 비행기를 쓰고 싶습니다."
　　"걱정 말게. 이 비서, 잘 들었지? 정확히 삼일 후야."
　　"넷! 알겠습니다!"
　　처음으로 직접 세이의 육성을 통해 흥미진진한 괴수와의 싸움을 경청한 이 비서는 약간 흥분한 목소리로 대답했다.
　　이제 이 비서의 눈에는 목숨을 건 싸움에서 돌아온 세이의 모습이 삼국지의 관우보다 더 멋지게 보였다.
　　사실 이 비서는 모르고 있었지만 이 비서도 손 회장처럼 이미 세이의 팬이 되어가고 있었다. 게다가 이번에 일본에 가서 또 어떤 엄청난 전투를 벌일지 휴가를 내고 자신도 따라가고 싶을 정도였다.
　　식사 후 아쉬움을 달래기 위해 차를 마시며 다시 30여 분이 흘렀고, 손 회장과 이 비서는 그만 자리를 털고 일어났다.
　　"그래 임 사장. 준비 잘하고, 일본 잘 다녀오게. 절대 다치지 말고."
　　"알겠습니다."
　　세이가 손 회장이 내민 손을 잡아 악수를 하자 항상 냉정하게 바라보던 이 비서가 주먹을 불끈 쥐며 파이팅 포즈를 취했다.
　　세이는 그런 이 비서의 깜찍한 모습에 웃음으로 대답했다.
　　그렇게 손 회장과 이 비서가 떠나고 작업실에는 세이 혼자 남게 되었다.
　　벽면의 캐비닛으로 가 해외에 나갈 때마다 쓰는 손 회장이 만들어준 서류와 명함을 챙긴다. 서류는 의료기기 수출입에 관련된 것이었고 명함은 상무로 되어 있었다.
　　명함과 서류를 챙겨 비즈니스맨이 쓰는 가방에 넣고는 이제 고야산에 가져갈 무기들을 의료기기 샘플에 숨겨 넣는다.

천천히 칠불 금강검을 분리해 의료용 기구에 넣고 있을 때 문득 샨 스님이 생각났다.

샨 스님은 세이가 일곱 살에 티베트로 도망쳐 13살이 될 때까지 보살펴주신 분으로 밀교의 주술을 가르쳐 주신 분이었다. 뿐만 아니라 세이가 18세가 되어 다시 티베트에 방문했을 때도 100일 기도를 마친 공력을 칠불 검날에 불어넣어 주셨다.

그때 샨 스님이 칠불 검 날을 건네주시며 하시던 말이 생각났다.

"세이야. 너의 영혼에 깃들어 있는 또 다른 영혼은 너를 전장으로 이끌 것이다. 지금의 네가 아무리 발버둥 쳐도 그 영혼의 지배에서 벗어나기란 쉽지 않단다. 그러니 네 안에 잠들어 있는 전장의 영혼을 지배하는 법을 배워야 한다."

"어떻게 말입니까? 샨 스님."

"마음의 흐름을 이해해야 한다. 깊고 더 깊은 그곳에 답이 있다. 그러니 지금부터 39일 동안 깊은 명상에 들어가 무의식을 제어하는 법을 배우거라."

"깊은 명상으로 들어가 무의식을 통제한다면 그 영혼을 제어할 수 있습니까?"

"쉽지 않을 것이다. 육체를 가진 네가 그 강력한 영혼을 제어하려면 오감에 의지하는 습관을 버려야 한다. 그렇게 오감에서 벗어난 순수한 의식을 이용해 우주와 같은 무의식으로 들어가라. 그곳에서 그가 기다릴 것이다."

"그곳에서 기다린다는 그는 누구란 말씀이십니까?"

"숙명을 완수하지 못한 전장의 신이 네 육체를 통해 이 세상에 내려온 것이다. 그 이름은 부동명왕 야천! 네 스스로도 가끔 인간을 뛰어넘는 너의 신체 능력에 놀랄 것이다."

샨 스님의 말에 세이가 과거의 일들을 떠올렸다.

11살의 나이에 맨손으로 늑대를 때려잡아 사람들을 놀라게 한 일, 활활 불타고 있던 집으로 뛰어들어가 멀쩡히 갓난아기를 구해온 일 등 어린아이가 했다고는 믿기지 않는 것들뿐이었다.

"샨 스님, 야천을 만나면 어떻게 제어해야 합니까?"

"그것은 너의 몫이다. 내가 도와줄 수 없는 범위 밖의 일이다. 단 오감에서 벗어난 너의 의식은 상상할 수 없을 만큼 큰 힘을 가지게 될 것이다. 아마도 야천과 맞먹는 힘이겠지. 야천도 그것을 알고 너를 선택했을 것이고 말이다. 그러니 자신을 믿어라. 네 안의 무의식 속에서는 네가 부처이고 지배자이다. 그걸 각성하면 분명 야천을 제압할 수 있을 것이다."

세이는 샨 스님의 말에 조금은 갈피가 잡히는 것 같았다.

그때 세이의 어릴 적 단짝친구 얌이 세이를 알아보고 멀리서 뛰어오고 있었다.

항상 세상을 통달한 것 같은 표정의 티베트 여우 얌이었지만 오랜만에 보는 세이 앞에서는 반가운 얼굴을 감출 수 없었다.

"얌! 아직도 절에서 사는 거야? 내가 산에 가서 친구들하고 함께 살라고 그랬잖아."

세이의 말은 듣는 둥 마는 둥 얌은 펄쩍 뛰어올라 세이의 가슴에 안겼다.

"세이 네가 떠나고 잠시 산으로 돌아갔었지만 얼마 후 다시 내려와 네 방 앞에 앉아 있더구나. 그래서 내가 보살피고 있었다. 동물에게도 사람 못지않은 그리움이 있는 게야."

잠시 얌과의 반가운 만남을 가진 세이는 곧바로 아무에게도 방해받지 않는 동굴 속으로 들어가 샨 스님의 말씀대로 39일의 명상을 시작했다.

그렇게 세이가 동굴에 들어간 지 39일 지나 결과를 기다리고 있었지만, 세이는 밖으로 나오지 않았고 다시 16일이 흐른 후에야 온몸에 푸른빛을 두르고 나타났다.

그 모습을 본 샨 스님은 세이가 야천을 통제하는데 성공했음을 알고 기뻐했다.

하지만 어떻게 야천을 꺾을 수 있었는지 물어보지 않았다.

이미 세이의 그릇 크기가 자신을 뛰어넘었다는 것을 알고 있었기 때문이었다.

"오늘 내가 등각룡을 이길 수 있었던 것도 그때 샨 스님 말씀대로 했기 때문이야. 샨 스님은 잘 계시려나."

과거의 기억을 접고 다시 현실로 돌아온 세이가 꼼꼼히 장비를 챙긴다.

그러면서 이번 싸움은 밀교 천진종과의 전면전이 될 가능성이 높아 진짜 목숨을 내놓아야 할 것 같다는 생각이 들었다.

그동안 거대 조직과 싸운 경험이 없는 것은 아니었지만 천진종의 규모와 실력이 어느 정도 인지 도무지 감이 잡히지 않았기 때문이었다.

단 천진종은 마음만 먹으면 정부를 움직일 수 있을 만큼 막강한 힘을 가진 조직이라는 것만은 확실했다.

"그래. 아무리 대단한 조직도 우두머리 세력만 부수면 와해되게 되어있어. 그 다음 일은 억눌렸던 다른 세력들이 알아서 처리하겠지."

세이가 불안한 생각을 정리하고 나머지 장비를 챙겨 짐을 정리했다.

그렇게 3일 후 떠날 채비를 마친 세이가 이제 가부좌를 틀고 앉아 깊은 명상에 들어간다.

기의 회복과 야천을 만나 야천의 힘을 더 끌어내기 위해서였다.

왜냐하면 세이와 야천의 기운이 일치할수록 야천의 힘이 세이를 통해 더욱 강력하게 폭발할 수 있었기 때문이었다.

　어느새 의식을 넘어 세상 모든 것과 연결된 무의식의 세계로 들어선 세이의 몸에서 푸른빛이 돌기 시작했고, 그것은 야천과의 만남이 시작되었음을 알리는 것이었다.

　세이는 미동조차 없었지만 꿈틀거리며 몸을 보호하는 푸른빛은 숨을 쉬듯 일렁이며 주변에 뿌려지고 있었다.

　한편 일본 고야산 천진종 본산(本山)의 밀실에서는 훈도시만 걸친 승려 10여 명이 속이 비치는 하얀 무녀복을 입은 젊은 여자를 무기력하게 만든 뒤 둘러싸고 있었다.

　그때 문을 열고 나체의 카제사이 류가 들어와 젊은 여자 앞에 섰다.

　"김유정, 너의 순수한 힘이 나에게 어떤 능력을 주게 될지 궁금하구나."

　그렇게 카제사이 류는 유정에게 다가갔고 입을 붉은 천으로 감싸 묶여진 유정은 눈물만 흘리고 있었다.

　'임세이~. 오빠~ 세이 오빠!'

영혼의 숲 제1권 이무기 편 끝

to be continued

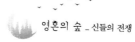

영혼의 숲 _ 신들의 전쟁